文学常青藤丛书

郝建国 吴欣歆 主编

# 邂逅湖畔的心影

本册主编 石丽娜 张 妍

编　　委 郝 好 靳宇喆

经 鑫 隋江月

花山文艺出版社
河北·石家庄

**图书在版编目（CIP）数据**

邂逅湖畔的心影 / 石丽娜，张妍主编. -- 石家庄 ：花山文艺出版社，2024. 10. --（文学常青藤 / 吴欣歆，郝建国主编）. -- ISBN 978-7-5511-7401-5

Ⅰ. I217.2

中国国家版本馆CIP数据核字第2024PS4158号

丛 书 名：文学常青藤
主　　编：吴欣歆　郝建国
书　　名：邂逅湖畔的心影
XIEHOU HUPAN DE XINYING
本册主编：石丽娜　张　妍

---

统　　筹：闫韶瑜
责任编辑：郝卫国
责任校对：李　伟
美术编辑：陈　淼
出版发行：花山文艺出版社（邮政编码：050061）
（河北省石家庄市友谊北大街330号）
销售热线：0311-88643299/96/17
印　　刷：石家庄名伦印刷有限公司
经　　销：新华书店
开　　本：880 毫米×1230 毫米 1/32
印　　张：10.875
字　　数：230千字
版　　次：2024年10月第1版
2024年10月第1次印刷
书　　号：ISBN 978-7-5511-7401-5
定　　价：36.00元

---

# 总　序

2022年春节，花山文艺出版社社长、总编辑郝建国打来电话，商量共同策划一套中学生“创意写作”丛书。当时，我正在反思应试作文的正面作用和负面影响，确定了样本校，想做一点儿“破局”的教学实践，目标是使学生在学会写作的一般规则的同时又能够自由表达。恰逢其时、恰逢其人、恰逢其事，一次通话就确定了合作意向、基本方向、大致的工作进程，很是痛快。

但我不想用“创意写作”的概念，因为创意写作是一个成熟的学科，有专门化的人才培养方案，而中学课程方案中没有设置这一学科。早在1936年，美国艾奥瓦大学就已经有了创意写作艺术硕士（MFA），此后，艾奥瓦作家工作坊在英语国家广泛推广，继而在全球范围内产生了深远的影响。在我国，2007年，复旦大学开始招收文学写作专业的硕士研究生，2009年正式设立了创意写作专业硕士学位点；2011年，上海大学成立了创意写作创新学科组；2014年，北京大学中文系成立了创意写作教学团队……据我了解，目前全国有二十所左右的高校招收创意写作专业硕士，课程内容涵盖小说写作、诗歌写作、媒体写作、传记写作等多种文体类型，有明确的培养目标和教学方法。虽然有些中学开设了创意写作的校本课程，但我的目的不在于推广这门课程。我主张用创意写作的学科知识指导中学写作教学的变革，在概念上使用课程文件用语——创意表达。这一想法得到了出版社的支持。

在我看来，所有的写作对学生而言都是创意表达，都需要借助生活经历、语言经验、知识积累、思维能力，把想法变成实际存在的文字，即便是严苛的学术写作，也能够体现出学生的个性特点。对于成长中的学生来说，写作除了具有学习功能、交际功能、研究功能，还有重要的心理建设功能。写作的内核是面对真实的自己，面对真实的情感体验，用文字表达的时间是学生认真面对自己的时间，如果能够自由地表达出自己的想法，就能够很大程度上实现心理重建。

娜妲莉·高柏在《心灵写作》中把写作称作“纸上瑜伽”，她倡导学生每天自由自在地写十五分钟，直接记录脑子里随机出现的词语和句子，记录眼前的事物，记录此时此刻的体验和感受，不管语句是否通顺，内容是否符合逻辑，不管要表达什么主题，就一直写一直写。这样的写作，显然有助于克服书面表达的恐惧与焦虑，有助于克服因为期待完美而导致的写作拖延。学生奋笔疾书之后会有一种释放感，一种绷紧之后的放松感，书写的畅快足以改变不良的心理状态。

写作工坊比较常用的练习方法大多能够引导学生的思维自由延展，比如曼陀罗思维法，又被称为九宫格法，就是将自己的某个观点写在中央的格子里，围绕这个观点进行头脑风暴，将其余八个格子填满，继而再辐射出八个格子，两个轮次的头脑风暴,核心观念迅速衍生出六十四个子观念。再如第二人称讲述，用“你”开头，写下你看到的、听到的、嗅到的、触摸到的、反应出的、联想到的各种信息，连贯地用文字表达自己真实的见闻与感受。又如庄慧秋的《写出你的内心戏：60 个有趣的心灵写作练习》，提供了六十种开头提示语，其中包括“我喜欢“我讨厌”“我热爱”“我痛恨”等自我情绪表达的提示语，以及自我形象变形的提示语：“如果我是一棵植物，那我就是……”“如果我是童话故事中的角色，那我就……”“如果用一幅画来象征我自己，那我就是……”

这些方法都可以在写作教学中运用，帮助学生感受到自由思考的快乐，在相互启发中打开书面表达的广阔世界，帮助他们实现创意表达。

对于中学生的创意表达，我有三点想法。

第一，放松写作体裁限制，用自己的方式记录看到的社会生活，表达真实的情感体验。中学写作教学存在为体裁找内容的现实问题，学生非常熟悉记叙文、议论文的套路，习惯按照既定体裁框架填充写作内容，这是违反创作规律的。合理的状态是，学生有见识、有感悟，有表达的目的和对象，为了实现目的寻找合适的表达方式。体裁可以自由选择，甚至可以自由创造，我们要鼓励学生为自己的内容找到合适的形式。

第二，拓展写作内容边界，在广阔的社会生活中发现写作的内容，探索写作的价值。美国非虚构作家盖伊·特立斯的作品集《被仰望与被遗忘的》，从微观层面记录了纽约的城市风貌，关注各种人和他们背后的故事：俱乐部门口的擦鞋匠、高级公寓的门卫、公交车司机、大厦清洁工、建筑工人等。

我们要鼓励学生写他们熟悉的、他们经历的、他们知道的，鼓励他们写出自己眼中的世界图景。

第三，重构写作指导模式，建立师生协作的创作团队，形成完善的创作流程。中学写作教学习惯“写前指导”和“写后指导”，写作过程中的指导尚未受到充分关注。Perry-Smith 和 Mannucci 在前人研究的基础上，根据创意过程中不同阶段的需求将创意过程划分为创意产生、创意细化、创意倡导、创意实践四个阶段。学生的初步想法，很多时候是“灵光乍现”，教师要有一套办法组织学生分析原始创意，征集延伸性的内容与想法，整合收集到的信息，帮助学生完成创意的修改、发展，有序完成从创意到作品的实践过程。

《义务教育语文课程标准（2022 年版）》设置了“文学阅读与创意表达”任务群，《普通高中语文课程标准（2017 年版 2020 年修订）》设置了“文学阅读与写作”任务群，对学生使用书面语、发展创造力提出了明确的要求。本套书选择的学校大多为区域名校，学生的创作和教师的指导体现出落实课程文件要求的原则与策略，期待能够引领更多学校、更多师生的创意表达。需要说明的是，这些学校的师生不仅重视创意表达，而且极为重视语言运用的规范，他们热爱国家通用语言文字，热爱中华文化，对中华文化的生命力有坚定的信心，他们的创作在弘扬传统文化方面，也做出了良好的示范。

2023 年元旦于北京　吴欣歆

# 序　言

天津外国语大学附属外国语学校坐落于津门故里、新开河畔，是 1964 年在周恩来总理亲自关怀批示下创建的全国首批七所外国语学校之一。学校历史悠久，外语特色鲜明，为国家培养了众多外语外交人才，仅在外语外交领域就有百余位驻外使节，其中驻各国大使就有 18 位。学校被天津的老百姓亲切地称为“小外”。

学校秉承“融中西文化、育国际英才”的办学理念，坚持“开放式教育”的办学特色，以培养复合型、国际型预备人才为目标，学校开设英、日、德、法、西等五种外语，实行“一主一辅”的多语种人才培养模式。半个多世纪的办学，使学校逐渐形成多语种、多选择、开放式兼容并包的育人特色，培养了一批又一批德智体美劳全面发展的优秀毕业生。

多年来，学校重视语言学习和文学创作，长期开展话剧节、读书节等丰富多彩的语文实践活动，拥有文学社、图书馆社团、情景剧社团等相关社团组织。

天外文学社成立于 1998 年 2 月，至今，热爱文学的少年们已用墨香书写了23载斑斓青春。他们以笔抒情，以文致心：“三词”主题文章创作、文学主题演讲、诗词飞花令、文学史讲解、优秀文学作品播送……在忙碌的学习生活中，参加文学社的活动成了同学们的一种特殊的放松方式。从初一到高二，每年新老社长的交接、新老社员的帮带、社团的纳新都让文学社始终保持旺盛的生命力。日常的讲座、创作比赛、创作经验交流等活动也让文学社保持着一个文学社团的独特魅力。

一年一期据校刊编选的文集《河畔》（原名为《天外》）由文学社承办，承载了同学们数不清的奇思妙想和文隽英华，让社员们多了一个展示的平台。从写稿到排版直至印刷出版，文集的出版往往要经历无数次的审核、校对，指导老师和社员们全程参与、全情投入，每一本文集都格外受到珍视。文集内容丰富，每一版块主题鲜明，收录的作品涵盖了小说、散文、诗歌等多种体裁，更有极具外语学校特色的翻译作品与小语种创作。天外文学社，培育文艺的新苗，也成为师生同乐的文化阵地。

用笔墨书写情感，以文字点亮人生。恰逢学校即将迎来60周年校庆之际，我们有幸择选其中的优秀作品结集出版，与读者们共赴这一段寻找文学瑰宝的旅程。祝愿一代代的“小外”学子享受文学创作的快乐，收获心灵的滋养。

**天津外国语大学附属外国语学校校长　李晓辉**

# 目　录

## 散文卷

## 小说卷

## 评论与现代诗卷

## 古风卷

# 散文卷

# 引言：真诚·至诚

散文，如同春日的微风，给人以温暖和生机；也似秋夜的月光，给人以宁静和深思。它以其自由灵活的表达方式，深入地触及人心。它不需要像小说那样构建复杂的情节，也不必像诗歌那样追求韵律和节奏。我们写散文，写身边的琐事，写生命的悲欢，写自然的物象，写自己的思考与见解。语言风格可随着心绪蜿蜒，或绮丽婉约，或柔肠百结，或情思绵长，或昂扬洒脱，或侠气冲霄，或平淡中见真趣、幽默中显智慧。每个人都可以有自己独有的语言风格，其中难能可贵的是抒真情，忠于自己的真实感受。

刘勰在《文心雕龙·情采》中写道："情者文之经，辞者理之纬；经正而后纬成，理定而后辞畅：此立文之本源也。"

意思是说，情理是文章的经线，文辞是情理的纬线；经线端正了之后纬线才能织上去，情理确定了之后文辞才会畅达，这是写作的根本。

情感，构成了散文空间里的深度和纯度。散文可以不受形式的束缚，让作者能够以最自然、最真挚的方式表达自己的思想和情感。这种随意与真挚，正是散文最吸引人的地方。无论世事如何变迁，它始终是心灵深处最真实的映照。情是生命力的表现，是审美力的核心，没有情感的散文，就不可能打动人心。

可喜的是，少年时代最不缺乏情感。《天府灵山风土植物志》中，校园草木如同画卷一般徐徐展开，作者以细腻的笔触描绘了悬铃木、银杏树、玉兰花、桑葚等植物的故事，仿佛带我们回到旧日时光，感受那份纯真与美好。《孤独创造》中，作者跳脱出窄小的圈子，尝试着从更宏观的层面关注生活，勇敢地面对内心，发出挑战孤独的宣言。《诗意地出走》由事缘情及理，保持对当下的关注。《正确答案》中有对人生的努力思考，不断探寻人生的意义。蓬勃、快乐、勇敢、热情但同时又孤独、忧郁、彷徨、自负，我们可以感受到那颗颗年轻的心敏感至极。散文的阅读与写作需要用心体会，才会发现灵感有时潜伏在时间的暗流里，有时藏在你的知识储备和日常的思考里，有时就弥散在草木之间，萦绕不断。当灵感涌动，即将呼之欲出，请拿起你的笔，尽情让文字流淌吧！

# 不随尘

◎张　卉

我是一棵树，是飞鸟衔来母亲的种子。

我站在阳光照耀下的土地上，听耳畔呼啸的风声，感受着空气中凝结的水汽，不随尘。

尘沙从西北方来，带着疯狂和炽热，企图把一切冷静都吞没，于是尘沙刮过的地方，也变成尘沙。

我不随尘，仍然要坚强地立在这里。没有什么特别的原因，没有你们所谓信仰。这里，尘沙到来之前，夜晚的时候也是月朗星稀，不过每天同一时刻的星空似乎也不是亘古不变，就像这世间万物，没有一刻静止，即使我们以为永恒的，也悄然消逝。

我存在于天地间，与草，与风，与这里的一切为友。可怜万物各有命数，匆匆忙忙，来来去去，所以我已习惯了分别。但我们见证过彼此的存在，即使尘沙刮过不会在这世间留下任何痕迹，亦不遗憾。

我不知晓地平线外的世界是怎样，也不必。我一直在这里，直到我湮灭。我不畏惧尘沙，它又能怎样狂野呢？

但我害怕的是随它而去。我不愿随尘，不喜它的躁动，不爱它饥渴中又有欢欣，恼它突如其来的热情，怨它不计后果的莽撞。

天地曾不能以一瞬，万物寄寓于俯仰之间。我不动摇，不是因为信条，只是我要在这时间长河中驻足须臾，是不随大溜，随心恣意而坚持自己的执着。然后我要变，要慢慢地沉静和老去，消失掉也不要别人记起。

斗转星移几轮，尘沙刮来之后，也许还会有这样善变的星空，还会有这样不知所往的风，也许还会有这样执拗的我。

我看到远处，地平线忽然泛起阵阵烟尘，它来了。

**指导教师：吴雅杰**

# 当荒原的风吹来

◎王佳宜

这是她不知第多少次匆匆途经这片荒原了。

公共汽车驶向老家旧屋的途中，风景总是这样荒凉，窗外满眼枯黄，狭窄的土路杂草丛生，有的草竟已高过车窗，企图将头扎入窗里。离村庄还远，荒无人烟，只有大片未垦的荒原，以及阴天中掠过的一两只黑鸟。这片荒原，好像从来没有被特别注意过。

车子不断地颠簸着，晃得人头晕。她的睡梦实在无法继续了。她厌烦地抬起沉重的眼皮，望向对面的车窗——外面只有单调的荒原。

她刚想重新合眼，脑海却突然被激起一阵涟漪。她的心与什么东西泛起一阵共鸣。

鬼使神差地，她提前下了车。

干冷的风裹着一种荒芜的气息钻进她的领口和袖口。车内外的温差很明显，她打了个哆嗦，却只是攥攥拳，懒得为保护自己免遭寒冷的压迫而再多做一个动作。

仿佛是古来永恒的规律，人在少年时总要狂一段时间，让初驶入人生新航路的激情迸发，执笔蘸取青春的壮志在天际挥毫，坚信着险阻可破，山海可平。可是这么一段令人为之感动的热情，却玩笑般地没有出现在她的生命里，孤僻冷漠的性格推着她进入了另一个悲观的极端。

她的世界中，从未有过自天而来的滔滔黄河，只有孤鸿哀厉和雨打梧桐。她对无力改变的成绩惆怅，为难以获得的友谊悲愤，为无觅前程的人生痛心。常常地，她呆望黄昏的天，目光追逐着即将逝去的光，感受着黑暗的吞噬，身心俱寒。她开始写诗，叹秋叶的凋零，叹宇宙的寒冷，叹美好的不可求，将荒诞的悲哀和无尽的沉抑垒作高塔，故步自封。生活的巨浪一重重地拍在她的头上，仿佛连苟且偷生的机会都不愿给她。她想，她的生命是为了什么呢？

现在，眼前的景象似与她同病相怜了。头顶的天依旧是灰色，周围的矮树已经把叶子掉光了，没什么可看的。但就算望再远，也只有荒原那将枯未枯的颜色。若不是偶尔有冷风摇动了一片灌木丛，整片荒原简直沉寂得像静止了一样，单调而空旷，没有一点儿变化。在荒原本该延伸向天际的地方，几座突出的山把路堵得死死的，像是围出了一个牢笼。

啊，原来不止我一个。她一半嘲笑，一半哀婉地想。

她坐下，将头埋进胳膊里，感受着这荒凉的寂静。她觉得或许该做点儿什么来改变现状，但转念，还是算了。山就在那里，到了山脚还是会被拦住，无济于事的。寒风一次次冲她吹来，好几次掀起了她的帽子。她有些不耐烦，抬头扶好帽子，起身准备去下个车站。

风迎面扑在她身上。她停住了。

荒原的尽头是群山的阻碍，那么这风从哪儿来呢？

她又将视线投向地平线，而这次，汇入她视野的，是整片荒原与天空。

风，从群山后面而来。

山没拦住风，是过得去的。

她看到天地相接处，群山不过如沙砾，广阔的天空在山的后面恣意地伸展开拓着，恍若发出霸主一般的雄浑之音。地面对着广漠的寰宇顿生胆怯之色，敬畏地俯首。一切都突然变了，刚才的“牢笼”亦成为虚无。她再次望向荒原——即使濒临枯萎，植物的颜色也都不尽相同，寒风吹动下，竟分出了好几个层次，从深沉倔强的棕色到清明柔和的浅黄浅褐，荒原坚定而积极地证明着自己的存在与活力，仿佛丝毫不为群山的强势所迫。

一种奇妙的感觉随风吹进她的身体——崭新，清晰，温暖，释重。她不自觉地展开了双臂，拥抱着迎面而来的风。她感到了来自眼前的一切的震撼，感到自己的心醒来并睁开了眼；她感到荒原上的光照了进来，自己的世界不再只有悲观的阴云雾霭；苍茫的天空下，不再有限制，生活应有的样子正完完整整地呈现在她面前，只等着她迈出渴望探索和获得的那一步。

是时候做出改变了。她对自己说。

当思绪再次回归，她才意识到寒风的刺骨。她急忙紧了紧领口，将手塞进口袋。她抬头，最后看了一眼荒原，坚定地转过身，向着下个车站进发，每一步都踏得那么有力量。

单凭所见之景能否让她改变生活？她的答案是未知。但她知道，当下一次她因悲观而哭泣时，会有一股风吹来，吹自荒原，吹向心坎。

**指导教师：郝　好**

# 风雪长安行

◎刘雨琦

出发的时候正是大年初一，穿行于市区仍能听到零星的鞭炮和礼花响声，按下车窗时寒风伴着硫黄特有的气味冲进车里，使人格外清醒。

西行，翻山，取道，朝觐长安。

## 晋　祠　雪

或让这间隔冬天般沉闷

好使盛夏的来临三倍地动人

出发后两个小时，天色变得阴沉，纷纷的雪花划过窗外，旅程被迫放缓。高速被封，我们只能在曲折迂回的国道上缓慢前行。

这是我十七年来所见最大的一场暴风雪，天顶鹅毛大雪肆虐，狂风怒吼，卷着雪一层层拍打在车窗上。连绵的山道覆满了厚厚的白雪，前后望去都只有一片黑暗冷寂，每辆车的距离都在百米以上。这沉默焦灼的光景，倒颇有些“云横秦岭家何在，雪拥蓝关马不前”的架势。

黑暗给了我自得其乐的空间。四时有明法而不议，万物有成理而不说。这大雪倒真像玄奘西游途中的一劫，劫后新生，总让人分外期待。

雪后的琉璃世界是第一个惊喜。这日，天空仍未放晴，万物虽少了阳光下的光影，却还是透出它们的灵光。晋祠内古树参天，苍老的建筑平静地端坐在树林之中，相看无言。周柏皲裂斑驳，历经沧桑，却依旧挺拔常青，枝干舒张屈曲，悠然自得，不拘一格。水镜台龙门雀替，古朴精美。晋水迤逦穿过圣母殿，因为地热仍汩汩流动，泛着腾腾雾气。

楼台耸峙，蔚为大观。

因为雪融，气温更低。人站在天地间，只觉得自己渺小。昨日大雪是老天的礼物，让我领略到晋祠独特婉转的风姿。

## 长安，长安

你是当今世界鲜美的装饰

你是锦绣暮光里报春的先行

在西安，羊肉泡馍是必吃的美食。汤是牛羊肉汤，馍是八成熟的面饼，先把饼掰碎在碗里，然后用汤一浇，红色的辣油、透绿的香菜、晶莹剔透的粉丝和乳白的汤汁一起便构成了西安饮食的一绝。这种吃法，是其他地方模仿不来的直爽和热烈。

一方水土养一方人。西安人外表质朴，无论男女，目光里总透露出直率与刚毅。在西安人流淌的血液里，不乏西北游牧民族的粗犷、坚忍和天生的野性。在西安，我曾不止一次地听人把男子称为“楞娃”，把女子称为“婆姨”，人们大都高门大嗓，行为举止热情真挚，这种鲜活的激情是只有埋葬着无数秦砖汉瓦和帝王将相尸骨的长安大地才能孕育出的傲气与风骨。

古城墙、大唐芙蓉园、兵马俑、华清池、大雁塔……数不胜数，书不尽书。我只能循着历史的遗迹追寻，从先人片言只语的叙述中寻找其辉煌的灵魂。走长安大道，游皇家园林，观龙脉锦绣，重温他过去的辉煌与绚丽。西安的历史太浓厚太沉重，西安的手笔太丰富太博大，随便列举，其光辉几乎能照亮整个世界。

灿烂的阳光下，长安城静默地看着人来，又无声地看着人走。那些巍峨的建筑、沉默的宫殿，他们自有傲慢。高楼望断，情有独钟。日光灼灼，世界安静而忙碌，井然有序地一起朝前走着。

风穿窗而来，带着冬日里特有的凛冽又夹杂着阳光的暖，轻轻拂在肩上。我看到，昔日那个万商云集、世人朝拜的长安，在与现代气息一次又一次地碰撞与融合中焕发出了历久弥新的荣光。

**指导教师：耿　强**

# 孤独创造

◎鞠　泓

孤独不是一个人的茕茕孑立，而是喧嚣落幕后自己的狂欢。比起遭受冷遇和抛弃之后的呻吟缱绻，高山空等流水、知己迟不相逢的痛苦无奈才更容易唤起心疼。

广袤无垠，宇宙洪荒，时间伊始，便是孤独。

孤独世界里，你才是自己唯一的王。伟大的人大都是孤独的。梭罗是个固执又坚强、隐忍而伟大的民主政治家，哪怕政府极力打压扼杀他的所谓异端思想，哪怕当时没有一个人敢于发声与他并肩，他追寻理想世界的脚步都从未停驻。梭罗是孤立无援的，却又是坚不可摧的，任凭狂风暴雨如何肆虐，他的内心依然明净如初。他送给世人一片幽秘的瓦尔登湖，也将民主政治的种子慷慨播撒。革命总是轰轰烈烈，革命者却常常孤独，他们偏执地保持着自己的信仰洁癖，对于自己所走的道路深信不疑，拼力穿越历史的洪流，展开双臂，拥抱未来。

孤独者拥有充分的思想力，他们总有自己的生活模式，从不活在刻板的印象里。忍耐，习惯，享受。选择接受孤独，便应过此三境。当然也有人天生适应孤独，他们不全是不可一世的怪才，也不一定内敛害羞不好社交。他们只是有自己细密的小针脚，刚好能缝上白日的聒噪，枕有一夜的美梦。

在一个人的世界里，我看到温柔的黄昏，听到海洋的钟声，整个大西洋的海豚在我脑海里唱歌，所有陆地上盛开的柔媚鲜花在我左心房融化。漫漫长夜，有一盏只为我燃起的灯，亮如黎明。

“孤独是一种沉淀，而孤独沉淀后的思维是清明。”如果可以选择，我更愿意变成一头鲸，哼着只属于我的 52 赫兹，或是一只鸵鸟，把头埋进沙堆，为自己垒一座城。生命中大部分时光是属于孤独的，而努力成长，是我们在孤独里可以进行的最好的游戏。直面内心的孤独，不要害怕，不必闪躲，愿你拥有凡·高的那簇向阳花，琥珀里的时间和微暗的火，哪怕踽踽独行，哪怕无人为伴。

**指导教师：王瑞春**

# 红尘有幸识丹青

◎王怡然

人生如山河万里，总有人来给山河增色；人生亦如一潭静水，总有事能泛起涟漪。只道："素尺无缘知锦绣，红尘有幸识丹青。"

"'两个黄鹂鸣翠柳，一行白鹭上青天。'你看，这是我新学的诗。"近瞧，一个吐字还不大清楚的女孩儿，正努力地向玩伴卖弄着自己新学的诗句，还摇头晃脑地模仿大诗人吟诵。"哦？那你能不能给我讲讲，白鹭是什么样子的？"玩伴正一脸期待地看着，可她却没回答。只见她俯身拾起一片片白玉兰花瓣，小心翼翼地收成一堆，笑眯眯地走近，"哗——"地一下，将这些花瓣一股脑地撒向玩伴。玩伴浑身沾满花瓣，白绒绒的。"噗！"她忍不住笑起来，一颤一颤地指着对面说着，"快看，这不就是大白鹭吗？"

这便是我和我儿时最好的玩伴——小阮。

时光流逝，我们俩在欢笑声中一点点长大。

那天我们一起在树下作画。看金黄的柔阳抚过冠冕似的玉兰，大气又舒展，向湛蓝的天空展现着自己洁白的花冠。她铺毡、取纸、涮笔、蘸墨，一阵“行云流水”。我自是被她吸引，站在一旁，准备欣赏她的大作。只见她用淡淡的朱砂勾勒出浅浅的玉兰花，再用皴墨画出枝干，轻轻地缀上花瓣。“‘刻玉玲珑，吹兰芬馥。’这幅玉兰丹青画得不错，不错。”我站在一旁拍手叫好。她弯眼笑着回我：“那是自然，我这‘技艺高超’的巧手一画，了不得了呢！”

就这样，我们俩一起嬉闹着过了一年又一年。原以为会一直这样下去的，不承想却发生了变故。

四月，淡绿色的嫩芽正悄悄地在树枝上慢慢生长着。一日一日过去，逐渐变成碧玉色的花苞。就在我们都期待着白玉兰绽放的时候，离别的消息却先来了。她站在含苞的树下，递给我那幅玉兰图，笑着说：“聚散无常，你我终有一别。哎，真可惜，没能看到今年这座城的玉兰花，或许以后也很难再看见你这只大白鹅了。不过没关系，你瞧，这棵玉兰树在这里陪了我们这么长时间，它也是有灵性的呢，你看见它，不就和看见我是一样的吗？嗯……我该走了，希望你能和这棵玉兰一样，美丽、高洁。记得把画裱起来，要时刻记得我呀！”

正值秋冬时节，百花凋零。我独自漫步在那枯枝残叶的庭院里，没有洁白的玉兰，也没有昔日的各种恶作剧，不免有些许凄凉。我驻足在披着一身绿叶的玉兰树下，端详着，枝头有着点点圆形颗粒。不由得心生好奇，搜索一番后得知：这是玉兰的花蕊，在花瓣枯萎凋落后，花蕊会变成近乎紫红色的圆茎。我不禁惊叹于它那无穷的生命力。

在树下站了许久。果不其然，正如小阮所言，我想起了她，也想起了盛开的玉兰花，更想起了那些欢乐的时光。阵阵秋风中，好似还夹杂着玉兰的幽香。

喜看山河万千，乐见潭水潋滟。

感谢你的出现，为我的人生记忆增添了色彩。

**指导教师：傅秋雁**

# 记我与电脑

◎石子金

购置电脑已一年有余，我和电脑也算过了一个悄无声息的“纪念日”，于是最近总想为之留下些回忆。况且终于结束端坐于它之前的一天，心中正是又爱又恨，并且无数次被迫将目光划过它，无意中记下面对着我的细节，印象实在深刻无比。于是我清醒认识到，不宜拖延，现在正是一个合适为它写点儿什么的时刻：开始吧，你在杯子里盛好了热水，已经在睡前上完厕所，沐浴更衣，不能更加放松了，何不趁机娱乐和记录一下？

说是娱乐，其实我自认只是与电脑之间的小小“打情骂俏”。一切情感开端都是因为课程需要软件辅助，彼时的我还是纯粹的电子产品盲，对电脑完全无从下手。其实对电子产品的不了解没有什么不求上进的原因，实在是年少无知的我因为小时候喜爱的网站总是在互联网中浮浮沉沉，使我常常失去值得珍藏的许多知识，久而久之，我下意识地不信任数字世界保留我信息的能力，于是愈不信任愈避免接触，随着日新月异的信息科技进步和变化，信息课教给我的知识或被我抛在脑后，或被短短几年的系统更新覆盖掉了。等到实在要下手使用电脑，为时已晚。好在看了无数测评视频求了许多同学推荐，终于寻找到自认为的完美性价比，不过又给我当头一棒，我家在理工科最具发言权的爸爸建议还是选择价格相近的另一型号。唉，最终还是信奉“不听老人言吃亏在眼前”，只得忍痛抛弃了我哪里看哪里满意的那个型号。做了决定，网购页面只是轻轻一点，接着便是金钱的损失和长时间的等待。

电脑先是到了父母手下，他们负责帮助我完成许多基础部分的装配，免得我对新生的脆弱系统造成毁灭性的破坏，接着经过漫长的运输，终于让我得以一窥真容。它的外表是铁灰色的，根据我们的商量，这样免于长时间的使用玷污它的美丽。其他地方都没有什么特别，长得很像一台电脑，总体观察是一台非常沉重的机械，沉重给人一种可靠的错觉，安排合适的机械部分让人感到工业的美感。据说还能打开键盘灯，真酷啊！（结果平时基本没用上过，其一是我懒得打开，其二是有点儿晃眼，其三是根本原因：总是忘了怎么打开）看着电脑，我一时甚至不晓得如何开机，猜测着按下电源键，看到软件已经装载得满满的，各自在合适的地方。我与它的初遇就是这样，漫长的等待，彼此都不是那么满意，但是它是我的第一台电脑，我也是它要凑合着过下去的主人，爸爸妈妈在这台电脑上那么周到的考虑，抚平了这些日子相对独立生活的不安，这是一个不完美中夹杂着许多完美的开始。

接下来的日子，我与电脑上演了一番互相折磨的日常。我总是长时间使用它，占用它的内存，蛮横地夺走它的运算功能，不停地打开使它发烫发热风扇呼哧带喘如同肺热的软件，建模P图渲染，一旦打开就长久不歇，最过分的是晚上我睡而不许它休息，责令它连夜下载高达十几个G的新软件。而它也有逃避和报复的方法，最简单的是在我完成大半工作而没有保存时闪退，妄图使我当天由于大受打击而一蹶不振——此法没有奏效；于是它略施小计，在我手感渐好时死机干扰，以这种游击战的模式消磨我的斗志——有一点效果却没有使我停止；因此它不得不以自尽威胁我，使出白屏大法……太可怕了，那一刻我从未意识到它的受伤将使我伤心欲绝甚至蒙受不白之冤，何等精妙的计策！所幸我精通重启大法，善用搜索功能，将它同归于尽的计策巧妙破解了。还有其他不经意间杀人于无形的策略，比如使人偏头痛的屏幕光线、手指手腕痛的键盘、腰酸背痛的长时间使用……不过，它有时也是可爱的，使我能顺畅完成工作，还会给我一些好成果的惊喜，而我就体谅了它这些不过都是为了免于被使用的伎俩，因为是我一再坚持要使用它的。当它完美完成了任务，我们都会松一口气，不管过程如何曲折，今天又是相安无事的一天。时间一久，我们都知道，一旦我打开它，又是工作的开始，与其我也焦虑，它也别扭，还不如通力合作，缩短时间。到了这个阶段，一种感觉油然而生，这就像是带回一只宠物，由一开始相互警惕不知所措到能够相互磨合彼此友好对待。它的到来让我可以在它身上消磨我的时间，孤单时得到它的陪伴，有所需要时得到它的帮助。但既然拥有它，就要对它负责，体谅它的小脾气，容忍它的小毛病，不因为一时不舒服就随意对待它，要小心试探它的习性，用真心彼此适应，最终才能达到默契而互相依赖的状态。

我与我的电脑，都并不完美，我们都各有优缺点，一开始彼此也不甚满意。可以说我们互相本来有太多其他的选择。但是别的电脑没有遇上一个笨拙的我，没有包容过失败了喜欢大声发泄的我，没有为我传递过家人的关心；我也没有从自习室回去的深夜里感受过其他电脑在我后背几公斤的重量，没有在其他电脑上完成我拙劣的设计。化用我非常喜爱的作家的一句话，我与我的电脑有些时候就是这样，如果我们重新相识，那一定是这样的场景：随便走进琳琅满目的商场，被某样东西触动，你并不喜欢这种类型，你就只是喜欢“它”。

**指导教师：郝　好**

# 江 南 一 日

◎宗紫微

江水东流，两岸墨绿。

因为憧憬她的婉约之美，慕名拜访，从江北至江南，悸动的心，跟随那滔滔江水，犹又如那飞扬的花花草草。

游赏周庄，只需一日，尽可放下匆匆的脚步，在江南的柔风细雨里，水意漫漫中，脚步轻盈，细细品味那姑苏人家。

于是同他一样寻着那个梦，踏过那条路，于那些参差不齐的石头房间的深巷口，我不能清楚知道是哪一条，均是些青青的石板路，洇湿的斑驳的砖墙，是否会那般幸运遇到从雨巷深处走来的丁香一样的姑娘？幽幽深巷，却给人细腻的美，许有些朦胧，但幸福而甜蜜。

江南多的是水，周庄最出名的也是水。以水为美，水清而灵动。滨河的石楼，坚硬而粗糙的石桥与委婉秀丽的流水巧然成画，朴实的周庄人辛勤耕耘，小小的镇，便有了“水乡”之称。乘一条船，摇橹声声，在波浪中享受、感悟。河岸杨柳依依，花香四溢，江南风情，岸边女人们洗衣洗菜，动作轻柔；岸上男人们则多在劳动。亦有老者，品茗赏景，听水声叮咚。也有那些少女们，笑靥如花，吴侬软语，暖人耳根。船家唱着歌谣，这水乡又更具韵律了，江南的水土，孕育了这和谐的景色。聆听着涓涓流水，观赏着诗情画意的景致，各种各样的石桥，不同的感受。周庄的成名是少不了陈逸飞先生的功劳的，一幅精心描绘的《双桥》，使它走向了世界。感受着逸飞先生的感受，抚摩着那“双桥”的石头，谁又不会深刻体会到其中韵味，以至于这梦里水乡呢？江南，一个多情的地方。于是再信了戴望舒先生，手持一把油纸伞，头戴玉簪，在江南烟雨缥缈里。眼前浮动逸飞先生的《丽人行》。

不要问我从哪里来，也不要问我向哪里去，阳光明媚，碧水悠悠，暂且欣赏这里的宁静与洁净吧！

梦里周庄，秀美江南，一日之时，心领神会。寻的是一份感觉，一回意境。轻步漫游，如观那陌上花开，缓缓而行，沉沉而醉。

**指导教师：王　虹**

# 吉光片羽

◎齐家禾

十月搬到了早稻田。在寺庙般的书斋里一脸清净地支颐独坐，三重吉来了，说养只鸟吧。我说养也行。只是慎重起见，问了问养什么鸟。回答说是，文鸟。

——《夏目漱石》

七月里，家里添了两个啄谷子的小家伙，阳光透过玻璃窗洒进鸟笼，它们宽短的喙与镶嵌在眼珠外一圈细细的眼圈是如鲜熟草莓般的红，除了背部未换下的灰羽，全身上下都是洁白的羽绒。

它们先前待的养鸟场里环境并不好，很怕人，一到家就懵懂地看着周围的一切，仿佛没有灵魂的瓷娃娃。可一看到我的手在笼边，就弹起来直挂到笼网上，侧着脸警觉地打量。随着开笼门的咔嗒一声，顿时一阵呼啦啦声响起，笼子内白花花一片。我将手拿开，它们又肆意地在笼子里无忧无虑地跳跃，鲜红的喙轻轻张合，便溜出一串清脆响亮的鸟鸣，将方才的不快一扫而去。

入了秋，它们背上的灰羽褪尽，个头儿长了不少。每次它们饿极了时，我添一勺谷子，它们便低头啄一粒，圆滚滚的肚子和脸颊堆在一起就像个小雪人，长长的绒毛盖住粉嫩的双脚，边吃边喝，谷皮全沾在喙上。真有灵性，不知什么时候起，一个笑容在我脸上绽放。

难得闲冬，窗外萧瑟一片。我循着“鸟为食亡”一句俗语，想吸引它们站在我的手上，于是将食盒拿出，饿了小鸟整整一个上午。它们早已急切地趴在笼边，咔嗒一声笼门打开，其中一只便惊得蹦到了门框上，我正准备将盛满谷子的手掌递去，却见它猛地扑扇起翅膀，双脚蹬动铁丝笼网，跌跌撞撞地飞走，直撞上了紧闭的玻璃窗，似乎蒙了一下，像箭一样向下坠去，不过霎时又展开洁白的羽翼，挥出一阵风。它再滑落，再飞起、再滑落……干涩的扇翅声和喙与玻璃反复撞击的钝音一遍又一遍响起，直到力气耗尽，坠落在地上。

散落的绒毛稀疏地蜷曲着，宛如暮春的梨花陷沼，白瓷片碎在地上，自己与它们之间的信任，也如此零落。

我慢慢走向它的藏身之处。它缩进角落里，睁着眼一动不动地背靠着墙站着——屋内对于它危机四伏，得让它回去。文鸟在黑暗中几乎什么都看不见，而它的藏身处正好。我缓缓地将手伸向它那洁白的羽毛，猛地一抓，捧着它跑到笼前。它短促地鸣叫呼救，却无济于事，我才明白鸟儿远比人们想象的脆弱，啊，似乎手指拢紧一点儿，一个温热的生命就会从指尖流逝。

突然间，一缕朦胧的惊喜与感动仿佛柔软的羽毛将我裹住——一种轻急的搏动，透过薄薄的白羽，急切而执着，与我指尖的脉动吻合。我的心与它的心共同跳动，一组鼓点在脑海响起，一场无声的“对话”正在进行，一秒钟的时间被拉得如生物简史一样长。总之等我回过神来时，它站在栖木上，我的手抽出，随即而来的是咔嗒一声。

后来，我照常每天为它们换食换水，偶尔试着用手指喂食，等到它们终于探头轻轻啄了一下我的指尖时，窗外的白雪已经逐渐消融。渐渐地，半掌、手心……我买了几个栖木架放在家里，将它们放出鸟笼。

它们背部的灰羽已完全褪去，羽翼如轻柔的白云，雀跃地蹦来蹦去。金色的阳光在地板上投影出的窗棂，被两个雀跃的身影连啄带踢，碎成记忆里的吉光片羽。

**指导教师：李翰廷**

# 深　　巷

◎侯　昀

记得有一句童谣这样唱："北京的孩子爱逛北京，不走大街穿胡同。"我不是土生土长的北京人，但许多假期我是在北京度过的。看这如今比比皆是的"北京胡同游"，我还真为自己守着胡同却不知"近水楼台先得月"的做法有点儿遗憾。终于，在暑假，我抛开所有的琐碎杂事，走进胡同——那些深邃得望不到头的胡同，那些写着历史沧桑的胡同，那些洋溢神秘气息的胡同，那些拥有美丽传说的胡同……而今天，读了汪曾祺先生的《胡同文化》，顿时，熟悉亲切的感觉涌上心头，眼前又出现了曾经走过的胡同。

从宽的公路忽然拐进几米的窄道，刚才耳边一切嘈杂之声瞬时全然消失，如同来到另一个世界，这里的宁静似乎与大都市的喧嚣不很相称，其实这鲜明的对比才是古老而又年轻的北京最美妙和谐的音乐。

在这里漫步，会让整个人平静下来但也会有激动和快感，从胸中缓缓上升，直到全身都飘飘然。果然是昔日的气氛，旧时的风景。一座座庭院看上去饱经风霜，院墙上的泥也有一多半已脱落得不见踪影，露出找不到棱角的青砖，一些后来抹上的水泥缝隙间都长了青草。房顶上都是年代久远的瓦片，上面精巧的雕花与镂刻却可以让人知道一点儿当年宅门的阔绰与显赫。房檐下是通向院子深处的门，很旧，是用很宽的木条钉的。有的门口有上马石，稳稳地蹲在那儿没有丝毫坏损，也许它是一条胡同经受风风雨雨的最好见证人。

有些窄得只能通过一个人，墙角处终年不见阳光，长满青苔。一路上，很少见人，这更为胡同增添了一分静谧。而胡同在恬静中诉说的故事只有用灵魂去感受，只要有意愿，有心情，有心境。

好容易走到胡同的尽头忽听见几声吆喝，这可是纯正的京味儿。往前瞅瞅，胡同口有几个小贩正在张罗买卖。嘿，这北京城就是有人家的特点，吆喝的音儿拖得老长，就像唱歌，是什么也听得真真儿的。仔细听听，什么小吃、金鱼儿都被吼出调来，一点儿也不比京韵大鼓差。我凑到小吃摊旁捧上块豌豆黄，再用焦圈蘸上豆汁儿品品感觉和白云观没什么区别。这吆喝声够好听，小吃的滋味够浓，这才够味儿呢！胡同里的老北京热心极了："小妞真逗，跟这儿吗呢？光溜达可不成，知道胡同的历史吗？元朝时，道路划分得非常清楚，人们把房子之间打水井的地方叫'胡通'，后来才改叫胡同了……"感激不尽。真和我听说的一个样儿：北京人最热心，特别是在大杂院和胡同里。

胡同里除了这些老房子，就是屹立多年同样经历历史变迁的老槐树。炎炎夏日，正值槐花盛开的季节，满树小小的白花，清新淡雅；风徐徐吹来，成串的花儿飘悠悠地落下，带来阵阵沁人心脾的清爽，欣欣然令人神往。胡同里的北京人对槐树的感情可不一般。挺热的天儿，有几时闲暇，便摆上马扎，摇着蒲扇，老头子老婆子们家长里短地聊一阵，年轻点儿的海阔天空地侃一番。更有京戏迷们，从家里拎来家伙，张嘴就是几段，又有二胡，又是叫板，老槐树下又成了夏天里凉爽的戏园子。

然而，这一切活动与声响不但没有让胡同喧闹，反而使它们显得更加安静了。不知不觉中，天色暗了下来，胡同里没有路灯，许多小院的木门中透出丝丝光线的柔和，老屋的小窗里升起淡淡明灯的温馨。身前身后，昏暗却不让人惊恐，朦胧却让人觉得安详。我已被溶解在这令人陶醉的人文气息和胡同谱写、演奏的旋律之中了。我托着支美丽的蜡烛，沿路走下去。在渐深的墨蓝中，一点儿跳动的光亮融入北京老城沉寂的音乐，闪动着，消失在幽幽深巷。

**指导教师：边　疆**

# 生　　命

◎楚麓杨

我常常眺望窗外的天空，柔软的、白色的云带着我的思绪飘过，从这头飘到那头。谁家晾着随风飘荡的白衣服，不知何处飘来的饭香，窗外轻轻摇摆的蜘蛛网……

作家木心曾说过：“我明知生命是什么，是时时刻刻不知如何是好，所以听凭风里飘来花香泛滥的街，习惯于眺望命题模糊的塔。”

生命是什么？生命是当早晨的第一缕阳光照射，世间的光与影开始交融，世界的轮廓变得模糊，喧嚣扰攘的世尘也慢慢归于平静；当清晨的第一阵清风拂过林间，竹叶在微风中毫不客气地演奏起乐章……万物都在以独有的姿态傲然地与这个世界抗争。这便是生命。

我知道生命是什么。但是生命它到底是一个单独的个体，还是会与某物相似？

我认为的生命，它喜欢一夜细雨缠绵，楼阁灯影幢幢浮动着两人秉烛夜谈的身影；喜欢路灯似冬日的暖阳不吝啬暗黄的微芒，清辉印出雨滴滑落的轮廓，云雾柔和成片，缠缠绵绵，纷纷扬扬。

霓虹灯在夜雨中扇动着冷凝的空气，张狂地逞露不竭的光亮；不时有司机不耐烦的几声鸣笛声传来，惊起麻雀奔散；老婆婆炒菜飘散的葱花味儿和着雨声、知了声融入了这悲喜交集的城中。

原来天津这座城也如此光鲜。

遗落的星光和雾霭撞了个满怀，空气中氤氲着生涩。照亮巷里沉沉浮浮的月光，倏忽间似乎洗净了这座城。

天空澄澈，凝着通透的露，星子深深，攒着白日的喧嚣浮躁。

于是一阵微风轻拂，寒雨簌簌，溅起了薄薄的时光。我颤抖着身子披上外套，看阳台的百香果苗疯长不甘在这样狭小的天地沉沦，听雨打芭蕉声；看梧桐树摇曳生姿，听着电车发出的被雨打落刺破天宇的声音。

原来皆不甘在这样狭小的天地沉沦。

整座城都好像慢下来了，像杜牧诗里楼阁的风扇动雨滴，红白花开山雨中，像王维诗中雨浥轻尘柳色新。

于是雨愈下愈大，晃动的灯光明灭，将暮色打扮得有几分妩媚，我执起笔，勾画着早已凌乱的稿纸。

——我想和他去雨中散步，哪怕没有伞。我更享受雨落的动感和那个雨夜带给我的感怀。

——我想，这场雨恰逢其时。

我终于想通了生命是什么。

生命如溪流，溪流如弓背，山路如弓弦，故远近有了小小差异。这远近的差异，像是山峦间淡淡的雾霭，少之便缺了几分韵味。这并非偏颇，只是各自有各自的特殊之美罢了。

生命就是这样，各有各的美。

有远近，始有差异，始有特色；有特色，方有所谓相得益彰、相辅相成。

各美其美，方能美美与共。

溪流弯弯，山路盘旋，弯弯绕绕之后一定是柳暗花明的广阔天地。

生命也是，柳暗花明又一村。

**指导教师：傅秋雁**

# 诗意的出走

◎李可滢

王小波曾写道："一个人只拥有此生此世是不够的，他还应该拥有诗意的世界。"诗与歌的田野，是先人开拓的园地，让我们得以远离生活的钝痛，获得短暂的栖息。于我看来，"诗意"一词同时背负了空灵与厚重，它所呈现的，不单是一种纯粹的审美，更是一种真实的生命体验。但在这个快节奏的社会中，我常常觉得，我们似乎离诗意越来越远了。当身边的大多数人都在关注影音娱乐，花费时间去阅读诗歌的人却仿佛成了孤独的小众。

这是一个加速变革的时代，我们总是功利地期待一个结果能更快到来。看一本书就期待能因此变得深刻，去一次健身房便盼着能让自己瘦下来，发一条消息便希望能被立刻回复……网络快餐文学的盛行也是基于此，而诗歌却并不能带给你一个具有世俗价值的结果。第一次读到《从前慢》，我的心便瞬间缩紧了："从前的日色变得慢/车，马，邮件都慢/一生只够爱一个人……"木心回忆里的昨日世界，激起了我无限的向往与想象。走进他的诗句，我便被带入了那个静谧、诗意又温馨的氛围。那时的世界缓缓地运行，人与人的生命都相互渗透着。这样的诗，对于现如今的我们来说，更像是对曾经田园般岁月的缅怀和对日益浮躁的现代生活的控诉。生活在物质化、商业化的世界里，人们的价值观难免会被社会主流所影响。然而，在这样的时代里，诗歌对我们的意义是什么呢？

在电影《死亡诗社》里，有一段我认为非常精彩的对白："医学、法律、商业、工程，这些都是崇高的追求，足以支持人的一生，但诗歌、美丽、浪漫、爱情，这些才是我们活着的意义。"美好的东西往往都是非实用的，像文学、艺术、爱情，这些所指向的是精神的共鸣，而非现实的功用。我始终相信，诗歌带给我们的是一种不可替代的美好。这是一种非具象化的浪漫。喧嚣或孤独，缤纷或荒芜……诗用超出文学层面的技艺，传达着灵魂间的理解与共鸣。有时读到几句诗，我甚至会感动得流泪。诗于无声之中，在我的心上下了一场骤雨，我便被淋落得酣畅淋漓……它写出了我隐秘的心境，写出了我不为人知的故事，写出了我闪光于晦暗中的思想火光……一行行油墨的文字，是那样巧妙地表达出我朦胧与懵懂的感受，甚至让我发现了自己都未曾察觉的内涵。

康德说，唯有心中的道德法则与头顶上的星空令他敬畏。当我们选择诗意地去生活时，方能探寻到生命最初的敬畏。诗的文字里有干净的从容、慈悲与坚韧，也有穿越时代的另一个炽热灵魂发出的歌咏与呐喊。我们会遇到田野上的落日，我们会看见皎月的银辉，我们能听见大海的怒吼……在诗里，想象力站在文学之巅，展开灿烂的羽翼，它为我们打开另一双眼睛，去洞察这个时代。

去读读诗吧，那儿人少、朗润、辽阔。在这个沸腾的时代里，我们需要诗意，需要它给予我们无限的精神力量与美的感受。别让诗意在我们的时代出走。

**指导教师：靳宇喆**

# 熟识的初遇

◎杨欣雨

我漫无目的地沿着家门口的青石板路走，盛夏的天总是这样闷闷的，仿佛只有蝉才受得住这酷热。它们也闷闷的，有一搭没一搭地用沙哑的嗓音唱着独属于它们的歌。

树叶缝隙间透过的丝丝阳光，树枝上吊出细丝的青色虫子，耳边响着小孩子们吵闹的嬉笑声……一切都是那么熟悉，那么平常，那么无趣。这条路我再熟悉不过了，这里是我第一次学习走路的地方，是小时候我和小伙伴玩耍的天堂，是我上学去的必经之路……它对我而言是亲切的、重要的，但是难免也会让我感到厌倦。我瞧着自己被日头晒得黑黑的影子站定，脑子里忽然想到曾经看过的一部电影《假如猫从世界上消失了》片头提出的问题："假如我从世界上消失了，会不会有人为我哭泣呢？或者还是说，这个世界依然会迎来一成不变的太阳呢？"展望我们的一生，好像可以一下子看到经过的路和尽头。倘若生活如我们所想这样平庸无趣，我们又为什么要努力生活呢？毕竟之后的日子就在那里，并没有什么特殊的可以令我们追寻。

海棠花开得正盛，我便坐在那棵年老的海棠树旁边的长椅上，想要闻闻花香。我很喜欢海棠花，心底里总认为每一朵海棠花都是天上的仙女折了翼掉落人间，这或许也是海棠花总有落花的原因吧！

我歪头看着其中一朵似开未开的，树枝擎着那精致的花骨朵儿。那骨朵儿内侧紧紧地包裹着，由内而外渐渐松散，花瓣自下而上渐渐由淡粉色过渡到白色，颜色精巧极了，我想连世界上最厉害的画师用最珍贵的颜料都调不出那样美好的颜色。

我究竟是何其荣幸，在我欣赏着花的美貌的时候，伴随着轻轻的噗的一声，那骨朵儿一下绽放……整个世界像是突然变成了黑白色的，唯有这朵正盛放着的海棠花，明艳而夺目。我不记得那场景维持了几秒，或许根本不到几秒，只是一刹那、一瞬间，那花悄然飘落。它依旧明媚、从容，我却仿佛慌了神。我知道海棠花的花期极短，但我没想到竟有这么短：在它盛放的一瞬间，黯然消亡。

我克制不住地胡思乱想，没错，或许我们的生活过分平庸，或许身边的环境已经习以为常，但是我们该做的，不是将自己困于原地胡思乱想，止步不前；我们该做的，是以一颗热情的心去为自己创造那短暂却精彩的盛放，就像那朵藏身于万千海棠花之中并不特殊的海棠花。

也像那部电影末尾男主角最终坦然面对死亡时对心底另一个自己所说的那段话：“如果我从世界上消失了，那些还未来得及实现的梦想和心愿，活着时候无法完成的、没有做完的事情，对此我一定会抱有很多遗憾。但是我愿意相信，我曾经生活过的世界和我消失以后的世界，一定会有所不同。也许只是很小很小的差别但都是我曾经活过的证明，是我挣扎过、烦恼过、活过的证明。”渺小如我们消失后，世界的确不会因此而发生很大改变，太阳的确会照常升起。但是我想，那些曾经与我们有过交集的人们或事物，总会因为我们的消失发生一些改变，哪怕只是听说后心底的一丝丝惋惜，也是我们生活在这个世界上的证明。所以，我们为什么不为这些会因我们的消失而有所改变的人，或者，为了不在消失前脑海中掠过自己一生的剪影时，感到一生是如此没有意义的情况而努力生活呢？

只要活过，活出了对自己来说的精彩，大概就不会觉得人生毫无意义了。

我站起身，沿着那条再熟悉不过的青石板路走，天气依然闷热，蝉鸣依旧嘶哑，青色的虫子依旧吊在树梢上……但在我眼中它们已经不同了，它们不再平庸，它们都在自己的世界中努力地生活着，它们的存在都是有意义的。

我的嘴角漾出快乐的笑，脚步变得无比轻快。那条旧路与那棵苍老的海棠树已经不一样了，我好像才与它们初遇。

**指导教师：靳宇喆**

# 随时间而来的智慧

◎姚欣玥

每一个执笔过或是曾有此意的人，最渴望的不过是邂逅一个相似的声音。如同风穿过绵延空寂的森林，在万叶千声中，为哪怕一丝细微的共鸣而感受到欢悦。

每一个写下文字或是怀有灵感的人，最担忧的莫过于无法遇见一双愿意停留的耳朵。在重重树与树的私语中，感到无比的不安与忐忑。

这是来自年轻的风的回声，这是一种再普通不过的年轻的担忧。

担忧每一个文字的肤浅、矫作、偏激，担忧原本丰满鲜活的灵感变得干枯无味，担忧自己做了一场绮丽缤纷的幻梦，梦里有悲伤有欢愉，却太过空洞，太过荒芜，无法扎根思想的种子。

我们都将会经历这样的年轻与担忧，为了看清河对岸究竟是否如期待般的美好而用尽全力地争渡，到达后却发现，对岸远非我们想象的样子。

米兰·昆德拉说过："追求的终极永远是朦胧的。"这样的朦胧初看十分简单，却在追求中慢慢变得狰狞，渗透出苦涩。

然后便被桎梏在语言风格的推敲中，拘束在艰深典故的引用中，又或是消磨了耐心抛失了初衷。

尽管不想承认，但事实的确如此。灵感是一阵风，没有形态，难以捉摸。即便再优秀的作品，也不能保证文字与述说还原了灵感原本的模样。

但我们并不能因此而失去这份对文字的热情。

相反，难以还原的缺憾，也正是一段文字最为珍贵动人的地方。

当我们无法拨开朦胧、脱离桎梏时，只需把一张写有文字的纸对折，然后便能从开满石楠的高沼地走到膏粱锦绣的深宅，这一路上，有粗嘎原始的歌声，有宁静深沉的湖畔，有刀枪剑戟的碰撞，也有美人香兰的怅然。

然后就有了灵动的风。

它或许激荡，或许恬淡，我们不必试图掌控。就让它自然而然，无拘无束，从头脑到笔尖；就让它吹拂思想的森林，在一次又一次摩擦与撞击中变得真实。

即便没有共鸣，甚至也没有回音。

只有这样，才会使我们不再稚嫩，使风不再年轻。

我想起叶芝曾写下的诗句：

虽然枝条很多，根却只有一条；
穿过我青春的所有说谎的日子；
我在阳光下抖掉我的枝叶和花朵；
现在我可以枯萎而进入真理。

**指导教师：吴雅杰**

# 天府灵山风土植物志

◎石子金

天府灵山，乃“TFLS”，此“小外”（天津外国语大学附属外国语学校）官方称谓为众学子赋魅也。简单来说，在此宝地学习生活六年之久的我们，回忆不可称其不多，感情不可谓其不深，然而时光毕竟难再，只好用各种方式将它再次于心中重建。于是，又想起了校园内的各种动植物，想起了我们与它们发生的各种故事。

繁茂的悬铃木是一道我心目中仙山的“结界”。我们宗门府第，在围墙内外，教学密地都错落有致地种植了悬铃木——这种神木能力强大，颇具仙法，抗盐碱抗沙尘耐干旱易成活生长迅速，在我校更是枝干粗壮，颇具雄浑之美。最妙的是，秋日的运动会坐在其下，免受太阳直射，享受阵阵凉风，真是休闲又舒适。还可以用瓶子捕捉从上面用丝线将自己垂下来的“吊死鬼”毛毛虫，是写完宣传稿，参加完运动项目后的一种娱乐活动，犹记当年隔壁班的同学装了一瓶子荣获灭虫小能手大奖。早操时，悬铃木枝叶在阳光照耀下随季节变化发出动人的色彩；教室上课，麻雀们在枝叶间跳来跳去，用清脆的叫声掩盖我们接下茬儿的声音……可封为阴凉宝树。

银杏树是我们心目中的宝贝。它们像有些脆弱的老祖宗们，往往常年吊着吊瓶，缠着胳膊，平时不显得如何美丽，可秋季来临，它扇形的黄叶是我们一定要捡起最满意的夹在书里的。掉下来的果子据说也是一宝，曾吃过别处炒熟的银杏果，于是对掉落一地的发红小白果充满觊觎。只可惜出于对老树们的尊敬（主要还是太难闻了），以及实在太难处理、害怕中毒的原因，并没有如愿尝过，现在还有些好奇呢！

最美的最震撼的独株植物，当属那高大茂密的白玉兰。过去有几个校工叔叔园艺的手艺让我们尊敬不已。他们了解各种植物该在何时浇水施肥、修剪病枝。在他们的精心照料下，每年春天植物都如期复苏，绽放自己。我们也每年春天数着日子等着每一样要开花的植物，最隆重的等待莫过于白玉兰，时间上它几乎压轴登场。由于它先开花后长叶，我们每个人路过都忍不住观察有没有小小的毛茸茸的花苞从光光的枝子上冒出来。终于，长好了一个个像羊脂玉的花苞，然后往往一夜之间，猛地都绽放了！一树树玉兰，白的像是一大群展翅欲飞的白鸽，粉的像是冲上天的草莓小蛋糕。看到玉兰来了，春天的气息才骤然挥发在整个校园内。

还有好吃的！夏天的桑葚在体育馆对面总是不停地掉落在地，把我们的鞋底和地面都染成紫色的。长得较低的桑葚我们侥幸一尝，又大又甜，就是吃完不好消灭嘴上紫紫的证据。还有紫叶李，开得碎碎的小白花也非常美丽，好像一团云雾，不过我们对它最大的期待还是秋天开学后结的小李子，酸甜可口。有不太好吃但是长相诱人的海棠果、樱桃，每年春天那一片花海开时，我们仿佛真正生活在桃源仙山。不过也许是大家都没有耐心等它们长大，总是被结出来的小果子酸得龇牙咧嘴。更有不太好吃的石榴，石榴花虽然火红美丽，石榴也红红的好像很熟，但是据同学们实验，它成熟前后甚至直到第二年被风干成黑色的枯果，一直都是酸的，切记切记！还有能吃而且有药用效果的金银花，在后门以及“宝岛”区域绽放，花朵泡水清热解毒，不过它们的枝条总被来来往往的车辆、行人蹭坏，无可奈何又令人痛心。以及藏在草地里的开小黄花的蒲公英、地黄、灰灰菜，都是有药用价值的草植。杜梨和丁香，虽然都是好药，但是我们从未尝试，并且也建议大家不要尝试，它们主要起到观赏作用。充饥类的当属操场上榆树春天结的榆钱，不过我们在校缺少蒸榆钱窝窝头的能力，同样未经尝试，谨慎谨慎！以上这些植物，曾经吸引了我们年级的几个男同学，极大训练了他们的爬树能力，不过安全起见，建议询问老师后就不要尝试啦，大家共勉。

冬青卫矛、小叶女贞和麦冬草是组成绿篱和草坪的植物。它们在我心中属于凡间之草木，不是特别吸引人，但每每修剪和雨后，我总是忍不住嗅闻它们的气息。雨天总是有许多体形巨大的蜗牛、蚯蚓从它们之中越狱，从教室里出来变成了我们的历险；黄鼬喜欢藏在里面，嗖嗖地在我们窥视时消失得无影无踪；小狗隔着铁丝网在上面蹭来蹭去。

其实，回忆到这里，还有太多的往昔场景涌上心头，还有太多太多的其他植物和故事生长在这里，不过纸短情长，太多的故事不仅关乎这里，也关乎我心里那些没有什么不可为外人道，但只想和一起长大的好友们私藏的记忆。我也曾是一颗小小的普通的种子，吸收天府灵山的仙气歪歪扭扭地长大了，还将把这一切青春的记忆继续放在根叶下方，时不时回看，露出微笑继续生长下去。

**指导教师：郝　好**

# 我·辩论·生活

◎胡宛翎

阳光从玻璃窗外漫进来，温暖而明亮，把书桌上的一角染成了金黄色。我放下笔，走到窗边，听着楼下老爷爷们下象棋的声音，目光所及之处，黄绿色的树叶在秋风中翩跹飞舞，无声地诉说着秋天的莅临。跳动的生活气息一如既往地真实鲜活。

一切都是那么相像，仿佛只要回头，就会看到那个站在赛场上的小姑娘，她的脸涨得通红，眼睛却格外明亮。三年前的那个秋天，我第一次打辩论赛。尽管学长学姐已经让我准备出一份稿子，实在不知道怎么办的时候可以直接念。但那个骄傲的小姑娘心里想着——我才不要那么死板，可是当对方辩手逻辑清晰地反驳我时，我站起来，一句话也说不出，思维像是一条凝固的河，迷失在静默的时光里。那天天气真好，教室里有柔和的光线在流动。我在阳光下却更加不安，仿佛大家的目光都在烘烤着我，我抓着耳边那两缕发烫的头发，慌乱又懊恼。比赛结束后，学姐走过来，笑盈盈地拍了拍我的头，“第一次已经很好了。”时间相距并不算远，我的记忆却已恍然如梦。

我和辩论的故事是从那时开始的。兴趣和想赢的决心驱使着我，看了很多书，听了很多辩论的讲座，拼命让自己变强，拼命让自己变博学，哪怕只有一点点。

…………

我不记得自己是何时放弃了这种热烈饱满的生活，中考越走越近，我似乎一夜之间就学会了严肃对待自己。我的生活被自己套上套子，在“考不上好学校”的沉重警示下，所有与成绩无关的活动都变成了奢侈的消遣。我总觉得学习枯燥劳累，生活中也没什么乐趣。“一川烟草，满城风絮，梅子黄时雨”，这种囹圄也许是每个少年都曾经历过的短暂的虚无主义吧。

上高中后，我还是很疲惫，每天挣扎在解不出来的数学题和记不清的知识点里。可是，日晷上的影子不会停止转动，时间不会停下来，我怕那些温暖有趣的瞬间因为我的颓唐而被错过，尽管累，闲暇时还是忍不住观察周围的世界。这大抵是辩论留给我的好习惯，我始终相信：眼中看到的除了繁华盛景，还应该有世间冷暖，看到相似又不同的众生相。前几天在地铁车厢混浊的空气里，我看见一个姐姐举着一束鲜艳明媚的花，那天对她来说应该是个很特别的日子；我看见有人困得差点儿撞到栏杆上，一个哥哥飞快地把自己的帽子垫在那里；我看见一个阿姨挺着大大的肚子，和她的丈夫牵着手，他们脸上洋溢着即将迎接新生命的喜悦……这些场景，都让我觉得生活是太美好太温柔的过程。

这一点一滴的细节慢慢流进心里，我渐渐明白：辩论不仅仅是备赛交锋，成王败寇，更是“见自己，见世界，见众生”。辩论带给我的：不仅是辩题中的自己、世界与众生，更是真真实实活着的自己、世界与众生。生命是一个很真实的过程，每跨出一步，山水的形状都有变化，而辩论在不停地帮我把生活的内核向外延展。

感到疲惫和压力是十五六岁少年的常态，但同从前有别，我试着以更积极的态度去对待。打完高中的第一场比赛后，一直很敬佩的学长说：“得夸夸你，你很棒的。”我心里一阵狂喜，正所谓“神欢体自轻，意欲凌风翔”，三年前那个小姑娘心心念念的愿望，终于让我实现了。辩论把我那平静得吹不出褶的日子变得闪闪发光，让我觉得起码有一件事是我能做好的。这份自信也真的让我在更多的事情上都越做越好了。

那天下晚自习后，回家的路上经过天桥，我看着海蓝色的天空，桥下车水马龙，闪烁着暖色调的车灯。“疏影横斜水清浅，暗香浮动月黄昏”，诗句就这样自然地进入脑海。一直以来，我都在思考辩论的意义。那一刻突然有了答案，辩论，一直都是我遇到不同的人，走进不同世界的窗户，我生命中很多最美好的瞬间、认识的珍贵的朋友，都是辩论带给我的。甚至这些诗句，最初也是为了写结辩稿而背的。是辩论，也是通过辩论认识的每一个人，让我胜人胜己、成长成才。如果说生活像是沙漏，那打辩论赛就是转动沙漏，让里面的沙子倾泻下来，如此铢积寸累，沙漏的底部慢慢沉淀了厚厚的沙子，恰似灵感和体悟慢慢流进我贫瘠的心，生出了一片肥沃的土地，也渐渐地开出花来。

“辩字双辛，十年一剑，方知大道苦中求”，所有开花结果的美好瞬间都需要持之以恒的努力和积累来铺陈，辩论如此，学习如此，生活亦是如此。辩论真正的价值不只在于自我表达能力的提高，更在于深深地扎根于生活，俯视角落与夹缝，看到污垢和尘埃，并勇敢睿智地为此而发声。这是辩论带给我的一份责任感。作为正在成长的青年人，我应该努力追求的是：绝不仅仅是海纳百川的眼界胸怀，更应该有悲天悯人的创作灵魂。

此刻，窗外夜凉如水，我不禁想到鲁迅先生在《这也是生活》里写的一句话：“外面的进行着的夜，无穷的远方，无数的人们，都和我有关。”我也曾听过一种说法：“只有当个体生命与世界深刻交织的时候，才叫真正活着。”那我的生命，便从打辩论赛的那一天开始。此后，无穷的远方，无数的人们，都和我有关。

**指导教师：李翰廷**

# 我爱秋日里的晴空

◎许文侠

我爱秋日里的晴空。从来没有在其他时候，不经意地抬头一望，就被这美丽的天空深深吸引，湛蓝、明澈、广阔。曾以为，不被污染的天空就该是这个样子，所以，在城市里还能见到这样的天空，让我很惊讶。

记忆中冬天的天空该是灰色的吧，映衬着灰色的大地灰色的树，严肃、压抑。春天，天是黄色，很奇怪吧，和嫩芽的颜色一样，和那湿热、干燥的风的颜色一样。夏天呢，天是白色的，并非云朵的关系，是因为硕大的太阳让强光占据视野，白晃晃的一片，让你还来不及分辨那是什么颜色，就赶紧低下头，快步走过。

所以，秋天晴朗的天空最美。太阳小小的脸，显出温和灿烂的微笑，透明的光，让天空呈现出本色，蓝色的波不受任何阻隔，投射进你的眼里，让你真切感受到天的无垠、天的高远。云，稀疏或连绵，浅浅的白。所以，秋天的天空最美，蓝天白云——和孩子心中的童话世界一样。

望着秋日的晴空，我想起小时候。那时美术课学用水彩画天空，先在白纸上涂上深深浅浅的蓝，然后洗去毛笔上的颜色，饱蘸清水，在蓝色上任意地涂抹，于是，那本来层次分明的蓝顿时幻化成梦一般美丽和丰富的天空，不同的深远和不同的清浅融合在一起。那时觉得，画天空是最容易的，没有长宽比例、远近透视，不必想着和老师的范画是不是相像——和谁的都不必像就是那么无拘无束，就是那么随心所欲，而且好像越是这样越会得到老师的赞赏。仿佛天空本来就是那么自由，孩子们的心也是一样。

想来好笑，朋友是个多愁善感的人，常会在聊天时追忆过去的时光，每到这时，我就一脸的不屑，朋友说我很现实。的确，在现实中我没有时间回忆过去。可每当我不经意地抬头，看到那画一般的天空，儿时的往事涌上心头，看得忘我，想得出神，甚至有时连朋友的话都不理会。

和秋日的天空一样的纯净、透明的，还有人与人之间的感情。一位作家在一篇描写秋天的文章中说，秋天里的恋人，简单的幸福，看那一对对恋人携手漫步在街上恬静而温暖。这，我是相信的，这种感觉就像那天朋友送我一副可爱的毛线手套，脱去惊喜的浮华，只留久久的温馨。

有时夹着书本匆匆走在校园，或是周末在家埋头于书案，不经意便在头顶或窗外发现那一方明媚的天，这时我就会想：此时，正是适合出游的好天气呢。当然，也只是停留在想而已，因为此时，也正是暑假结束，新学期的忙碌刚刚开始。学校把假期安排在一年中最冷和最热的时间。当夏天的燥热使从家到学校都成了煎熬的时候，学校就放假了。可是，燥热并没有减弱，于是，假期生活就成了躲在空调房里，或念书、或睡觉、或无所事事。你说，为什么不把假期放在这个美丽的季节呢？美丽的天空、灿烂的阳光、清爽的风，携上好友，去爬山，去郊游，去亲近大自然。不，亲近大自然对城市的孩子们来说，太奢侈了，那也请给我们一些时间，哪怕只是抬头看看那秋日里明朗的晴空呢？

**指导教师：边　疆**

# 向鱼问水

◎石子金

人人都免不了因夸赞而快乐，因批评而消沉。别人的评价像水，我们自己像是水中的游鱼。水是舒适的温凉，还是刺骨的冰寒，本来鱼是无可奈何的，但，人们创造出了可供选择的环境，这选择如鱼饮水，冷暖自知。那么向鱼问水，鱼该如何自处？

向鱼问水，鱼避水势。有时评价一定会影响我们，让我们时喜时忧，更有时会兴出庸人自扰之叹。那么何不避开评价的洪流，以心灵的标准评判自己？安第斯高原上有一种普雅花，生长在千米之上，隔绝了旅行者的赞叹，离开了舞蝶蜂喧，从而未曾改变自己，只是不断努力生长。我自芳香，静静开放，普雅花生长地人迹罕至，它叶片花苞无一不坚固，使之避开了外界喧闹，绽放出生命的奇迹。若你尚对他人评价心有戚戚，何不做一条避世之鱼？

向鱼问水，水助鱼跃。并非只有避开别人评判的努力才是成功的。世人的打击、乱世的磨砺造就了杜甫。他在李白“作诗难”的调笑、大众对他困苦生活的轻蔑、官员对他才能的轻视中浮沉，打磨出为国而泣、为民而歌的风骨。昔日也有孔融等辈，借“让梨”带来的夸赞继续修养自身，终成一代文学家。当水来之时，做水中一尾借势的游鱼，一边锻炼，同时顺流而下，造就更好的自己，何不是鱼对水的另一种理解？

向鱼问水，鱼自岿然不动。当认为不当的批评会摧折自己，过度的夸赞会浮起自己，除了不听不闻，还有另一种方式，便是让自己不受周围评价影响。木心幼年生长在书香世家，满腹文采，后来却在“文革”中经受无数辱骂，依旧写下“白天是奴隶，晚上是王子”这样的诗句。晚年他终于扬名国内，在大学授课，也不因夸赞而改心，仍能说出“彩色的陀思妥耶夫斯基”这样的妙语。过世时，邻居甚至不知道他就是木心……不把名气当作骄傲的资本，不将如潮的质疑批评作为评判自己的标准。水若温凉，我自徜徉；水若刺骨，不为所动。这样也可做一条自由之鱼。

今日我们往往因几句赞美便飘飘然不知今夕何夕，也会因为批评而难以控制情绪，那便问问自己：做游鱼要如何面对那水？可以避之，可以借之，还可以不为所动。总之，我们不必因为批评而郁悒幽囚，不必因为夸赞而沾沾自喜，当然也可以用以磨炼自己。心情不好，也不必用陌生人的赞美填充内心。以上的几种方法都只是借鉴，当鱼找到在水中自处的方法，自然鱼也风光，水也清。《哈姆雷特》中有：“即使我被关在果壳之中，仍然自以为是无限宇宙之王。”他人的评价正像果壳，就看你如何看待它了。希望我们都能成为一尾让自己满意的鱼！

**指导教师：郝　好**

# 印象衡水湖

◎石子金

因认识一个地道的衡水人，周末被邀去看衡水湖。在此之前几乎对衡水这个城市一无所知，除了两样，一是衡水老白干，二是一个不善言谈的同学是衡水人。

到达衡水已经是中午，天气闷热，这个没什么特点的小城笼罩在嘈杂的热气中，街上看不见什么高楼大厦，多是些五六层的小楼，街上的树木也不是郁郁葱葱的法桐，而是朴素的白杨，只有立在路边的肯德基和一些五花八门的店铺让人感觉到城市的气息。下午两点多我们出发去朋友极力推荐的衡水湖，非名山大川，也非大家热心挖掘的特色景点，此前甚至没有一次的耳闻，因此心里没有一点儿的期待。即便如此，当走进衡水湖的景区入口仍不免有些失望，入口两侧是开发一半的别墅区，里面杂草丛生，周围用绿色的矮网围了起来，有的地方立着牌子，上面写着：禁止攀越破网。这个“破”字写在这里，很是幽默。再往里走是湖区的入口，入口处有几条船停在那里，入口附近的河岸用水泥磨了边，做了三两级的台阶，一些人在台阶附近嬉闹，还有一些在“此处禁止下湖游泳”的巨大的红色横幅下面游泳，游泳的多是男人，都裸着身子，看到我们的船行到身边都羞涩地迅速游开，有些大概是外地的游客，很兴奋地和我们打招呼。

船开过入口，一下豁然开朗，看不见边际的大片的衡水湖忽然就铺展在了眼前。有“每逢霖雨，三面积水皆汇，汪洋浩渺弥望无际”的真切感受。衡水湖的水是淡绿色的，湖里水草很多，野鸭子十分悠闲地游来游去，有的是三三两两地结伴，有的是大大小小的一家，有的是一大群的小鸭子围在一只大鸭子的左右。红嘴湖鸥在湖面上下翻飞，离近了能看到它嘴里衔着小鱼。有的野鸭子对我们这些不速之客仍是不太适应，远远地、警惕地看着，船稍一靠近，他们就扑棱棱地迅速飞跑到附近的蒲草里藏了起来。衡水湖的蒲草是大片大片的，像树一样生长在湖道的两侧。当我们船开过开阔的湖面和三两个小岛后，忽然就转入了蒲草的世界，河道被蒲草包裹在中间，仿佛进入了城市林荫大道，湖水静静的，透出潮湿的清凉的气息，蒲草在船经过后被水冲刷得轻轻摆动，偶尔有只水鸟从里面探出头来，又吓得迅速钻进那蒲草的密林里不见了踪影。衡水湖蒲草的绿是浓得化不开的，和白洋淀的芦苇不同，白洋淀河道的两侧都是浓密的芦苇，芦苇的绿是苍白的，配上浑浊的河水，显得干瘪而没有生气，这些舞着柔软枝条的蒲草，用那种招眼的绿抚摩着每个人的眼睛。经过长长的蒲草河道以后，大片的荷花一下子冲到眼里。衡水湖的荷花长得极高大，叶大而肥厚，绿得惹眼，花差不多都是单纯的淡粉色，花茎很高，亭亭地站在那里，花朵很大，无拘无束地开着，从近及远看起来莽莽撞撞的一大片。这花不似江南的荷花那般雅致，多了些北方的大大咧咧，像是衡水的农家媳妇，不谙修饰，但健康而豁朗。荷花旁边隔出了一片水塘，种着菱角，小小的叶子铺满了水塘，那下面该是它怀抱的希望吧。看到了荷花就是游船走到了尽头，我们原路返回，远远地看到了密密麻麻数不清的水鸟站在水面上，无奈肥厚的水草挡着我们船的去路。我们船能走的只是衡水湖 75 公顷水域中很小的一部分，大片的地方我们是过不去的，听说这里曾是曹操征战袁绍的水兵操练场，很难想象这么平静悠闲的水上曾经旌飞鼓鸣、气吞万里。

返回的时候已经是傍晚，远望去，衡水湖被夕阳洒上了点点金光，它像个调皮的孩子贪婪地揉搓着夕阳的余晖，在没有更多关注的目光里，在周围杂乱败落的景象里，独自美丽！

**指导教师：郝　好**

# 英雄·凡人·幸福人

◎曾　天

古今中外歌颂梅花傲骨之人不计其数，梅花，无疑是人们心中最勇敢、可以征服严寒的英雄。反过来，英雄，正如梅花，得到无数人的景仰膜拜，表面看就好像站在云端峰巅。可是，英雄是否幸福，是否凡人更比英雄幸福，谁又能确定？

从小，我们就不停地学习李白的诗作，从曾经作为稚童半知半解地接受背诵到今天，才渐渐懂得了那些朗朗上口的诗作背后隐藏着些什么：是一腔热血无处挥洒的愁苦，是一身政治才华无法实现的愤恨，是金樽清酒背后拔剑四顾的茫然，还有散发弄舟、借酒浇愁的潇洒……作为文人墨客，有谁敢说，李白不是英雄？可是，这位诗仙幸福与否呢？我不敢说他会因为仕途不顺、抱负难以施展而觉得自己不幸，但是我至少可以确定，他用全部热情希冀过的，都没有得到，最终也不过是一场空……虽然，他成了闻名天下的大诗人，虽然他的作品脍炙人口流传至今，可是对于他，还是没有实现愿望，纵然可以以此弥补，可内心的遗憾，愿望落空而留下的空白却无法消失……真不如就做个凡人。

不要说凡人的生活平淡无趣，那平凡中透出的是甘甜，是每天平凡中的新鲜。早晨从酣梦中自然而醒，安心地爬起来穿衣服，收拾属于自己的天地，为心爱的人准备早餐，悠闲地在晨曦初露的安逸的街道上锻炼身体，然后工作，忙碌一天回到家，满是疲惫的身心渐渐被家的味道所融化。晚饭后，或者携心爱的人出门散步，或者只是坐着，聊天看报，日子安静而平和地过，虽然没有惊涛骇浪却也有静湖般的平静，也是怡人的。

英雄的生活注定不能平凡，凡人的生活注定不会比英雄的有激情，谁知道哪种人更幸福呢？也许，李白就是喜欢当英雄，那么他也许是幸福的吧……英雄凡人真的无法断言谁更幸福一点，关键是谁能细心地品味自己的每一天。

幸福的人是什么？是英雄，也是凡人。

**指导教师：王　虹**

# 用心发现，用情写作

◎褚雅暄

“世事洞明皆学问，人情练达即文章。”这是《红楼梦》中的一副对联。初读此联，觉得如同嚼蜡，索然无味，但在那方寸的作文纸上、在起承转合的行云流水之间，它顿时如一股神力让我满腹妙语跃然纸上。

法国雕刻家罗丹说过：“美到处都是，对于我们的眼睛，不是缺少美，而是缺少发现。”这不禁让我想起了伯牙鼓琴、子期听琴的动人传说。那悠扬的琴声仿佛触动了天地万物的情感，用极尽曼妙的诗情画意拨动着生命的节奏，让真实的心弦随着山河之灵秀而跃动。庄子曰：“天地有大美而不言，四时有明法而不议，万物有成理而不说。圣人者，原天地之美而达万物之理。”一滴露水承载着万物的灵秀，一片落叶装满了天地的精华。大道合乎自然，万物皆有道，只有用一颗极其纯朴的赤子之心去发现，才能汲取“古之人外化而内不化”的那份坚守，从而在理性的社会中获得披沙拣金的真实情感。

一切景语皆情语，情动而辞发。我们每一个人都有权利去拥有真善美的丰富情感。人与动物最大的区别，就是我们比它们多了许多感性的情感世界，我们用它去吐露衷肠，倾诉烦恼，我们是一个个有血有肉的人。我不禁又要提到《红楼梦》，那是一部多么伟大的著作。鲁迅先生认为它是一部带有自传性质的小说，还说它："叙述皆存本真，闻见悉所亲历。"一部将生活的真实升华为艺术的真实的小说，花费了曹雪芹十年的心血，正所谓"漫言红袖啼痕重，更有情痴抱恨长。字字看来皆是血，十年辛苦不寻常"。曹雪芹倾注了他所有的情感，只为写一部旷世奇作。情感是宝贵的，但又是毫不吝啬的；因为在那字字珠玑的背后是多少噙着泪、带着微笑的至情至爱。穿越千古尘埃，这些都因今人的摩挲而流光溢彩，于是情感到了极点便成了满纸的辛酸。

生活在和平安定年代，辛酸有时也会与我们不期而遇，庚子年初的疫情，如时代的灰尘压在每一个人的心头，影响了多少原本幸福美好的生活。疫情期间多少白衣天使义无反顾，多少普普通通的人们在坚守自己的岗位。每天的新闻牵动着亿万人的心。医务人员脸上一道道最美的印痕、快递小哥穿梭街头的身影、医院里落日余晖下的温情、朋友圈里一个个感人的故事，令我"情动于中"，不禁"发言为诗"。

2020 年 4 月 26 日，武汉在院新冠肺炎患者清零！朋友圈里有人上传桃花的美图，夭夭桃花似乎也为这一喜讯而欣喜，我的心中也涌动着诗的旋律：

### 咏　　桃

桃李熏风带露浓，武陵津渡避时穷。

甘霖时至春雷震，再筑降龙不世功。

我稚嫩的文笔自然无法与曹雪芹媲美，更无法望千古诗圣的项背。与曹雪芹那满腹惆怅的文笔相比，“诗圣”杜甫则多了几分不羁。他曾放言：“语不惊人死不休。”而他也用极富现实主义的生花妙笔印证了他的誓言。他曾在“五岳至尊”泰山上留下了“会当凌绝顶，一览众山小”的名句。那并不是狂妄自大的言辞，而是一种兴之所至的豪迈与不羁。直到今天，我们依然可以感受到“海到尽头天作岸，山登绝顶我为峰”的意气风发。这正是一种情感的宣泄，它教会我们怎样用内心的感悟和情感的激荡去诠释“写作”的含义。

疫情期间，妈妈因为工作的原因外出而滞留隔离。初三的我，需要身为教师的妈妈的帮助，更需要妈妈的关心与鼓励，然而我们母女只能隔屏沟通，也许说不清是咫尺天涯，还是天涯咫尺，但那个时候我真切地感受到心灵的相通远胜过近在咫尺的漠视。我把对妈妈的思念化作一句句如诗的微信：

阳光射进飘窗，一地通透，兰花开了，淡淡的，我在读书……

下雪了，朵朵雪花一定也飘到您的窗前了吧？她们带去的是我和爸爸的思念……

“庄生晓梦迷蝴蝶，望帝春心托杜鹃。”每个人心中都有一双隐形的翅膀带我们去发现、去顿悟。禅语有云：“一花一世界，一叶一菩提。”在这一花一叶上有所彻悟，那么我们就洞悉了万物之理。“一千个人心中就有一千个哈姆雷特。”让我们用心去发现，用情去写作。寄情于写作，我们定会寻找到属于自己的那一千分之一。

**指导教师：李忠萍**

# 正确答案

◎鲁一鸣

课间的时候，同桌突然说："我不喜欢语文课。"我正在收拾下节课要用的东西，敷衍着她说："为什么，我觉得语文课很有趣，老师讲得也好。"她给出的答案是："因为老师没有给我们正确答案。"

那节语文课上讲的是曹操和陶渊明，老师问我们陶渊明对于中国文化究竟有些什么贡献，以至于我们称他伟大——我想到的是一种面对生活的态度，而这恰好也是这道题的正确答案。曹阿瞒是一个儒家赞成的积极入世者，陶元亮则有些像黄老之学中所主张的出世而无为。我想对于这一点并没有什么可以置疑的。

同桌看到我的不解，又一次解释了这个问题："人生态度不同，这听起来就不像是那种会给我得分的'正确答案'啊。"我猜想她应该是用自己所奉行的答题技巧来看待这个问题，而巧合的是，老师给出的答案并不在她的答题技巧之中。

根据我所学的，对于文学或者文化上的很多东西，的确并不会有一个所有人都统一的正确答案，比如对于列夫·托尔斯泰的《安娜·卡列尼娜》，文学评论家认为这是倡导女性独立的一部巨著，而托尔斯泰的本意甚至是想批判安娜这样的人。这种理解上的大相径庭让我们知道的是，即使作者本身也不享有对待自己作品的唯一解释权。所以，抛开应试来讲，这的确可以是一个有很多答案的问题。

和文学一样，自古以来，人们就执着于对各种领域探索正确答案，不光是对于某个问题，更是对于人生的正确答案。不过我认为这是没有意义，甚至可以说是愚蠢的。就拿陶渊明和曹操来说，他们代表了中国传统文化思想上的两种主流：入世与出世。如果我们讨论他们的处事方法哪个更优秀、哪个更高明、哪个更正确，这就像讨论孔子和老子哪个更伟大一样，是个没有答案的问题。既然没有答案，那追求正确答案不是一件很滑稽的事情吗？

那么，如果随着思想的开放与文化的交流，我们想选择的人生道路是否跳出中国的传统更多一些呢？我认为这就催化出了所谓的“写作手法”：日本的许多大作家主张“物哀”，主张将事情停留在最美好的一刻；英国作家王尔德提出唯美主义，却因此囿于监牢之中；现实主义作家们要看到民生疾苦，用深刻而刺痛的笔触将它们揭露给大家看，让人心里发酸。无论按照哪种方法去过完一生，都是我们的自由意志所决定的。人生自古至今，便只有“我想怎么活”，而没有“我该怎么活”。

何勇曾经唱过：“是谁出的题这么的难，到处全都是正确答案。”的确如此，人生又不止一种活法，怎么活取决于太多的自变量，你是看重自由意志，还是看重别人的感受，抑或是被太多东西所拘束而身不由己，这决定了我们怎样去活。所以我时常在想，如果真的有平行宇宙，也许那里的我会活成自己真正想要的样子，活得更加幸福。

我们说，每个人都是独立的个体，按照自己的自由意志去作出决定。可有的悲观主义者就会提出质疑：本质上，我们只不过是一群遵守客观规律而运作的原子而已。如果有一台强大的计算机，反应够快，算力够强，它完全可以计算出我二十多、三十多岁的样子，也同样能计算出我人生的结局，这便是经典物理学上的著名假设“拉普拉斯妖”。

所以，可以说我们的人生是早已被决定好，身不由己的吗？也许从某种意义上讲，的确如此。拉普拉斯妖如果真的存在，它当然可以为我们的人生提出一个“正确答案”，而这种人生就像是流水线上生产的三流影片，看了几分钟就能知道结局。野比大雄就应该穷困潦倒，一事无成；出木杉就应该一帆风顺，最终抱得美人归。这本来是一件很残忍的事情，在小学四年级的时候，人们就可以针对他们说出一些“没出息”一类的闲话。但是在漫画里，我们看到的是，大雄遇到了机器猫之后，越来越上进，试图改变自己的未来，而且颇有成效。你当然可以认为这是漫画里天真的浪漫主义，但我相信藤子·F·不二雄老师在向孩子们说的：不要因为一刻的失落而放弃，人生还长，我们还有机会，在一切结束前，一切由我们自己决定。

从这点上来看，这与法国存在主义作家萨特的观点有一些不谋而合的地方。以萨特的一句“存在先于本质”为滥觞，千千万万本来平庸的人开始走上寻找自己的道路，用行动决定了自己是谁。他们也许本来只是一个工人、一个白领或者一个基层干部，按照所谓的标准答案，他们会待在原来的地方，就这样平庸一辈子，然后孤独而悄无声息地死去。但是，他们靠着自己，或者成了一个有名的作家，或者组成了一支影响后世的伟大乐队，他们活出了不一样的精彩。也许，对于他们来说，这便是人生的最优解。那么，拉普拉斯妖面对的便不再仅仅是科学理论层面上的质疑，而是作为人类的我们在生活当中体验一遭之后提出的质疑。

历史上也不止一次有人证明了这种说法，鲁迅先生经历了看电影事件，毅然决定弃医从文，走上写作道路；小波同志在年少时和他的妖妖或者陈清扬读了这么多的书，靠着积累才能成为世界知名的作家……无论古今中外，都有太多太多人的人生因为一些自身的改变而改变，这时，你就是你人生中最大的自变量。如果拉普拉斯妖给我们的是正确答案，那么我们努力的目的，则是把这部本来平庸的电影变得有趣。我们所追逐的人生并不平庸，而应该有趣而精彩，人生并非数学题，它不只有一个解，至少我认为应该是这样的。

正因如此，我认为没有一个人的人生是生来就被决定的。我们的人生并没有、也不需要依靠正确答案。或者说，人生的路还有很长，萨特说得很对，我们人生的意义还有足够的时间由我们自己决定。

这一下子就扯远了，回到教室里，回到我和同桌之间。同桌看着我，似乎在等着我说些什么。的确，我已经看了足够长的时间，也该轮到我发言。如果要我说的话，人生的正确答案可能如同政治答题一样冗长，也有可能就像选择填空一样短促。也许只要你还把握着自己的人生，人生的正确意义就是你正在喝着那一杯水。

**指导教师：李忠萍**

# 小说卷

# 引言：讲述·聆听

每个人都有自己想讲述的故事。从口口相传的民间传说，到落于纸上的文字记载，从史诗、传奇到小说、白话诗，那些故事被阅读、被铭记、被颂扬。于是我们看到了刚毅不屈的女性安提戈涅，看到了徘徊在真与伪、爱与恨间的哈姆雷特，看到了具有拓荒、冒险精神的鲁滨孙，看到了美国梦陨落的牺牲者盖茨比，也看到了坚持为有色人种发声的阿蒂克斯。在故事里，他们写自己，讲人生，谈社会。霍尔顿在天真与成人世界间的徘徊是塞林格对自身矛盾的抒发，圣地亚哥的寻宝之路是科埃略对哲学与人生语言的探索，荒岛上儿童野蛮压倒文明的天性是戈尔丁对人性的叩问，毛利亚所面对的大海对生活的威胁是辛格对爱尔兰文艺复兴时期传统与现代化、民间习俗与现代价值观、异教与基督教之间日益加剧的冲突的思考。在阅读这些故事的过程中，我们与故事的主人公呼吸着一样的空气，穿梭于现实抑或想象的世界；我们真切关心着如朋友一般的人物的命运，也与他们一起思考社会、历史、世界的问题。于是这些故事在历史中留下身影，在我们心中占据分量。

下面是他们想讲述的故事，从对经典文本的挖掘，到对社会的思考。《河中墓》以“河”为坐标写尽一位理想主义者的埋葬，《张狂的慰藉》是对狄俄尼索斯酒神精神的大胆畅想，《摇篮》是对满足人类欲望的虚拟空间与人类文明发展困境的追问，《石头莲花》是江湖是山海也是温情，他们笔风灵动，想象大胆：《盘上的世界》将江山凝聚在棋盘之间，《俗世记》采用倒叙，轻松诙谐中蕴藏着辛辣的讽刺。他们富于对生命的理解：《脚比路长》《沙漠行者》彰显人类灵魂的充盈。他们笔触细腻，讲述人与人间的相遇：《夏末的戏台》《先生娄纶》《攀星》是偶然相遇的灵魂的牵绊，《自由的路上，我们四海为家》是相互依托也是未来的希望。他们讲述人与自然、人与民族：《挂铃人》《祖神》将那些古老的传说再次带到你的眼前。于是一个个故事有了生命，一个个灵魂落于笔下。

此刻那些故事都已向你展开。大幕拉开，好戏上演。一起来听他们的故事。

# 挂 铃 人

◎王佳宜

阿环跟着父亲的老马，在山间阔步而行。

只有马蹄叩击石子的声音。野草在寒气中竖着浑身的茸毛，在暗蓝的天幕下、淡淡的晨曦中，发着柔和而灵动的荧光。山风隐隐，阿环又听到铃声。

阿环就要见到萨玛西了。他盯着起伏的老马的肩胛和马背上鼓鼓囊囊的褡裢，默想着铃声传来的地方。

萨玛西。

萨玛西，杳泉村人心魂的归宿。

南部特有的流水地貌，在与杳泉村一山之隔处铸就一巨大的圆形石凹——萨玛西。传说有一年杳泉村上午逃走了一匹马，阴差阳错跑到了萨玛西。它看不到萨玛西遥远的另一边，于是沿着它的边沿不断地跑，直到下午村民找到它时，它仍在疲倦地奔跑。

巍然耸立的群山下，它安详地卧坐着，无须竭力呐喊以求回音，只消以目光触之，人心中便会响彻它震天地的轰鸣。岁月让山的绿色在它的四周和底部扎根，它宽厚地供养着这些静默的生灵。杳泉人将寄托着自己家族命运的铜铃钉在它裸露的环壁上，于是萨玛西便也仁慈地托举起人的生命。

每当家族新丁呱呱坠地，杳泉村的老辈们对萨玛西唱颂般的讲述，便悠悠开始，于是将萨玛西神性的脉络延展进每一个杳泉的新生命。

阿环的血液中也生长着萨玛西的脉络。

父亲是杳泉村的祭师，图腾言，山神将护佑族人生命的重任交给祭师，命其代代年年在萨玛西的峭壁上，为每户村民钉挂能沟通上天的铜铃。父亲用竹篓背着仍是稚子的阿环，翻过小山，环着萨玛西走了又走，将萨玛西的故事念了又念。阿环默听着，默背着，坐在竹篓里，迷茫的眼神掠过萨玛西岩壁上的铜铃，看它们随着父亲的脚步沉了又浮，浮了又沉。

阿环开始上学读书。不久，系于父亲腰肢的挂铃绳索系到了他身上。他开始练习挂铃，却逐渐发觉自己对这种风俗的不屑。

阿环敬畏萨玛西。

而这种敬畏，仿佛仅源于父辈的教诲，以及某种无意识的习性。阿环常常瞒着父亲，在本该练习挂铃的时间，爬上一块山岩，望着萨玛西背后的群山与天空，全心地向往着书籍中为了人民在社会上干出一番事业的干部。

这才是能成就我的事，少年阿环想。

清新凛冽的山风裹挟来马的气息和熟悉的植物芬芳，干燥的马鬃随风翻卷。天快吐白了。阿环已经开始翻越小山。阿环终于记起了通往萨玛西的路。他已不需老马引路了，现在反而是他在牵着老马攀登。阿环又忆起往事。

他对父亲说，我疲惫了。

父亲说，有担当的人不会疲惫。

他说，有担当的人应去城里上学，像书上说的，将来为人民服务。

父亲说，萨玛西岩壁上三十户人家的命，你不管了？

他笑，说，阿爸，你那是唯心主义。

阿环终于离开了杳泉村。他用出色的成绩为理想铺出了一条路，几年后，如愿成了一名基层干部。

父亲用看来笨拙的笔迹写出一封封信，往乡政府阿环的办公室寄去，收到的回复却往往如出一辙：在为人民服务，暂无暇归乡。挂铃是非物质文化遗产，政府自然会保护。在为人民服务，勿念。

父亲不再寄信。

太阳已从群山后面露头。一人一马沿着山脊埋头向上爬着，他们耳边传来山雀的啼啭。老马翕动鼻翼，忽然亢奋起来，有力地踏着步子，甩动鬃毛，响鼻不断。阿环的额角冒出了细汗。他牵着马蹚过一丛丛及膝的、浸透寒露的野草，想起这两年踏过的路。

镇政府说，要着力搞生态建设，造绿水青山。担子压到了阿环的肩膀上。

他望着日渐稀疏的植被间裸露的开裂的土石，望着让工厂难以采水的淤塞河道，去找散养山羊的老汉，去找倾倒污物的河畔村民，将环保、政府任务、国家计划念了个遍，苦口婆心，羊要圈养，水要洁净。

可这与村民何干？羊正长膘，垃圾也不能不倒。

阿环大汗淋漓，去问书记、县长怎么做。怎么做？说服，教育，示范。

可是，腿杆跑细，嘴皮磨薄，还是一筹莫展。

那段时间的天，异常地蓝。那蓝，罔极，毫无浓淡变化，如无际死水，又似沉重穹隆，其巨大的压迫感使阿环恍若天地间苟存的一粟。日光毫不委婉地射在他脸上，他眯着眼低下头。“为人民服务”的勋章离他那么远，他不知道方向，找不到继续下去的理由。他无力抬手遮住刺目的阳光。

阿环突然想起父亲——那避风的山脚。他展开信纸，含泪大倾大吐。不出所料，他收到了父亲的埋怨。

你小子还记得我？你不是在为人民服务？杳泉村三十户人家还等着你给萨玛西挂铃！那可是几百口人命！

萨玛西的雄音忽然开始在阿环脑中回荡，戴勋章的干部形象一时不再占据他的思维。

白炽灯发暗发黄，阿环的影子映在宿舍的白墙上。泪水迷蒙中，他的眼前仿佛是晃动的煤油灯的光晕。光晕中蹒跚着父亲的影子。父亲身着祭师的短袍，肩搭褡裢，疲惫却微笑着在众村民簇拥下挂铃归来。他看到父亲对村子福祉的祈祷，听到戴着山神面具作法的父亲真挚而凄怆的咒语——这些已是从萨玛西深处掘出的记忆了，它们如萨玛西一样，被陈放在阿环心中的一角。阿环见过它们，却也没见过它们。

自己仅是渴望那枚勋章吧。而自己对“为人民服务”的坚持，不过源于理想，一如自己对萨玛西的敬畏，源自父亲的说教。

阿环心颤着想。

那两日雨水滂沱。天空依旧蓝，乌云铺遍也掩不去的蓝。那蓝从头顶的乌青向远处的墨蓝延展，直到黑色的泡桐树影后头。阿环时时望向青冥深处，一如当年望向萨玛西深处。他曾离理想很近，却离萨玛西赋予的责任与担当很远。

阿环花了两个日出日落，摸索出了新的计划与方向。

雨住，日升。阿环开始了他废寝忘食的实地考察、走访，分析措施对民生的影响。他终于让老汉明白，圈养能使草地自我修复，让牧草终岁充足。他让河畔居民明白，垃圾回收能换钱，河水洁净好洗衣。

流汗流血的多半年过去，不再有漫山遍野啃食植被的羊，也不再有生满绿萍蝇蛆的河道。养羊老汉笑着对阿环说，今年的羊没到秋天就长了膘。

阿环欣然望向绿意盎然的土地与社区时，却收到了父亲离世的消息。

同事送阿环归乡。通往家的路在阿环眼前模糊了又清晰，清晰了又模糊。

夹道是绿水青山。

按习俗，祭师葬在距离萨玛西不远处的山下。阿环不顾村民劝说，独自在父亲的墓碑旁静立到傍晚，又默默地来到萨玛西旁边。

寒日无言西下。残留在山巅上空的余晖将萨玛西染红，山风拂动它岩壁上的铜铃——几百年如一日，它仁慈宽厚地托举着杳泉人的生命。归来，阿环已明白了它的托举。

阿环要去挂铃。

太阳完全升起来了。老马挣脱阿环，奔向萨玛西，激动地来回踏着前蹄。阿环系上父亲挂铃的绳索，将自己悬至石壁之上，肩挂三十个铜铃，手攥铁锤石钉。

嗵——

嗵——

萨玛西深处传来雄浑厚重的回响。

**指导教师：郝　好**

# 河 中 墓

◎刘子萱

## 楔 子

山间淅沥下着小雨，斜风轻轻扫起落花；柳树旁的宽河，缓缓地流着。山脚下的土路，过客稀疏，皆是默然前行，一切仿佛大自然构思的一幅绝妙的山水画，时间若在此刻定格，可能只消一笔，晕开于宣纸上，便端庄又不失美丽。

然而有时，天算不由人算。

群山环绕之处，薄雾漫漫。忽然，山雾里冲出一个人，向前没命地跑着。他身后，喘息声、叫骂声、哀怨声纷至沓来。

那人约莫五十岁，却须发皆白，衣衫褴褛，身上写满悲苦；满脸苍白，唯一有些神色的却是双目；嘴微张，痴痴傻笑；赤脚跑来，两脚浸过泥水，挂着些许污垢。

在他身后追赶的，有一个妇人与几个小吏。妇人绝望地喊着什么，大概是他的名字；众吏手持木棍，竭力追赶着、大叫着要他站住。

山外小路上的过客们纷纷停步，望向正在发生的这一幕追逐。

那人却对众人的目光毫不在意，径自朝前跑着。

前面，是河。

这条河，他太熟悉了……

他走的那天，便是从这条河离去的。

这条河，是小村与外界交通的唯一途径。

## 一

曾经，风华正茂的他，心怀梦想——他要考取功名，走出村子。于是，他日夜苦读，废寝忘食。

常言道，皇天不负苦心人。终于他考中举人，出外做官。

他只得从河走。

他离乡的那天，河岸上站满了人，人声鼎沸。所有人笑逐颜开：村人们谄媚地笑着；小吏们眼神中溢满了羡慕；县里来的老爷亲手将盘缠递到他的手上，紧紧握住他的双手，脸上写满了激动和尊敬；人群里，一位妙龄少女望着他，眼中无限深情。

他终于上船离去，可人们仍在后面呐喊，恨不能追随船在河面上刻下的痕迹。

在他船帆远去的方向，他们看到了财富、权力、名望……

那天，波光潋滟，天色晴明，他心情无比畅快，乡民们心怀期盼，一切都是美好的。

当然，她，更美好。

## 二

他站定，迷茫地望向河底。水依旧缓缓地流着，但在河的深处，他看到了涌动的暗流。渐渐激荡起来的风从很远处奔来，呼啸着，扔下几丝雨，吹乱了水面的纹路。

他突然笑了，用一种声嘶力竭、近乎咆哮的声音。

这一瞬，狂风突起，河水激怒，浊浪滔天。

就像墨泼在画上，一切，变得浑浊不堪。

这多么像官场的缩影啊！他，直到做了官，才看清楚。

偏居一隅，从小在孤村长大的他，曾是那样天真地一心追慕圣贤，不谙世事。因不忍看苍生疾苦，一当上官便全力为百姓解难，甚至不惜得罪自己的“前辈”们。被他得罪过的权贵们自然没有“亏待”他，而是一起给他这个初出茅庐的愣头青好好上了一课，学费是他余生的俸禄和梦里的前途。

他终于明白，自己曾经信仰过的“身正不怕影子斜”的至理，不过是长辈用来哄孩子们的童话罢了。独自走向黑暗深处，光照不到的地方，是不会有影子的。这个至暗的领域，也没有“斜”这种概念，一切都发生得太快；有的，只是挺立与倒下两种姿态——这是这里衡量是非成败的唯一标准，公平公正。

独自一人伫立于浪中滩头，他目睹了这浑浊的水波——混杂着利益的污流；水中藏着一张庞大而细密的网，织就一个又一个的名字与不断升迁的官职；深不可见的地方，隐约有几股强劲的力量支配着一切——华丽的气泡浮上水面，闪着七彩的光芒破裂；水面的漂萍被狂风撕碎，在湍流中挣扎片刻，扭曲地坠入黑暗。

但被巨浪扑杀，长眠于深渊中的，是他的呼号，是他的请愿，是他奔走的身影——只有他这个呐喊者，这个如同蚍蜉一般渺小的凡人。

## 三

妇人挣扎着赶来，向他哭喊：

“公勿渡河！”

他回头望了望水汽笼罩下的雾蒙蒙的山，失神已久的眸子忽然闪动了一下，取下别在腰间的破瓢，舀一瓢水，猛地扬向空中。水珠在空中绽开，映射着暴雨前乌云缝隙里闯出的最后一缕天光，星辰般璀璨；又急速下坠，划过他的面庞，拂去了他脸上的彷徨。

河水冲上堤岸，洗净他的躯体，稀释他的悲愤。

他又笑了。这次只是单纯的笑。

## 四

就在不久前，他回到了村中。

驾着残破的木舟，他孑然一身，逆流而行。河边冷清，冷风如刀，肆意地刮着他的面庞。去时一切繁华，如今物是人非。

曾经的意气风发，如今的身心俱疲。曾经孤胆而往，如今狼狈而归。他曾虔诚地信奉圣贤，为芸芸众生振臂高呼，然而到头来讽刺的是，所有鄙夷的眼神、背后的指点与恶毒的流言，都来自那些自己曾经不惜一切去竭力保护的人们。一切心血被风吹散，一切罪过被风卷来。无言可辩，也无须争辩。

他回到了家中，一切都没有变。桌上，圣贤之书依旧摊开，可他曾经烂熟于心的字里行间，却仿佛写满了嘲笑与讽刺。默默收起书卷，他兀自长叹。

忽然，门被打开，三个府吏站在门前，手持木棍，面色阴沉。其中两个上前来将他按倒在地，另一个轻慢地述说着他的罪状。刻意编织的罪名，又如何辩解？他心领神会，一言不发地跟着他们去了衙门，接受命运的审判。

他挣扎过，也愤怒过，但他被教会了隐忍。于是他不再显露，而是选择了沉默。

## 五

出乎他意料的是，他们只是取走了自己所剩无几的钱物，并没有把他投入大牢。一定是有人为我辩护，他想，他太熟悉这些流程与规矩了。可是转念一想，又有谁会为一个废人说话呢？他冷冷一笑，不再思量这些荒唐的事情。

之后的数日，不断有人敲响他破败不堪的家门，所有的人以各种缘由，向他讨要、索取。起初他麻痹自己：这是定数，这是要还的。可不消几天，他便家徒四壁，但仍有人砸响他的破门。他再也忍受不住了。

他们几乎拿走了他的一切：他的梦想，他的魂灵。那就走吧，逃离这个早已不是家的地方，不用再活在人们的目光里，去山野林泉，去天地间僻静之所，再延续自己的梦。

是夜五更，他收拾好了行囊，带上了角落的圣贤之书，悄悄推开家门，遁入月色之中……

几日的山居生活，再无人来打搅他。他悠然自得，仿佛一切又变得与从前一样，那么闲适，那么宁静。他很快活，似乎忘掉了曾经的不堪，继续与书中的圣贤讨论着为官安民之道。他拾起了他的梦，自说自笑地演绎着。

直到，她的出现。

## 六

斜风细雨的清晨，露珠撒娇般地留在花瓣上，不忍离去。一位女子，风尘仆仆，穿过雾霭，带着丝丝月季似的花香，轻轻叩响他的柴门。

他正在园中踱步，突然听到久违的似曾相识的叩门声，心悸动一颤，一种不可言表的情愫涌上心头：总感觉，门外之人，仿佛曾有一见……

他终于推开了门。门外站着一位妇人，虽然岁月微微黯淡了她的容颜，但却赠予了她举止大方的体态。

她默默注视着他，一语未发。

而此时，他望着那双眼眸，一下乱了心绪。那眼神，是多么熟悉：几年前船头的惊鸿一瞥，堤岸上的笑靥如花，回忆中的秋水盈盈，眼前的顾盼生姿。

他想起来了，她是当年饯行时和他对视的那个女子。一时间，那些他尽力去遗忘的记忆，又如潮水般涌来。他忽然想起几天前自己回乡，听到的旁人刺耳的议论声中，人们曾提到她是县令的女儿。他顿时明白自己是如何免于牢狱之灾的了。

两人都是一言不发。许久，她先开口，打破了沉寂。她的父亲，也就是县令本人，在他离乡赴任那天，恨没能把她许给他为妻；听闻他被削官免职、驱出京城后，又万分庆幸，赶忙四下寻觅正当年的公子们，张罗女儿的终身大事。不料她却冥顽不灵痴心不改，县令也只得暂时作罢。谁知几天前潦倒的他被判入狱，她竟私下请求疼爱她的叔叔为他求情。县令一气之下将她逐出家门，断绝了关系。她连夜到他家去找他，见人去楼空，便来山间寻他。

他沉默地听着，许久，发出一阵欣慰又无力的叹息……

## 七

又有人找上了门来。确切地说，是麻烦。

当年她不屑一顾的那些富家子弟如今依旧不肯罢休，摆出一副“自己得不到的就干脆彻底毁掉”的狭隘心理和丑恶嘴脸。他们得知两人幽居深林的消息后，便通报给了县令。县令闻听，怒不可遏，立即派人来抓捕他们。

他彻底绝望了，拼命地奔出这座山，向他身体和心灵的庇护所——河边跑去。

他要回到，一切的起点。

## 八

他笑着把瓢系回腰间，然后径自大步朝河心踏去。风卷起一个又一个浪头，打在他身上脸上，冲得他一步一个踉跄。

他终于走到河心处，欣喜若狂，高举残瓢，愤然呼啸。

只是没有人听到。狂风的咆哮盖过了他的怒吼。

恰在此时，一个巨浪扑来，他的声音彻底湮没其中，连同他自己。妇人伤心欲绝，跪倒在地：

“公竟渡河！”

声浪俱逝，只剩一残瓢浮于水面，万千归于平静。看客兴尽离去，仅余妇人瘫坐于堤旁，口中失神而语：

“渡河而死……”

良久，她挣扎起身来，朝河心稽首，拜了三拜，转身跟随前来抓捕她的小吏们离开，不再回头。

堤旁留下一行字：“其奈公何。”

## 九

微风吹干泪水，细雨涤尽阴霾，好景依旧。山水画仍是那幅山水画，斜风细雨仍是斜风细雨；过客来往还似过客来往，雾霭茫茫还似雾霭茫茫。一切都未曾改变。

只是堤旁多了些字：“宁山间碎骨，沉河不浮；不愿守棺而驻，魂灵碌碌。”

人们终于听清了他想喊但又喊不出的话。

之后，每有人打此经过，都要向河心拜上三拜，以求顺遂平安——毕竟，那里埋葬着一位河公，也埋葬着多少人想说又无从说起的梦想。

## 尾　声

后来，有人在河中立起石碑，又请当地的巧匠在碑上刻了字：

因梦而痴，为梦而殒。

此生无憾矣……

——他们的墓志铭

**指导教师：李翰廷**

# 脚比路长

◎柴　聚

旅途第一天。

我从未见过如此壮丽之景。映入眼帘的无边大漠扬起些许黄沙，晨光熹微，愈发增添了朦胧之感。远处的沙丘静默地卧在朝阳中，宛如熟睡中不曾被惊扰的美人。边陲天空之蓝遥映着大漠金黄，而身后的绿洲是泼洒其上的浓翠。

美如画卷。

旅途第十天。

我看到几个坐落在如茵碧草中的农庄。但那片景象却在我靠近时化为虚无，我的眼前终究只是一片黄沙。

几只野鼠从我脚边窜过，盘旋在空中的秃鹫发出怪叫，仿佛在嘲笑我的愚蠢。

我已经数不清这是第几次被沙漠愚弄了。一次又一次，我在蜃楼幻景中跌倒又爬起，翻越一个又一个总是似曾相识的沙丘，兜兜转转找不到方向；也曾走失在重重迷雾中，险些葬身流沙。我在沙漠炽热如火的白昼与寒冷如冰的夜晚里狼狈不堪，也只好自嘲：这一次，倒算是切身体会到了沙漠的变幻无常。沙漠对我冷嘲热讽，为我的热情浇了一瓢冷水。

旅途第十八天。我遇到了风暴。

天地一片灰黄。狂风裹挟着冲天怒气，毫无征兆地向我扑来。我手脚冰凉，一刻也不敢停下来拼命向前奔跑。风沙里我看不清方向，只觉得脚下一绊便倒在冰冷的沙地上。狂风逼近，我无路可逃了。

上天是眷顾我的。这场风暴并没有使我丧命，只是夺走了我的行囊。那里面是我仅存的面包与最后的水。不过那都不重要了。

我咳嗽着从沙土中爬起来，拍拍身上的土灰，突然感到心平气和。

在此之前，我曾设想自己只身跋涉穿越大漠，但身处其中，我却越发觉得梦想的遥不可及。随着时间的推移，我几乎就要放弃。然而当这场风暴截断我所有退路之时，我却豁然开朗。既然没了退路，那就向前走吧。

旅途第二十一天。

头晕目眩，四肢乏力。干裂出血的嘴唇显示着我的身体极度缺水。还好，夜晚的冷风使我的神志还存有清明。

我仰躺在沙丘之上，看着身旁一具爬行动物的尸体突然心生悲凉，“我就要成为你们中的一员了。”我对着它喃喃道。

我疲惫地闭上眼，头上是漫天的星斗。我忽然想起往昔曾无数次入梦的孤烟落日。

“一位战士，就算牺牲，也要倒在出征的路上。”我觉醒过来，猛然之间觉得力量又回到了身上。我艰难地向前挪动着，不知过了多久，终是腿脚一软，重新跌回地上。晨光微现。我以为这便是我见过的最后的日出了。

宛如一块碧玉嵌在金黄的丝绸上，橙红的天际下，一片绿洲就这样出现在我眼前。我以为这又是老天开的玩笑，直至我听到树丛中传来的阵阵虫鸣，嗅到绿草的清香，看到绿树环抱中深蓝的湖面。

大喜和大悲同时涌上心头，千百种恍若新生的平静的情绪同时爆发，如洪流奔腾在心底，却最终归为平静。

我坐在沙丘顶端，脚下是生机勃勃的绿洲。旭日初升。

此时沙漠分外妩媚。

探险家的子孙合上日志，同鲜花一并摆放在他的墓前。应他唯一的临终遗愿，他的墓面向荒凉的大漠。墓碑极简，镌刻着四个字作为墓志铭：

脚比路长。

**指导教师：王瑞春**

# 金　光　石

◎刘笑羽

科学家盯着墙上的钟。那根指针旋转着，从顶端落到底部，从无限摆向虚无，歇斯底里地追赶着时间的步伐。条条蜿蜒盘曲的皱纹占领了她的面颊，花白的颜色攀上了她的发梢，她盯着墙上的钟，大睁着双眼，追踪着每一丝微小的变化，见证自己的身躯佝偻下去、蜷缩起来……

“科学家失踪了！”新闻头版用大号黑体字尖叫起来，“著名科学家石亚松于18日凌晨失踪！此前科学家曾意外发现未知宇宙射线。”科学期刊瞪着眼睛，面无表情地重复着“新型射线来自太空”“射线辐射后果严重”，其中时不时夹杂着“熵增”“耗散结构理论”之类晦涩难懂的词，最后总是不忘煞有介事地强调：人类科学或将产生巨变！

惊呼声此起彼伏，赞叹声与咒骂声充斥在城市上空。看懂的，没看懂的，都拿着一张报纸，夹着一本刊物，将“石亚松”这个名字来回念叨着：她是不是某院士的侄女？该不该授给她一个为科学献身的烈士称号？这一切都是境外势力的阴谋？上帝之手指向了另一个方向？

社交媒体也跟着吵吵嚷嚷：新型射线会导致人体组织癌变——辟谣！新型射线无此影响！宿命论将成为宇宙真理——未有定论！影响未知！石亚松出逃——假！属失踪，仍在调查！

石家仍旧响着连绵不绝的磨声。毛驴嚼着秸秆，母鸡踩着碎步叫个不停，土狗趴在地上耷拉着眼皮。张净梅从工厂下班回来，转过稀疏的树丛，把自行车推进院门。女人三十来岁，除了在工厂上班，偶尔也会去集上卖鸡蛋，以此养活她的女儿石亚松。

她拉着生活的磨盘，一轮一轮，研磨着的是麦麸、鸡蛋和她的青春，吐出来的是春夏秋冬次第轮转：女儿成了大姑娘，和她年轻时候一个样，还去首都的科学院，以后要成为大科学家哩！然而多少个春夏，女儿陷在了城市的大泥潭里，竟再没有回来看过她一次。

毛驴仍旧拉着磨盘，发出单调的吱吱声，母鸡扯开了嗓子，像个发疯的人。张净梅从门洞里探出半个身子：地上闪着一抹金光。她驱散了乱作一团的鸡犬，捡起地上那枚金蛋，端详起来。这是地上冒出来的，还是天上掉下来的？她一时半会儿也说不清楚，只见那东西闪着荧荧的光，却不像是一般物件，只好把它小心翼翼地收到厨房。

没过几天，有个外国人不远万里赶来了。他敲开张净梅的家门，叽里呱啦地说了一串外国话。一旁的翻译低着眉眼，从鼻子里挤出来几个字："您好，我叫李洛克，听说您这里有珍贵的陨石，希望能买下它。"外国人又情绪激动地说了一长串，翻译只是抬起头看着发愣的张净梅，用手比了个鸡爪，“三百万。”

张净梅拒绝了他们。她躲进厨房，蹑手蹑脚地掏出那块金灿灿的石头，放在怀里端详起来。石头上有细小的裂痕，从裂痕里向外透着荧荧的光，仔细看还能看到从裂缝向四周延伸出错综的花纹。她感到胸口有些发闷，用纸把这怪石里三层外三层包了个严严实实，放进抽屉里上了锁。

李洛克刚走，怪事接连不断地涌进了她的大门。老人们睡下了，唢呐扯着嗓子哭个不停；年轻人扯着报纸，以城里人的姿态大谈特谈起来。张净梅这才知道女儿成了新闻。她揣着金蛋，在清晨出了村子，骑着自行车向省城扎去。

金蛋和着她的心跳动着，在她的棉袄里闪着金黄的荧光。她褶皱的皮肤闪出光来，一头银丝在晨风的洗涤下染上了墨色，佝偻的后背舒展开来，颤抖的手臂重新变得笔挺有力。毛驴急速向后退去，磨盘向反方向转动起来——快些，再快些，快过汽车、电车、飞机，快过神仙的云雾，快过飞驰的金光！张净梅踏着那辆破旧的自行车，穿行在瞬息万变的日光之中。行人在她自行车带过的疾风中飘飘摇摇，皱纹散逸成翻滚的海水，拐杖长成了葱郁的森林，轮椅化为奔腾的骏马，踏着金光驶向远方。

张净梅在银行窗口前坐下时，不少人正举着报纸窃窃私语。她将那块怪石递了进去，贴着玻璃问道：“可以用这石头兑钱吗？”工作人员摇摇头，把石头推回窗口。就在手指触摸石头的一瞬间，一道耀目的金光迸射开来，年轻的工作人员尖叫起来：她的身体向里缩去，整个人消失了。

张净梅看着石头上分明的裂痕，吓得张着嘴，什么也说不出来。等候区的人们听到声音，蜂拥而上，把她按在窗前，把她的脸和报纸反复核对了几次。保安也拿着一张报纸，凑到她眼前："您就是前些天失踪的石亚松博士吗？您能解释一下发生了什么吗？"张净梅瞪着眼睛，看着报纸上女儿的照片，又看了看玻璃上自己的脸——女儿简直和年轻时的她一模一样，而她又不知怎的，变回了年轻时的模样。她摇摇头，支支吾吾地说自己不是石亚松。

人群发出嘘声。张净梅的心脏加速跳动起来，她挣脱了束缚，伸手去掏闪着金光的石头。"这块石头是我在家里捡到的……"她话没说完，消失在了另一道光中。

人们只得作鸟兽散。

第二天早晨，这场闹剧自然上了新闻的头版。舆论持续发酵，失踪的石亚松博士已经成了"逃犯"，目前寻找她的唯一线索，就是之后出现在石亚松乡下母亲门前的老妪。她看起来和博士的母亲年纪相仿，在照片中正把一块闪光的东西扔过院墙。

**指导教师：经　鑫**

# 攀　　星

◎于清扬

格桑所在的学校来了新的老师。老师是个四十出头的男人，教汉语课，是分配过来支教的。他还带来了他的女儿，也来这所学校上学了。

格桑家离学校近得很，转天一早她就在学校门口遇上了新来的这对父女。格桑热情地招呼他们走进学校，先把老师妥帖地安顿进教师休息室，又把女孩子领进教室。

“你就在这坐下吧，”格桑指指一个靠窗的座位，“你叫什么名字呀？”

“陈芊芊。”

格桑狡黠地笑一笑，眨了眨眼睛。

“我跟你同岁，可我不是学生，我一直是教音乐的。”

陈芊芊就用略微诧异的目光打量着她。

格桑用手捻着自己长长的麻花辫，刚要说什么，早课的铃声就响起来。她于是一甩头把麻花辫甩到肩膀后面，笑着往门外跑。

“以后我就叫你阿芊吧！”

陈芊芊是平原地区来的好学生。在这里上学的第一天，她知道了早晨领她来的，穿着白布裙子的女孩儿，叫格桑。

陈芊芊的父亲和其他七八个来支教的老师，在当地一起合租了几套房子，而他们的子女，都和当地学校的学生一样，住在学校的宿舍里。

陈芊芊从小在音乐方面算是天赋异禀。母亲是小有名气的钢琴演奏家，可惜在陈芊芊十六岁那年，因一场车祸离开了人世。母亲去世后没过几个月，陈芊芊的父亲就毅然地把自己加进了前往西藏支教的名单。

格桑很快也知道了这些。她和陈老师在一个休息室，茶余饭后也了解了陈芊芊的家庭。格桑也讲自己的故事，她的阿爹阿妈在她很小的时候就都出去打工，赚来的钱给她买了一架钢琴，为她请了老师来上钢琴课。

“从小我就整天泡在钢琴前面了。”

“他俩很少回家，都是我阿姨一直把我带大的。我……我也不怨我阿爹阿妈，他们供我这架钢琴，已经尽了全力。”

格桑的钢琴弹得很好听，陈芊芊在这所学校里，也听着她的音乐课。

陈芊芊很快和格桑熟识了，一样年纪的女孩子，有相同的爱好，就总有说不完的话。

在母亲去世后，在认识格桑前，陈芊芊很久没和除了父亲以外的人说过话了。她不愿意说，也无话可说。新的钢琴老师换了又换，她没有兴趣，索性连琴都不弹了。

父亲自己也不好受，但还是强撑着劝她："芊芊，日子还要过下去。"

日子还要过下去。陈芊芊想。日子还要过下去，可是妈妈已经不在了，我的梦也跟着她走了。我到底该怎么过下去呢？

半年后，父女二人来到了这个陌生的地方。穿着白布裙子，扎着两条麻花辫的格桑，就这么出现在陈芊芊的生命里。

格桑是很活泼的姑娘，陈芊芊初来乍到，格桑又和她相同年纪，自然地承担了陪伴的"义务"。格桑总是阿芊阿芊地叫她，总是弹钢琴给她听，弹完还会红着脸，不好意思地问阿芊，是不是有弹错的地方，是不是有哪里弹得不好听。

"阿芊！你什么时候给我弹一首嘛！"

陈芊芊从家里带来了琴谱，她没想到来了这里还有琴弹，于是她转天就把带来的琴谱全都拿给格桑看，还给格桑弹了她好久没弹的、曾经最拿手的曲子。

在那天的音乐课上，格桑和阿芊第一次一起弹起钢琴。格桑一边弹，还一边轻声地唱起来。

陈芊芊就坐在钢琴凳上听格桑唱。她开始觉得，离开妈妈，离开那座城市，原来日子也渐渐地能过下去，而对格桑，她在不经意间早就产生了一种依赖。

陈芊芊来西藏快一年了，这天是她的生日。

陈芊芊的父亲很感谢格桑。他原本为陈芊芊的消沉苦恼了很久，即使离开了那座城市，也没想到陈芊芊在一年之内能有如此改观。他每逢当地的大节小节都带着芊芊去格桑家。芊芊生日这天，他自然也去拜访格桑和她的阿姨，带着大兜小兜的从家乡寄来的新鲜玩意儿。格桑不好意思地绞着自己的麻花辫，把他们让进来，忙着喊阿姨给他们烧上茶，等他们临走，又把阿姨从前在药山采的各种草药一把一把地给他们抓去。

她红着脸："我……我也没什么能给你们带走的，只有这点儿阿姨采的草药，听说你那边城里还算值些钱，你们多拿些走！"

陈芊芊的父亲看格桑实在不好意思，也没有客气，就把草药收下了。

格桑笑着倚在门框上看着阿芊，她抱着一大包草药，一跑一颠地跟在父亲身后渐行渐远。

格桑好高兴，她又欢快地唱起歌来。

生日的转天，格桑提出要给陈芊芊单独再过一个生日。

她们在教室里弹起钢琴。她们从黄昏一直弹到天黑，一曲又一曲，十根手指、二十根手指在黑白相间的琴键上穿梭、跳跃，最后，格桑还给阿芊边弹边唱了《生日快乐歌》。

陈芊芊好久、好久没这么高兴过。

天黑透了，她们也弹累了，格桑就带阿芊去自己家吃晚饭。在去格桑家的路上，她们路过一座塔，塔没有那么高，外墙被刷得雪白，格桑想到在学校的时候，往窗外看，好像也能看见这么一座塔。

格桑跟阿芊说，等到夜里，白塔上可以看见许多星星，很亮、很好看的星星。

等到半夜，她们一起爬上了白塔。

她们靠在塔的一边，背对着月亮的一侧，陈芊芊仰着头看星星，格桑就看着陈芊芊。

“格桑，我从没看过这么多星星！”

说着陈芊芊慢慢地蹲下去，躺在了地上。

“你起来！地上凉！”

陈芊芊就是不起来，她冲格桑眨了眨眼睛。

格桑于是也并排躺在她身边。

陈芊芊觉得，格桑躺下的那一刻，星星好像又变得更多了。白塔的墙遮掩了月光，白塔的尖上细细的银河在夜空淌过，白塔的塔顶躺着两个看星星的孩子。

“格桑，我不想回家去了。”陈芊芊向右扭过头，看着格桑突然说，“我们可以在这儿弹一辈子琴。”

“等你爸支教的日子到了，你还是要回家去学音乐的。”格桑也偏过头笑着看她。

“回到家，你要好好学音乐，你会上台，会有很多人来看你的演出……”

格桑顿了顿，脸上洋溢着憧憬的笑。

“你会出名的，阿芊。”

“阿芊！阿芊！你爹出事了！阿芊！你快来！”

喊声渐近，她们听得清楚。陈芊芊看清来人的方向，急急忙忙地看了一眼格桑，往后跑了两步，又跑回来，从衣服口袋里抓出一个捏得皱皱巴巴的信封，塞给她，然后火急火燎地跑走了。

格桑愣了一下，回过神来的时候，手里已经攥着信封，而阿芊早就走远了。格桑想，自己应该说点儿什么，至少应该安慰一下，可惜已经追不上阿芊，自己也并不知道阿芊爹住哪里。她也无心继续看星星，起身拍拍裤子上的土，拆着信慢慢地往家走。

白塔上的月光正照得四周透亮。格桑拆开信封，展开信纸，一小束风干的、用草绳系着的格桑花就掉出来，不合时宜地撞在了她的心口。有两片花瓣落到白布裙子上。

信纸上什么也没有写。

第二天格桑早早地爬起来就去了学校的宿舍楼。在楼下她碰见了管宿舍的阿姨，阿姨摇摇头告诉她，陈芊芊晚上并没有回来。

“听说阿芊爹出事了，昨天晚上听说的，我想应该还在她阿爹那里。”

这下格桑彻底没处找。她只好一边默默祝祷着阿芊爹平安无事，一边走回去继续教她的课。

陈芊芊一连五天都没有来上学。

格桑再见到陈芊芊的时候，是新一周的第一个黄昏。那天雨下得大，学校把孩子们早早放回了家。

格桑撑着伞出了校门，正撞上发了疯似的跑来的陈芊芊。

格桑的心扑通一下沉了下去。

雨下得很大，可是格桑听不见雨声，她只能听见陈芊芊的大喊，格桑也看不见瓢泼的大雨淋湿了自己的衣服，她只能看见自己把陈芊芊紧紧地抱在怀里。

怀里的陈芊芊浑身都湿透了，大雨模糊了视线，也或许是眼泪的过错。格桑看着怀里的，她的阿芊，她把阿芊脸上被雨胡乱拍散的头发拨开。

“格桑，我没有家了！再也没有家了！”

“格桑……我……”

格桑怀里抱着昏过去的陈芊芊回了自己家，留下一把雨伞孤零零地躺在学校门口的泥地上。

阿姨正在家里煮饭，格桑把陈芊芊安置在自己的床上，又在地上生了火。阿姨慢慢地靠过来，告诉格桑，阿芊爹是在摸黑从学校回家的路上，骑车不小心滑下山路的。阿姨比画了一下，是脑袋正好撞上了石头，她怕把阿芊吵醒，没敢说话。

格桑看着昏睡过去的阿芊，把脸埋在阿姨的臂弯里小声地抽泣。

陈芊芊昏睡了两天，第三天早上她醒来，看见格桑正趴在床沿打瞌睡，床头的月亮灯还亮着。

等格桑醒来的时候，陈芊芊正呆呆地瞪着天花板。格桑头一次感到这样的无措，她想起阿芊昏睡了两天没吃一顿饭，就轻声问：“阿芊，吃点儿东西吧？”

陈芊芊从枕头上撑起来，靠在床头的墙上。格桑又无措地看着她，阿芊比她想的要平静，是平静的悲伤，平静的哀痛，平静得好像游离在一个只属于她自己的梦境。

陈芊芊转头看着格桑，点了点头。

格桑终于有了事情做，慌忙跑出屋子去热了饭，端回来还坐在床头。陈芊芊接过碗，问格桑："床头这些，是……"

格桑忙一样一样递给她，一边不停地说这是哪个孩子送来的东西，最后她踌躇了一下，一字一顿地说："这都是给你，给陈老师的，孩子们……都很爱他。"

陈芊芊的悲伤再也不能平静，眼泪像决堤一样涌出来。格桑说着说着也哭了，她一把搂住阿芊，就好像那个大雨天一样。

陈芊芊听到一个声音小声地说："别怕，阿芊，你还有家，你还有我，你还有我呢。"

那日近黄昏，格桑正在回家的路上。她看见阿芊从土路上一跑一颠地向她跑来，后面是家的方向，而阿芊的手里，拉着她带来西藏的，很大的一只手提箱。

格桑看着她渐近，渐近，气喘吁吁地停下来。

等她喘匀了气，问她："你来干什么呀？"

"格桑，我就要走了。"

阿芊抬眼看着她。这时格桑才看到，阿芊的眼中有泪水在打转，仿佛回到了下大雨的那一天。她指指格桑家的方向，在遥远的路边，停着一辆面包车。

"你……"

格桑早就想到这一天，即使阿芊先前在她家住了一个月，她的阿芊也早晚会走，即使阿芊爹没……阿芊会回家继续弹琴，继续学她的音乐，继续……她会走得更远、更好……她会在很多人面前演出，会出名，会过上好日子。

格桑忽然间想了很多。她站在原地看起来像是愣住了，阿芊擦了擦眼眶里的眼泪，拉着格桑往回跑。她们一口气跑到面包车旁，阿芊敲敲车窗，车窗被摇开，她和车里的人说了几句，又把手提箱递进车里。

车窗又摇上了。面包车慢慢地开走了。

“我让他们把行李先运过去，格桑，我……我明天一早就走。”

格桑眼看着阿芊的眼泪忍不住落下来。

“好。”

格桑轻轻拉着阿芊的手，慢慢地向家走去。

格桑的阿姨也舍不得阿芊走。头发花白的婆婆颤巍巍地拄着拐杖，给阿芊四处翻腾出一包一包草药、自己做的好吃的和当地的特产。陈芊芊的眼泪更止不住，她坐在格桑的床沿边，小声说，她爹的朋友联系了她的小表姑，说等自己回去就住她家，还准备接着上音乐学校……

格桑听着她讲述自己的未来，渐渐地和她曾经想过的阿芊的未来就这么重合到了一处。在回家的路上，她憧憬了太多，却到现在才恍然明白，原来是到了直面离别的时候。她忽然觉得阿芊离开得太早、太突然，但这样的将来，才该是阿芊的生活，该是她本来的人生。阿芊的未来，不是一个格桑就能改变的。

月亮悄悄地升起来。阿姨怕夜里危险，让格桑送送阿芊。格桑看看床头一直挂着的那盏月亮灯，就取下来递给阿芊。

“你拿着走吧，路上黑。”

安慰的话格桑没有说出来，她其实绞尽脑汁想送她点儿什么东西，是想让阿芊不要忘了她。

格桑在这晚又换上了白布裙子。她提着裙子一步步走上白塔。柔和的银色月光镀在石阶上，白灿灿地发亮。

阿芊正在月夜的小路上走，手里拿着那盏精致的球形小灯，在路上也映出一小片朦胧柔和的、银色的光芒。她正要赶清晨第一班去火车站的车。

阿芊就要离开这里了。

“格桑，我不想回家去了。”阿芊向右扭过头，看着格桑突然说，“我们可以在这儿弹一辈子琴。”

“等你爸支教的日子到了，你还是要回家去学音乐的。”格桑也偏过头笑着看她。

“回到家，你要好好学音乐，你会上台，会有很多人来看你的演出……”

格桑顿了顿，脸上洋溢着憧憬的笑。

“你会出名的，阿芊。”

月亮灯一摇一晃地颠簸在路上，小小的光圈也一摇一晃地沿着小路远去了。

阿芊看着格桑，又向她靠近一点儿。塔上高原的夜风更加冻人，远处的雪峰被月光照得清晰可见。她们并排躺在白塔顶上背对着月亮的一侧，格桑就轻声地唱起歌来。

在歌声中，阿芊缓慢地握住了和她相挨着的、格桑的手，紧紧地攥在她冰凉的手里。

歌声就这样缓缓地飘呀飘，飘呀飘，在呼啸的高原风中，在白塔的塔尖，在与月亮并肩的地方，慢慢地攀上了星星。

“有很多人来看我演出的时候，格桑，你会不会来呀?”

“格桑！答应我吧！你一定来!”

“一定去！我一定去!”

白塔上传来格桑的歌声。

阿芊没有站住脚，但她记得，这首歌，在她们一起看星星的那个夜里，格桑唱了很多遍，很多遍……

**指导教师：吴雅杰**

# 盘上的世界

◎付晓润

“兵 d2—d4！”

八横八纵，黑白相间，将这个世界分成了非黑即白的 64 格。沙盘上，一个无名小卒执行着总司令下达的命令，朝着不能后退的方向，迈出了一步。而他现在，孤立无援。前面又是防守严密的敌方营盘。他知道，这一个征程凶多吉少。

一声轻笑从另外一边传来，“这一着儿，真是有趣呢！”

这之后，便是无言，只能听见棋子与棋盘之间的碰撞声。两个兵互相盯着对方，谁也无法动弹。可是，在总司令眼中，这颗棋子已经完成了他的使命。

一阵风从军队中穿过，射手中的十字准星已经瞄准对方阵营。令人意外的是，另一边也走了同样的棋。运气在这个零和博弈中毫无用处，原理上有明确的必胜方法，然而先手有利。他不可能会这么做。

骐骥一跃，马踏八方。前方的障碍并不能阻挡千里马的前进，只会让后面的追兵惊慌失措。一骑绝尘，势不可当。

轻微的咚的一声，一个兵已经在马脚之下。那个人嘴唇上冷漠弧线，让人读不透后面的意味。唯一能确定的是，他被棋手无情地放在那儿的时候，注定和战友、亲人、爱人生死两隔。他最终还是平静地接受了这个残酷的事实。

一滴鲜血沿骑士的剑刃滴落，一个生命在他的眼前凋零。

皇后，一个国家与另一个国家的纽带，也是她在棋盘中机动性最强的原因，在战争白热化时期，中流砥柱，从一边飞到另一边，只需一昼夜。现在，为了国家，她没有一丝犹豫，挺身而出，亲赴前线鼓舞士气。

棋盘上，兵链如同残垣断壁，全部子力均已出动，双车连环，威力最大的后已经占据了一条通路，大杀四方。

这个国家的皇后，被总司令，也就是她的一生挚爱，送上了前线。沙风吹过，她美丽的脸颊上，闪烁着宝石般的光辉。

为什么，她所爱护的臣民们，如今颠沛流离？为什么，这个她深爱的国家，如今支离破碎？为什么，她此生唯一所爱，如今这般疯狂？不惜任何代价，哪怕是自己的生命、国家的存亡、百万臣民的性命，也弃之不顾？

总司令此时已然堕落，忠臣们的进谏也充耳不闻，他只是想要追寻着这场战争的胜利，即使血流成河，也在所不惜。

“马 c5—a4”“象 d1—a4”“车 a7—a4”“后 f4—a4”……

“王 e8—f7！”

此刻，已经没有什么可以阻挡这个暴君的野心，他已经从王座上站起来，出鞘的剑刃冒着寒光，似乎下一刻就能把他眼前的一切全部刺穿。另一边的棋手，此时已经无法再冷静下来了，稍有失误，对方就会以迅雷不及掩耳之势，用利剑刺穿自己的心脏。身上的荣华、眼前的江山，顷刻间化为乌有。每一步都如履薄冰，如同在万丈深渊之上走钢丝，稍有不慎便会万劫不复。

他最后还是拼死一搏，为眼前所有的一切流干最后一滴血。沉重的佩剑在他的手中，这个国家的命运也在他的手中。

“疯乱的国王啊，在真正的战争中，也可以在讨伐国王之前做个了断。投降吧，臣服于我，你的子民也能因此得以解脱。”

“呵，我不可能把这个国家交给你。全军注意！牺牲一切取敌之首级！”

疯狂的军队如潮水一般，向着对方的城堡攻去。国王看着眼前的这一切笑了，笑容是那么扭曲，又是那么狰狞。他心满意足地抿着一口红酒，却迎来了自己生命的终结。

哐当一声，酒杯中的液体洒落一地。

看着这一切在自己眼前发生的王，不由得发出一声叹息。

暴政、恐怖统治、独裁者，真是不可思议。无论是什么朝代，执政者的临终，不知为何就像是一个模子里刻出来的一样。都会被身边某个无名小卒暗杀身亡。

终于，这盘棋，他把对方的王困在了对方的陷阱里，一招毙命。棋局结束，记录棋谱，他又看到了棋盘下方被吃掉的棋子，反观盘上，32 个棋子最后只剩下 5 个。

战场上不存在希望，有的只是不折不扣的绝望，以及只能以败者的痛苦堆积起来的名为“胜利”的罪恶。

他又回头看了一眼自己曾经的江山，失声跪在了地上。

**指导教师：经　鑫**

# 沙漠行者

◎周庆瑶

黄沙。

举目望去，苍莽的金黄色沙海。

烈日高悬在白热化的天顶，千百年来俯视、统治着这片沙漠。

周围静极了，连风也不曾流浪到正午的沙漠腹地。视野内所有物体反射着的明晃晃的太阳的强光，一下又一下地冲击着他的太阳穴。他的脚底板炙烤一般的灼热，每每抬足，仿佛能看到沙子流动时蒸腾出的白气，颤动着。

汗水蜿蜒地淌下，他感觉自己像是滩涂上的鱼，力量如同水分一样蒸发殆尽。水，他想要水。几口水送下喉咙，一阵难得的清凉润着肺腑。水是他半个月前临行时老者亲自为他取来装在行囊里的。当他说要离开沙漠时，同族的人都对他冷嘲热讽，只有老者肯支持他。老者说，如果能成功，他将是部落里千百年来第一个走出沙漠的人。

热浪中沙丘的影像在他眼中上上下下地波动，如同一片光影在微微震荡。太阳渐渐转向西方，西方的天空燃起了一团火焰。远处的枯木残枝虬曲地伸展，像是向上天乞求甘霖的手指，却只能徒劳地停在空中。

昏黄的傍晚降临，逐渐笼罩了沙漠。一场潜伏的风暴正在迫近。呼啸的风从远方奔腾而来，瞬间将黄沙卷起，弥漫了天际。扬起的沙砾不断地擦过他的脸庞，并且逐渐填满他视线中仅剩的空间。沙漠，到处都是沙漠！他感觉它在从四面八方包围着他、束缚着他。风的怒号在他耳膜上尖厉地划过。狂风时而如愤怒的浪潮扑来，推搡着他；时而如叵测的袍袖，将他套在狂沙的茧中。

沙丘曲线的轮廓与昔日天空的色彩已被昏黄密不透风地掩埋。看不到任何参照物。脚下的沙海在迅速地流失、塌陷，滑向另一个维度。踩不稳的脚步陡增他心中的不确定感，仿佛世界已被上下颠倒。他调动所有知觉，却感知不到出路在何方。心中原有的信念被一点儿一点儿抽离，迷茫与恐惧却被无限放大。他曾铭记老者告诉他的走出沙漠的路线：朝着东方前行，翻上月牙泉边最后一座沙丘，丘顶生长着的一簇簇沙漠玫瑰，就是沙漠与外面世界的边界。然而东方在哪里？他是在走出沙漠寻找世界，还是被世界所抛弃流放？

恍惚之间，他闭上眼，想起之前的事。他自记事起就独自生活在沙漠腹地的一个部落里，依赖绿洲生存。但在沙漠中谋生哪有那么容易？他目睹了太多风沙、旱季、枯水和太多人死去。他不甘心，天地如此广大，他的生存空间却如此狭小。他要从沙漠中心，再闯出一条路来。

他从风暴中走出时心猛地沉了一下。孑然一身，行李、罗盘还有那壶水都已不见踪影。此时已望不见太阳的余晖，夜幕如同被擦拭干净，几颗寥落的星挂在天边，闪着清亮的光。他依稀辨认着方向，兜兜转转，一片荆棘地出现在眼前，望不到边界。令他讶异的是荆棘的野蛮长势，壮硕的枝干挺直地从沙地中拔起，张牙舞爪地竖着刺，如同暗夜里黑魆魆的鬼魅。夜晚荒凉的沙漠酷寒随冰冷的风肆无忌惮地灌进衣服，寒意浸透身体。他的身体不断发颤，袒露在外的皮肤失去了知觉。失去了帐篷与毛毯，独自身处夜晚的沙漠无异于绝境。族人曾经劝他，不要再想着走出沙漠了，这是徒劳的。但如今的他已然不怕了，他已一无所有，只剩一条用来孤注一掷的命。若非以命来赌，谁能证明穿过沙漠是不可能的呢？他想，在走出沙漠这件事上，赌输了，也值得。

绝境之令人无可奈何，是逼人无可奈何地用一切手段采取反击。他决定不坐以待毙。一只胳膊挡在身体前，他就这么冲进了荆棘丛中。尖利的刺扎进皮肤，划出一道道伤口，血腥味弥漫开来。寒风如同鞭子，不断地抽打在他身上。他不知道痛了多久，只是一直向前奔去，仿佛要燃尽身体的余温。

夜色逐渐淡了。当伤痕累累的他从荆棘丛中穿出时，黎明从地平线处缓缓浮现。在晨光下，他看见远处月牙泉的一泓清水，如同沙漠中久久望向天空的眼睛。泉边高高耸起、起伏优美的那座沙丘的顶点处光辉洒落。他觉得那里仿佛在等待他到来。他捂住身上的伤口，弓着腰，踉跄着一步一步沿着沙丘的纹路挪动，又经过漫长的时间，爬到了顶点。

在那里，鲜丽的瑰红色与曙光交相辉映。一簇玫瑰盛放在沙丘之巅。他跪着来到了玫瑰花旁，慢慢倒下，匍匐地吻了那娇艳的花瓣，两行眼泪混着沙尘簌簌流下。他身后的鲜血已淋漓了一路。

他看到了，不远处的村庄，袅袅的炊烟，低矮的绿树。他最终做到了，他走出了沙漠，尽管这耗尽了他的生命。他仅深情地望了沙漠境外的世界一眼，就再无机会体验它了。

他轻轻地合上眼，额头紧绷的青筋也放松了下去，沧桑的脸上最后浮现出一丝微笑。不久，他感觉他已慢慢脱离了肉身，灵魂上升至沙漠上空，沐浴在清澈明朗的阳光中，飞往自由的、永恒的世界。

后记：有的人终其一生只为追求一件事，当他真正达到极致，那一瞬间，他的生命已发生了质变。

**指导教师：刘颖洁**

# 石头莲花

◎刘子佩

## 腹　　地

腹地的天已经半黑了，高个头细长的人影拉着矮个头细小的人影，两个影子如同风一吹就倏忽而去的云。

良兰拉着北雁的手，被她引领着沿大湖的边缘走。

北雁是习武之人，走得很快，良兰得时不时小跑一阵才能赶上她。

良兰觉得有些不可思议。北雁是怎么做到跋涉至今仍不露倦色的？她还背着那么沉的一口刀呢。

于是她问北雁为什么不会疲倦。北雁道，你把嘴闭一闭，看看沿途风景。你总问啊问啊，就让我疲倦了。

良兰乖顺地不作声，由她牵着自己的手。她转头眺望大湖里的水和大湖边的山，山是山，水是水，山水相依，却又彼此分明。沉默不久，良兰忍不住道，你看那山那水，那山好大，那水好深，让人好难过。

北雁回头，眼中闪过一丝疑惑。

山与水碍你何事，为何让人难过？

北雁一回头，风便从脑后吹来，长长的鬓发融进风里，擦过良兰的脸颊。良兰觉得脸上像有蝴蝶突然停落又飞起，那一刹那小而美好。

你看山和水。她道。好大的湖。好高的山。

这是大湖，当然大。北雁向她解释。大湖紧连着十万大山。良兰兴奋地攥紧了她的手，圆滑的指甲在手心轻轻划了一下。

北雁，这世间好大。她欢呼。

北雁哼了一声，你尚未见过世面。

良兰并不气馁，也没有责怪她指责自己少见多怪的态度。她轻声道，这世间这样大，可是北雁，你看大湖和山还是这样孤单。他们紧紧地贴着，无论日夜，罔顾春秋，就好像……相依为命一般。

北雁的脚步一顿。

你我也是相依为命吗？良兰问她。

她听到北雁被风打散了的声音。不是。

北雁回答。我有爹娘，有小弟。你有你的爹娘和姊妹兄弟。我们是萍水相逢，同舟而渡，达岸各自回家。并不算得相依为命。

良兰轻轻地哦了一声。其实她爹娘很早就不见了。她没哥没姊。可她不打算告诉北雁。

良兰不再说话。

腹地的天要黑了。大湖岸边的风还在吹，吹皱了大湖的水，吹起四方残雪。

## 大　　湖

大湖是中原最阔、最壮美的一块水域，也是中原的边境，再往深处便是南疆，群山连绵不绝。

大湖沿岸鲜有烟火气息，一副“万径人踪灭”之意。北雁早先挑这一条路来走，也有避人耳目的打算。她既不喜与朋友结对儿同行，也不喜倾听旅伴一路上聒噪不停。人多口杂，旅途注定不会清净。但她打错了算盘。良兰上嘴唇一碰下嘴唇，硬是营造出了众口纷纭的气氛。

开始北雁还会敷衍着答几个她的问题，失了耐心后，她便任由着良兰天马行空地自说自话，良兰倒也自得其乐。

毕竟年岁小，没见过世面。北雁想。

良兰对她赞叹大湖之大时，她其实很想告诉她世上还有北冥，有南冥，有东海，都是比大湖大得多的水。鲲鹏展翅其翼若云，黄河之水奔流不回，其声訇然，其势之浩瀚，又哪是中原的一片风平浪静的内湖所能比拟的呢？

可她没说。一是她害怕良兰又穷究到底，非要把这三大海古往今来之轶事都问个明白。二是她自己见过了北冥、南冥，见过了东海，可良兰没有。她希望良兰有一天能亲眼去看。到那时也许她就过了感慨湖之大的年纪。

女孩儿都该见见山川与大海。

# 渔　船

飞鸟集聚的湖心岛上筑有一湖心亭，可惜离岸过远，良兰她们无法望见。传说高僧经年隐居于此处，得以顿悟佛理。

从湖心缓缓来的小舟，良兰却真真切切地望见了。

北雁，快看！有船！良兰拉着她的手上蹿下跳，激动地呼喊。也难怪她激动，她们行路三天三夜，披星戴月，这是头一次在大湖边见到人造的事物。

船上人白衣白发，神态自若，负手而立。船没有桨，各类水鸟扇动翅膀，推着小舟前进。

良兰漆黑的瞳仁里，白衣人的身影愈放愈大。那人的皮肤极苍白细腻，能使豆蔻少女也心生艳羡；头发也是一水儿的白，飘逸柔顺，如清风观里老道长的拂尘。白色与白色互相粘连，这真是好看的人。

他是神仙吗？她忍不住问。

北雁望着那人道：是不往师父。

她追问：不往师父是神仙吗？

北雁看上去有些着急。

船靠岸了，水鸟成对振翅飞离，船惨撞在大湖的岸上，发出一声木头质地的暗响。白色的不往师父从他的船上走下，微微笑着走过来。走近了，良兰才瞧见他嘴角和眉间细细密密的皱纹，她松了口气，却又有些小小失落。

神仙是不起皱纹的。

她的失落被不往收在眼底，不往先好奇地看了看北雁，又看了看她。

不往师父啊……只是个俗人，和世上任何人都没什么不同，只是住得与世上任何人都离得有些远。不往笑着说。

## 湖　心

不往给炉子里添了些柴，又将炉上烤得喷香诱人的红薯取下来，分给两个女孩儿一人一个。

良兰觉得红薯烫得要命，用袖子裹了，双手捧着取暖。不往居住的湖心亭很清冷，他常年在此，对寒意并无异样感觉，但良兰、北雁皆是水乡南人，风一吹夹带点儿酥雪，就觉得要冷到心里去。

不往在她们对面盘腿坐下，开始剥红薯皮。

北雁小丫头，怎么想起到我这里来？他和善地问。北雁左手托着红薯，右手将长刀揽在怀里。

我来找石头莲花啊。北雁抬眼看了看他。我要进南疆谷地，走了大湖边这一条捷径。

不往哧哧地笑了，笑出的声音十分怪异，让良兰以为炉子上新烤的栗子一个个爆开了壳似的。不往笑道，我见你，从这么小——他用手在腰间比画了一道——就在找，找哇找，找了这么多年——他用两根手指又比画了一道——还不放弃吗？

他笑得眼珠都突出来，北雁被他夸张的神情也逗乐了。她将头半枕在冷冰冰的刀鞘上，乐着说她哪能放弃，阿风的病还没治好呢。

不往收敛笑容，眼珠也又凹回眼眶里去。他冲她点点头，像是赞许。

他头转向良兰。那你呢，小丫头？

良兰一脸茫然，眼里反射的全是他面容与头发的白色。我找我爹娘啊。她捧着红薯傻愣愣地回答。

不往大为惊诧。他连忙摆手，小丫头，这里可万没有你的爹娘，我出家都快满五十年了。

只听见北雁的咯咯笑声。良兰终于明白过来他的意思，她也拼命摆手。

不是不是，我知道你不是我爹。她解释，我最清楚我爹和我娘长什么样子。

## 秘　密

暮色四合。

不往又乘着他的小舟，驭着他的飞鸟，到大湖的水上观星去了。

大湖如镜，星繁月明，不往白衣一袭，孤灯一盏，悠然而去。水面上是万丈银河，映得他熠熠生辉。

良兰和北雁在偏院的禅房里安顿下，准备歇息。她们留宿一晚，明晨继续上路。

窗外万籁俱寂，屋内小炉噼啪燃烧，良兰却翻来覆去地无法入眠。

湖心小院只有一床多余的被褥，北雁、北雁的刀都和她睡在一起。她反复烙着煎饼，吵得北雁不得安生，宛若被窝里放了一群上蹿下跳的麻雀。

北雁翻过身与良兰侧躺着面对面，鼻尖快要相碰。

你怎还不睡觉？她眯着眼睛质问。

良兰扰人清梦，感到很过意不去。她虚弱地小声道：我睡不着啊。

为何？北雁气哼哼问道。

难过。良兰答。北雁更气了。之前见山见水你难过，现在又为何难过？为吃多了红薯？

她突然发现良兰双眸含泪，道不出的委屈。

我……突然就很想我爹娘。良兰说。

她说她之前赶路，风餐露宿的，什么都不放在心上，跟着北雁她轻松又惬意。可今日不往一提，她又想起下落不明的爹和娘了，夜阑人静，也就格外伤心。

小时候她爹最宠爱她，她娘最疼爱她，她是被捧在手里、含在口里的大小姐。好景不长，还没等到她出阁嫁人，她爹娘就抛下她远走高飞，一去十年不返。

她孑然漂泊，居无定所，寻觅八年，无所得。

良兰泪水打着转，就是不肯掉下来。她从被里抽出手，捋了捋枕上青丝，不知是北雁的还是她自己的。

我找了八年，什么也没找到。你说是不是他们躲着不想见我？她问北雁。

北雁哪里知道。她自己还想问呢，她找了石头莲花八年，什么也没找到，是不是它躲着不想见她？

她想对良兰讲，她爹娘或是隐姓埋名、避祸逃了，或是死了，良兰今生或许见不着他们了。这话本是她说与自己听的——她今生或许见不着石头莲花的一片叶子了。

可她狠不下心。

于是她在被窝里握了握良兰冻得冰凉的手。

北雁注视着良兰漂亮有神的眼，低声劝，你别难过了。

良兰闷出一声嗯。北雁叹口气，你别难过了，我讲给你一个秘密，然后你就不会难过了。

## 谷　地

快要进南疆谷地。地势崎岖不平起来，良兰走得颇为吃力，北雁一面背着刀，一面扶拽着她前行。良兰方才着实跑得累了。

你这傻姑娘，瞎跑什么！北雁斥责。不往师父好歹也是得道高僧，又不会吃了你！

良兰气喘吁吁，有些后怕道：可我却把他的假头发扯下来了啊。

原来前一夜北雁为哄她高兴，特意将不往师父的秘密告诉了她：不往师父仙气缭绕的白发是假的。传说不往悟得佛理后竟羡慕起好友羿昔道人能够带发修行，而羿昔道人耐不得他胡搅蛮缠，只得扒光了拂尘上的毛为他编假头发，足可以假乱真。

清晨出发，不往亲自以小舟载二人渡湖，而良兰跨步上岸时不留神，险些一跤滑倒，还扯掉了不往的头发。

至于她这么做，是否怀有不可告人的目的，就不太好讲了。

场面一度极为尴尬。大湖的水鸟扑棱棱徘徊在半空，仿佛一齐嘲弄不往那谪仙般的秃瓢儿。

北雁看良兰如受惊狡兔，却又按捺不住嘴角那小人得志的狡黠笑意，北雁眼皮就使劲地跳。

良兰心愿已成，连忙向不往师父道歉三次，道谢三次，遂抓起北雁的手就往南边跑，一口气跑出两里地。

刚入南疆，十万大山，群峰摩天，良兰就走不动了。北雁，咱们歇会儿。她提议。北雁淡淡瞪了她一眼。你走不动了？

是啊！

她以为北雁会动怒，北雁却撒开她手，背对着单膝跪在她面前。

上来吧，我背你。北雁说着，向后打开双臂。

良兰慌忙推拒，你背不动我的！北雁笑了。她还没有自己的刀沉呢。

上来。北雁命令她。没问题的我以前一直背着阿风到处走。来，我背着你，你给我拿着我的刀。

十万大山的风与大湖的风不一样。大湖的风徐徐而来，呼呼而去，不急不缓，起重重涟漪。十万大山里疾风凛冽而潮湿，让人无所遁形。

北雁额角的汗水就在风中滴落。

你累不累？背上的良兰问她。

北雁摇头。

她竟露出一丝开心。良兰以为自己产生了错觉。

# 旧　事

并非错觉。

北雁的确是开心的。背上沉甸甸的重量，她负着的这个人，给她背着刀的这个人，催她又想念起阿风来。

她的小弟阿风，自出生起目不能视、足不能行、肩不能挑，可又那样乖巧伶俐，天生聪慧过人。他懂得听先生讲经念书，跟着一句句诵读出声。他懂得记挂大姊，问她是否吃饱穿暖，练功夫有没有跌痛皮肉；他懂得孝敬父母，讨他们欢颜，安慰他们切勿为他担心。

旧日阿风的骨病还不及现在严重，她带他走江湖寻医问药。江湖，免不了刀光剑影，风里来雨里去，恩仇新旧交替。江湖里的人想着她家传的名头与祖上的恩怨，要和她比试切磋，或者要她的命？结果阿风的药没问着，她的刀先锋利了起来。

在江湖里，阿风是看她和人交手长大的。

她记得背上的阿风问过她许多次，阿姐，你累不累？

她回答过许多次，我不累。

久而久之，这便成了姐弟二人间的一种习惯，一种寒暄。无论何时何地，阿风总是在她身后，认真地问，阿姐，你累不累？

她脱口而出，不累。

她抬了抬肩，让阿风坐得更稳当些。她对忧心忡忡的小弟说，没问题的，你只管给我拿着刀就好。

# 故　人

良兰以衣袖为北雁拭了拭汗。

你放我下来吧，都三个时辰了我好了，让我自己走。她恳求道。

别闹了。北雁紧咬牙根说。你脚板上生的水泡全磨破了吧。

可她自己也腿脚酸软，流了许多汗。

放我下来！良兰开始轻捶她的后背。

北雁喝道：别闹！等见到阿枝师兄，让他背你，我就再不管你了！

不禁念叨，阿枝师兄还就真来了。未见其人，先闻其声。只听得中气十足的清朗嗓音，小北雁，又长高了一大截呀！

盘山小道上，年轻男子拄一根枯枝作拐杖，闲庭信步地走，旁边一位面色阴郁的中年人如影随形。

良兰轻呼，啊，那是……是阿枝师兄。北雁道。

不是神仙。她补充一句。

良兰虽然傻呵呵分不清楚，好歹也能分辨出对方是不是神仙。乌枝生得浓眉大眼，十分好看，却是凡夫俗子的好看，与不往师父超脱世外的气质有天壤之别。

乌枝明摆着是中原人，而身边穿紫色长衫的，十有八九是南疆面孔。那人可不面善，尤其当乌枝从北雁背上接过良兰，他脸色沉得能挤出水来。

乌枝对同伴的冷漠熟视无睹，他一边抱着良兰，一边嬉笑，同北雁打趣，上山下坡如履平地，走在队伍的最前头。

野先生，追随他的南疆人，则拄着他的枯枝拐杖，压在一行人的最后头。这人究竟姓甚名谁，良兰也不知道，便跟着北雁和乌枝唤他郢先生。

不多久，乌枝和良兰就聒噪开了。乌枝博闻强识，而良兰少见多怪，两人都好讲话，讲个没完，像是要用闲话把十万大山的沟壑都填满。北雁和郢先生不约而同与他们拉开了距离。

乌枝也偶尔回头与北雁交谈一番，无外乎某某师兄最近可好，某某师叔最近可好，某某师妹最近可好，诸如此类家长里短。

阿风最近可是好些？乌枝试探着问。

北雁神情稍显紧绷，答，尚可。

乌枝罕见地正色道，病没有恶化，便是好。

北雁一愣。随即低下头，说，他近来已记不得什么事了，只朦朦胧胧认得我和爹娘。

## 离　乡

乌枝和郢先生送她们至一处深谷。

这里就不是我族的领土了。郢先生告诫。地势险恶，多虫蛇毒物，你们多加小心。

北雁、良兰谢过他和乌枝，与二位向导就此别过。

北雁冲乌枝抱一抱拳，要他保重。乌枝还了礼，祝她走运。师兄妹中谁也无法确定下次再见将以何为期。

等乌枝和郢先生消失在视野外，良兰才敢向北雁提问。

阿枝师兄是中原来的吧?

北雁不置可否。

为何背井离乡、定居南疆?

北雁说，这便牵扯到一则旧闻。

八九年前，乌枝在江北武林闯出些名堂，勉强能算作一位快意江湖的少侠。然而他莫名其妙地牵扯进朝廷的事端，险些丧命。幸亏他莫名其妙地为一名南疆巫师所欣赏，伤愈不过半年，鬼迷心窍似的，叛出师门，跟着巫师回南疆种菜养老去了。

良兰听过，立时对乌枝心生敬佩。

她少年时代被迫流浪在外，上下求索，而乌枝却是自发地、义无反顾地追随别人，离开自己的家乡。乌枝是要有莫大的决心与勇气，才选择面对落叶风飘絮、浮沉雨打萍的孤寂。当他一个头磕在地上，与师长、与朋友、与旧日情分恩断义绝时，他想过死后无法魂归故里的悲伤吗?

她忘了以前谁告诉她的，人这一辈子，想的都是回家。

北雁递给她一根断崖边的藤条，下去吧。她说，别胡乱操心了，阿枝师兄现在过得蛮好。

## 良　兰

良兰理解北雁的不解离乡之苦。虽然北雁一人一刀入江湖，摸爬滚打走南闯北，但她还算不上真正的漂泊。北雁的潜意识里是明白的，在江南水道纵横的小镇，她的家永远都给予她庇护；家里有父母和阿风，随时都等待她回去。

而良兰，从十岁起，于巷口吆喝叫卖，于桥洞下浣衣，于炉灶旁切菜生火，于街边乞讨。在此期间，她曾号啕大哭，也曾无数次将陌生人错认为父母，不管不顾地喊一声爹和娘。

有道是父母在，不远游。若能自主抉择，她宁愿不作这远游。

月是故乡明。个中滋味，如人饮水，冷暖自知。

## 北　雁

北雁攀缘藤条，顺岩壁向下滑落。良兰与她同步落地。良兰的脸浸泡在岩石阴影里，明明灭灭，似是多了几分坚毅。

直到刚才，她都觉得良兰有些一根筋的痴傻与不谙世事的天真，像过去的自己。然平心而论，她北雁现在又能圆滑老成到哪里去？只不过阿风的病磨去了她的天真而已。

北雁原来是家里头公认的小傻丫头。她年纪不小了。她脑筋直来直去的，有一些小心思，也分给人情世故一点点，分给功夫一点点，分给爹娘小弟一点点。

她年纪不小了，可她爹还愿意惯着她，一厢情愿地叫她小傻丫头。也许他希望她一直傻着，除了练功夫什么都不懂。

走在街上遇见良兰以前，北雁一直觉得自己是顶傻的小丫头，这辈子也别想嫁意中人、好郎君。遇见良兰后，她很快发现，良兰是个大傻丫头。良兰年纪不大，比她小半岁，“大”字是专门用来形容她的傻劲的。

街上的良兰在和卖野药的小贩纠缠。

你这卖得太贵了啊，我盘缠要用光了，买不起。良兰恳切地说道。

小贩三指指天道，我不骗你的，石头莲花花似玉，百年扎根千年出叶，万年花开一次，能生肌疗骨，包治百病。这样金贵的灵药，我不说，你能知道上哪里寻去？

良兰很苦恼。不行啊，我买不起。你便宜些吧！我不找石头莲花，我要找我爹娘！

小贩愕然，像听了个天大笑话。他鄙夷地啐她一口。找爹娘？有毛病，打听石头莲花做什么？爱买不买，找你老子娘去！

北雁却看不下去了。她长刀握在手，大步走到小贩跟前，喝道：满口胡言乱语！

小贩惊恐地逃离。而良兰，这个差点儿被骗得“倾家荡产”的傻姑娘，竟不懂得后怕。她抬起头望着北雁，满怀希冀问道：你也在找石头莲花？

## 谷　底

她们到了谷底。

轮到你领路了。北雁对良兰说。良兰从中衣的内襟里掏出块小小长命锁，银子打的，刻满簇生的莲花。

长命锁隐隐发亮。

走吧。她拉起北雁的手，头也不回地步入眼前的黑暗。

良兰领着她走到谷底隧洞的尽头。

月光透过自然天井倾泻下来，照亮了一方平地。良兰在走进月光之前停下脚步，说，到了。

北雁将眼前奇景观望，倒抽了口凉气。

那是大片大片光华流转的白玉做成的，栩栩如生的——莲花。

不负盛名。

## 绽　放

良兰将食指置于唇上，示意北雁别作声。她用长命锁敲了敲玉石，阵阵脆响，含苞待放的莲花瓣依次打开。

世间最为匪夷所思的奇迹出现在她们面前，就此刻。从花瓣的尖儿开始，直至花苞的根部，朵朵玉石莲花的坚硬外壳分离崩析，露出内里柔软的真正花瓣。由无机质的死物，蜕变为真正的花朵。

暗香汹涌。

女子的虚幻身姿从花影里升起。良兰目不转睛地盯着那女人。

娘？

女人笑而不语，周身散发着温暖的善意，笑靥如花。

良兰的眼泪终于掉下来。

她想要伸手抓一把母亲的衣袖，可她伸出手，虚影立即消散，如梦亦如幻，不给她留丁点儿侥幸。

阿连……

女人的缥缈声音在岩壁间回响。

良兰发出一声凄凉的呼唤。

娘！

女人抬起胳膊，像是要抚摩她的头。

阿连，你长大了。阿连，你长大了。女人缓缓道。让你爹也看看你吧，他也在这里。

她的目光移向莲花的深处。莲蓬摇曳生姿，良兰福至心灵，拨开花茎与叶盘，发现了隐藏在花蓬中央的一颗孤零零的白色头颅。

她跪了下去，颤抖着捧起白骨端详。

## 前　　因

良兰怀抱父亲的头骨，对北雁娓娓道来。

我爹，是开国五公之一，连靖海。我娘瑶瑾是……约莫就是你们口传的石头莲花。

我生于莲叶之中。

我当然也不叫良兰。良兰是我娘的贴身丫头，从将军府逃出来的时候她就跟我对调了身份，怕我被人发现是连将军的女儿，追杀到天涯海角。后来良兰没了，我就彻底变成她了。

太多的人觊觎石头莲花，我爹光是护一家人安全就很不容易。有一天，庙堂和江湖里的人联合起来，闯进我家要掳走我娘。

对外的说法是我爹在大火里烧死了，其实他逃脱了，带着我娘。逃到这个……我闻所未闻的地方。

我娘临走前嘱咐我，来日相见凭命锁相认。

不料生离过后竟死别。

## 后　果

之前佯装不认得你，央求你带我同行，是骗你的，北雁。良兰躲避着她的目光，坦言道。

江湖里使长刀的女孩子屈指可数，见你第一眼我就认出来了。但我认得你主要归功于你爹北锋。他是夜闯将军府的贼人之一，他们每个人的脸我都记得清清楚楚。

良兰见北雁面有愠色，便露出一抹凉薄的微笑。

你别气我唤他贼，北雁。我其实不怪他。他也是身不由己。谁不是身不由己？

我还认得阿风呢。她继续说。

阿风，阿风。她念叨着。阿风是我的恩人。那天夜里，他一个毛头小子。惧怕得持刀的手都在颤抖，不晓得他哪里来的胆子放跑我和良兰。

良兰眨了眨眼，道，见你第一眼我就知道，你姐弟两个太相像。明明没什么脑筋，心地又善良得要命。

## 落

良兰的母亲，坐拥莲花百朵的女人，同北雁一样安静地听着女儿的述说。她的眼神充满悲悯，仿佛正在感怀这一场荒唐的、环环相扣的尘缘。

她落下虚幻的泪来，叹道，阿连，我的孩子，苦了你了。

良兰却笑呵呵地说：今日正是苦尽甘来之时。

她就着跪倒的姿势，给她娘磕了个头。又把连靖海的头骨放回莲花中央，给他也磕了个头。

爹，娘。她说。我回来啦。

她不打算再离开了。

对于外界世事，良兰并无留恋。重回中原不过意味着重新开始的漂泊。倒不如在此守着她的双亲，尽管彼此时空分隔，一家人也算是聚齐了。

人这一辈子，想的都是回家。

良兰告诉北雁不同她出去了。

北雁惊诧不已，因为良兰突如其来的决定，更因为良兰随手从石头莲花里掐了一捧，递给她，让她带去给阿风。

这是我的报恩。良兰道。替我转告阿风，多谢他。我很喜欢他。

然后她望着北雁，望着北雁的刀，望着北雁的眼睛。她笑着说，也多谢你，一路上照看我。

言罢，良兰仰面躺倒在石头莲花中，她母亲张开的怀抱。

莲花温柔地包裹了她，淹没了她。

每月月圆夜里，你可以来找我说说话，好吗？良兰闷声问，语气小心翼翼的。

北雁答一个字。好。

良兰其实还有个秘密瞒着北雁。

她很喜欢小时候救她命的小哥哥，她很喜欢北风；可相比之下，她更喜欢同样笑起来眼睛弯成新月的北雁，背着她翻山越岭的北雁。

巧得很，北雁也有个秘密瞒着良兰。

十岁那年，她女扮男装，跟着父亲寻找石头莲花的下落，参与过当年震动京城的将军案。在烈火与骚乱中，她在父亲眼皮底下偷偷放跑了连靖海的小女儿。

也许有机会，她们会坦诚相对，将秘密说与彼此听。

月圆时你别忘记来找我说说话。良兰叮嘱她。

北雁重重点头。

良兰甜甜地笑了，她头枕在臂弯里，侧着脸，脸还朝向北雁站的地方。闭上眼睛，像要沉入一个好梦。

南疆有奇花，其貌如莲，状如瑶，可愈百毒并五劳七伤。后化形为女子，善巫医，活人无数。死后复为莲，于空谷幽处植根簇生，逢朔望，次第开落。

——《博物志》

**指导教师：王瑞春**

# 俗　事　记

◎柴　聚

## 七

结完婚的第二天，包老实和他刚娶的媳妇去了县城。说要去女方家再办一场婚礼，顺便兜个风。

可没过三五天，包老实又回来了。只有他自己一个人回来。

你媳妇呢？村里人问他。

嗐，离了呗！

包老实说这话时眼睛都没抬。

啊？离了？

村里人难以置信地问他。你不是才刚结婚吗？

那女人就不是过日子的料。

包老实手里忙活着，回了两句后大感不耐烦，挥手让众人散开。人们见状也就不再问，嘀咕着干着各自的事去了。

只有卖猪肉的老胡对包老实嗤之以鼻，他甩着膀子剁开猪骨头，刀砍在案子上响得震耳欲聋。

“呸！他老婆跟人跑了？我看那根本就不是他老婆！”

## 六

“给你三百，不能再多了。”

“我要五百。”

“不可能！当初咱们可是商量好的，完事我分你两百五，我还多给了你五十。你想多要，也不能张嘴就翻倍啊！”

女人坐在床边抽着烟，一副心不在焉的样子。

“我反悔了，不行吗？”

有星火在她指间明明灭灭，女人吐出一口烟，抬手将烟头按灭在烟灰缸里。

“怎么说你这次也捞了两三千，我要个五百，你也不亏了。你不答应我，我现在就把这事捅出去。反正我要是拿不到钱，你也甭想拿到一个子儿。”

“你！你这不是讹人嘛！”

“我就是讹人怎么了？你那钱不也是讹来的嘛！”

“那不一样！”

“哪不一样？”

包老实不吭声了。

女人见他窝窝囊囊的样子，嗤笑一声，“得了吧大哥，都是骗钱的，咱就谁也别嫌弃谁了。”她揶揄道，“不为难你，这钱给我，我帮你演完这出戏。等出了县城咱们桥归桥路归路，以后就当谁也不认识谁。”

“你就当破财消灾呗。”女人补充道。

包老实站在那儿，脸上红一阵白一阵。女人话里带刺，可他又没法反驳，包老实觉得心里像有个小石子叽里咕噜地滚，硌得慌。

这滋味比给他两个大嘴巴子还难受。

## 五

包老实结婚了。

满地红噼里啪啦地响，像是油锅里爆炒的红豆子。

包老实的院子里头一次坐了这么多的人。

整整四大桌的酒席，露天放在院子中央。每桌上都有大鱼大肉，看着丰盛得很。

院子不用说，收拾得干干净净的。就连角落里一向杂乱无章的小菜园，也被包老实收拾得井井有条。

而眼下，他正和新娶的媳妇站在大门口迎接乡亲们的到来。

包老实头一次穿上了西装。也正是这身衣服，衬得包老实一下子挺拔了不少。头发两天前也收拾过了，显得精神抖擞的。

他身边的女人挽着他的胳膊，穿着一身大红，长得是格外漂亮。她立在门口，朝每一个递过红包的人送上笑脸。红包越厚，她脸上的笑容也越灿烂。

卖猪肉的老胡早早就到了。平日里包老实常来照顾他生意，这次包老实娶媳妇，他自然是爽快地包了大红包。

“行啊老包，你这媳妇倒是漂亮啊！”

包老实憨憨地笑了下，“是挺漂亮的。”

“我看她挺眼生的，好像不是咱们村的吧？”

包老实点点头，脸上的表情很不自然。

“我家是县城的。”女人搡了他一把，见他没反应，便自己开口了。

“县城的啊……”老胡大为吃惊，他用力拍拍包老实的肩，“可以啊老包，平时蔫头耷脑的，看不出来你有这出息啊！”

老胡探探头，好奇地问：“唉老包，哪个是女方的家长啊！”

“我家里人昨天来喝过酒了，今天他们有事，就没来。”

女人抢着说道。

老胡摸摸下巴，一脸狐疑。

包老实的笑有点儿尴尬，不过幸好这时候人也陆陆续续地来齐了，他随便敷衍两句，便催促老胡落座吃饭，急着去敬酒了。

看着他落荒而逃的背影，女人背地里瞪了他一眼，神情略带鄙夷。

## 四

女人倚在墙上抽着烟，透过烟雾瞟向不远处那个犹犹豫豫的男人。

他站那儿有一会儿了，往这边看了两三眼，就在原地打着转，迟迟不肯走过来。

等他再看过来，女人朝他笑笑，将烟头扔到地上用高跟鞋踝灭，主动走过去。

男人见她靠过来反而局促不安起来，手脚都不知道怎么放，眼神四下乱飘。

“刚才不是一直往这边看吗？怎么，我一过来倒没胆了？”女人似笑非笑。

他下意识摇摇头。“不，不是，我想求你帮个忙……”

“有钱吗？”

“有！有钱。”

女人暗自撇撇嘴，表面上还是笑着挽上他，“我家现在不方便，旁边就有个快捷酒店，在那开个小时房花不了多少钱。”

男人突然涨红了脸，用力甩开女人的胳膊，一脸愤愤。

“我不是要和你睡觉！”

女人被甩得向后趔趄了好几步才站稳，男人莫名其妙的态度点燃了她的怒火，“不睡觉那你在那儿死盯着我干什么？老娘还得工作呢，没事别在这找事！”

“不是，我真有急事，你就帮我个忙，我真有钱给你！”见女人转身想走，他急得一把拽住她的胳膊。女人张嘴想骂人，他先把两百块钱拍在她手上。

女人愣了愣，还是把那两百块钱揣包里了。

再抬起头时她和颜悦色了不少，“说吧，要我帮什么事？”

“我要你陪我回一趟我们村，假装我老婆。”

包老实这样说道。

## 三

“老胡，给我来两斤后鞧。”

“好嘞！”

老胡麻利地拎起一条肉，扔到台秤上。他一边将猪肉装进袋子里一边跟包老实说话，“前天小军他家又办席了？”

“嗯。他二儿子自费上中专了。”

“你又去了？”

包老实点点头。

“我呸！你还看不出来吗？他们就是想讹你！”

包老实沉默着接过递过来的肉，想了想又说：“乡里乡亲的，大家平常关系都挺好的，也是喜事嘛，不去不合适。”

“不合适？就你最合适！就小军他家，屁大点儿事办个席，这半年是第二次了吧？”老胡嗓门儿高，惹得旁边的人都看了过来，包老实推了他一把，他才稍微压低了声音，“你说你都四十来岁了，还没娶媳妇。小军家办席每次都告诉你，不就是想让你掏钱嘛！就你实在，还次次都随礼，不是傻嘛！你钱又不是大风刮来的，凭啥给他们？”

“他们叫我，我不去，不合适。”包老实就是个认死理的，不管老胡怎么劝，就是不为所动。

老胡急得口不择言，说：“谁家办席都叫你，你还家家给随礼。难不成你还想跟去年一样借钱买种子？”

包老实这下不吱声了。

老胡知道自己说过了，一时又找不出什么话来弥补，只得叹口气，拍拍包老实的肩。

包老实推开他的手，“今年我自己买种子。”他闷声闷气说道。

## 二

农村有随礼的习惯。

谁家办个席，过去吃席的人自然会带点儿钱随礼。这本来是件挺正常的事。

可这几年办席的越来越多，只要是家里有点儿沾喜气的事都恨不得办个席：结婚要办席，生孩子要办席，孩子满月要办席，孩子升学要办席，孩子上中专要办席，老人八十大寿要办席，老人九十大寿要办席……

不过不管村里谁办席，他们总不忘记叫上包老实。包老实人随和，谁告诉他，他都去随礼。

零七八碎算下来，一年随礼的钱，怎么说都有上万了，这对于靠天吃饭的包老实来说，可实打实不是一笔小钱。

## 一

包老实是村里有名的光棍儿。四十多岁了还没有老婆，平时老实巴交的，大家都叫他包老实。

## 零

礼越随越重，人情越来越薄。

**指导教师：王瑞春**

# 夏末的戏台

◎李可滢

“碧云天，黄花地，西风紧，北雁南飞。晓来谁染霜林醉？总是离人泪……”那台老旧唱机，总是放着陈年的调子。苏曼则像个老人家般，闲时便倚在窗边藤椅里，哼唱着记忆中的曲调。那些泛黄的思绪，从悠悠的曲声中飘来，让人好似又陷入那段经年的梦。苏曼喜欢戏曲，也喜欢看别人唱戏。她曾经也认识一个戏子，在懵懂无知的年纪。

那会儿，苏曼还是个小丫头，听说村里有戏看，就屁颠屁颠地抱着小板凳去占位置。戏台前围满了男女老少，空气中弥漫着扬尘的乡土气味。苏曼第一次见到小戏子时，他小小的个子，隐匿在村里请来的一众戏班中，稚嫩的脸上描画着戏子的妆，整张脸白得分明。穿过人群，小戏子注意到了苏曼好奇的凝视，那张滑稽的白脸便向她憨厚一笑，惹得苏曼也忍不住发笑。

这场戏里，男孩儿虽只是个耍花枪的陪衬，但在最后收场时却出了意外。彼时，前边的刀马旦唱得正好，众人纷纷鼓掌叫好。而就在这时，小戏子在转身时不慎被戏服绊倒，活生生摔了个狗啃泥。所有人的目光都被他吸引过去。他狼狈地站起来，脸上的妆还被蹭花了一块。众人哄堂大笑，这场戏生生变成一出笑话。小戏子什么也不管了，索性丢了兵器就向后台跑去，众人看了就更欢了。

散场后，大人们都渐渐散去了。苏曼在后台见到他时，戏班的人都离去了，只有小戏子一个人沉默地收着箱子。苏曼想要过去跟他说说话。她掏了掏花袄的口袋，柔软的小手里拿出一块冬瓜糖，递到小戏子面前。小戏子抬起头，看见苏曼绽开的孩子气的笑脸，一愣，那张妆花了的小脸上流露出呆呆的神情。“下次登台要小心啊!”小女孩儿软软糯糯的声音响起。小戏子眼里的光闪动了一下。他接过糖，也轻轻地笑了。

从那之后，苏曼常来戏班的后台来找小戏子玩，小戏子跟随的戏班依旧在这附近的村落进行演出。苏曼为了去看他的戏，常要穿过长满野草的偏僻小路赶过去。一次，因为她跑得太急，一不小心脚一扭从小路上滚了下去。她从田里爬出来，沾了一身的泥，膝盖也划了一道血口子。但是小戏子的戏马上就要开场了，于是她咬咬牙，一瘸一拐地向演出的地点赶去。可当她走到戏台前，却已是曲终人散了。苏曼逆着人群，看到小戏子穿着戏服在显眼处张望。见到此情此景，苏曼哇的一声哭了出来，忍了半天的眼泪像断了线的珍珠，顺着脸颊、细长的脖子流下。小戏子吓了一跳，忙安慰她。而苏曼只是哭，许久才平复下来。她长长的睫毛上滚动着晶莹的泪珠，那双眼睛看着小戏子，神情委屈又受伤。她只是不想错过他的每一场戏，哪怕他只是一个不起眼的小角色，在苏曼最纯真的情感世界里，他对她来说就是特别的存在。小戏子的心抽痛起来，内心泛起无限怜惜。她哪怕承受着一身的伤痛，却依然为了他微不足道的一场戏而奔赴。小戏子为苏曼拭去眼泪，柔声说道：“没事的，还有下一次。”苏曼含泪的眼睛闪动着炯炯的光：“那我们约定，下一次我不会迟到了！我要一直看着你唱，你也要一直给我唱戏！”这一个约定，他们用整个单纯的童年去换取。

那一天，苏曼被村里的大人带到小戏子面前。很多年后，苏曼都不愿回想起那一幕。小戏子被几个大人围着，沉沉地低着头。苏曼看到他的嘴角破了一块，一看就是被打过。听村里的人说，小戏子偷了打赏戏班的钱。她直直地盯着小戏子，她不敢相信小戏子是那样的坏孩子。爸爸拉着苏曼来到小戏子面前，让她亲自去面对他。看到苏曼的脸，小戏子一脸惊喜。苏曼沉默了一下，开口问道：“你是不是拿了戏班的钱？”那其实没有多少钱，却是对一个孩子品德的全部否定。小戏子的眼神慢慢暗淡了，那抹光彩从他漂亮的眼眸中一点儿一点儿失去。他轻轻点了点头，不再说话。“为什么？”苏曼不明白，她认识的他不是这样的。苏曼木在原地，她爸爸走过来，用力拉她，说：“走，以后不要跟这种人做朋友。小时偷针，大时偷金！”苏曼被拉走，看小戏子站在原地，越来越远。他一动不动，甚至连眼皮都没再抬一下，苏曼的视线，也渐渐模糊了……

她被大人要求着检讨自己乱交朋友。她还有些不甘心，不过也没再反驳。她失去了那个最好的朋友，失去了那个对彼此都独一无二的朋友。苏曼承认了错误，但她不再爱玩，话也变少了。偶尔邻村传来敲锣打鼓的声音，她就一声不吭地钻进屋。

一天，村里的小朋友带来一辆崭新的自行车，“苏曼，快来看看，这是小戏子送你的！”苏曼眼睛一亮，冲出屋子，看到了那辆自行车。那一瞬间，回忆的种种涌上心头，而苏曼也立刻明白了些什么。她计划着怎么去找他，他却想着如何不让她受伤。小戏子偷偷拿了村里给戏团的打赏，就是为了给她买一辆不用走小路的自行车，让她好去看他的每一场戏……苏曼坐在自行车后座上，向戏台的方向行进着。她不断催促着伙伴快点儿，再快点儿……可就像那晚，无论怎么赶路，最后见到的都是空荡荡的戏台。夏天要结束了，戏班的淡季也到了。小戏子走了，没有人知道戏团的下一站是哪里。

最后，那个约定没有实现，他们仿佛被遗忘在那段时光里。什么时候会再见呢？或许在下个夏天，或许下下个夏天，没有人知道……

**指导教师：靳宇喆**

# 先 生 娄 纶

◎孙曼青

## 一

娄先生先我二十年，有经天纬地之才却独善其身，不问世事。初识他时还在古董拍卖会上，可便巧识，只是可惜相识一年多先生便归去了。

一件蓝釉瓶，朋友托我前来拍卖，当天出我意料地来了上百号子人。娄先生即其一。拍卖会十分成功，当拍到三百二十万时，娄先生瘦小枯槁，中年近老之人，举起牌四百万。自然，宝瓶归他了。

我很好奇这个人，因为他面容憔悴却又不颓唐，颇有绅士风度，那么有钱，抛个四百万跟玩儿似的，赢了也没什么成就感的表现。实在怪哉。好奇心驱动下，我决定去看看。

他发现我跟着他，回头干脆利落地问："先生有事吗？"

"没，没有。"

"需要帮忙吗？"

"不，不……"

而他只是微微一笑，走开了。我无所适从，只好继续跟着他，也为摸清他家住址，日后也好拜访。他又发现了，不耐烦地转过身。

“有事吗，先生？”

“哦，不，没有，只是想和先生交个朋友好吗？”

于是我二人去吃吃喝喝并且认识了。

与娄纶吃喝当中，我了解到，他姓娄名纶，曾去海外留学，之后又于海外任教九年。第十年，父逝回国，便从此再没有出国，辞了一份高薪工作。但其父是有钱人，家财万贯，死后，娄先生继承了这些财产，当时人已四十八岁，决定带着这笔钱，隐居市井，但同时也将一部分分别给了自己的两个儿子去经营生意了。他现在只是在一些大型拍卖会上现身。前面讲过，娄先生有经天纬地之才，但他却不入政坛。这是因为娄先生的祖父生前为国之栋梁，但一些人出于政治目的，陷害其祖父，现在虽已昭雪，其祖父娄老先生却再也听不到了。所以，娄纶虽学政治学多年，却誓死不入政坛，这对于国家来讲，却也是大损。

渐渐与娄先生熟起来了，便谈些更开放、更实际性的问题。娄先生在一个周五的晚上约见了我，这对于我来说是莫大的荣幸。应邀而至，先生为我点了一杯爽口的清茶。

那次见面，我得知了娄先生的不幸。

娄先生说：“瞧我的儿子，竟骗了自己老子的钱！也不认我了！就因为……他们知道了我不是他们亲生父亲，而又找到了他们的亲生母亲，便骗我全部财产与其母远走高飞了……哈！”

“您怎么不去告他们？”

“我不在意！不在意！任他们去吧，孔丘不是号称仁吗？推己及人，以仁待人嘛，那就仁啊！若你一人仁至义尽，其他人便欺负你了！若全世界均仁，那么势必有所谓的‘奸’出现，仁者，大度适可而止，攻其必反，人若犯我我必犯人！”

我是支持儒学的，但也无话可说了。娄先生倾家荡产了。他的别墅，被儿子们偷偷卖了。

娄先生向我借了一些钱之后便要了白酒，喝得酩酊大醉的。娄先生说：“周成，笔名学人，嗯。可是鲁迅本家四兄弟？周学人？嗯，不错。”

我听着他的胡言乱语，心里不免感到这初春之日的寒冷萧瑟。

我只是出版社的一名管理人员，挣不得几个钱，只好将娄先生暂置家中，反正又没人。

## 二

几天后，娄先生告诉我说：“我要去教书了，教那些没人信的东西了……”他还十分痛苦。

“教哪科？政治还是什么？”我问。

“周成，我是去教小学语文的。”

“什么？”这着实让我吃了一惊，“先生的学历可是美国哈佛博士！又在海外大学任教那么久，至少也得是个研究生导师嘛！”

“我自愿的。我不希望那些不真实、假的故事传承百年，也不希望孩子们分辨不清阴谋、错与对，我指的是某些行为意义上的！”

我不得不劝娄先生：“那已然成了主导体，正常的，对社会无害……”

娄先生生气了，打断了我：“反对正常的不代表是异类，也不是什么错与对！是抗议？那充其量是一种态度！是行动！行动！也许将是一场未来的革命！”

我无法作答，娄先生点了一支烟，坐下拿给我一幅画，“是幅在博物馆里摆了一百多年的烂画的克隆版，但最近被验证是达·芬奇所画，各地名家又专程来到这个被扫视过无数遍的画前，装模作样地评论赞扬——卑劣无耻！而此画也由原来的几百美元涨到十几亿美元！瞧见了吧，不是名家，再好的东西也是分文不值的；成业者，再烂的作品也值个千八百的；若名气再大，上个几百万都没问题！就如那画。”娄先生吸了口烟，也叹了口气，“长此以往，便是再没有人才可以上来的了……”

“但这并不代表名家无才无德啊！相反，正是名家才华横溢才……”

“呵呵，那么，如果一个国家的人口自然增长率为负，就会导致社会老龄化、兵源不足等问题，这难道与名画事件不是相通的吗？”娄先生与我争论道。

“嗯，写、读有些时刻不也是罪恶的吗？”

“你没法说的……”娄先生又道。

## 三

娄先生搬出去住在学校宿舍里，这相对便宜，但学校放假，他就无处可去了。娄先生每个礼拜都来寻我，喝酒。

“你气吗?”娄先生发问。

“什么?”

“降工资了！平时教员每月不过五六百元，现因我尽教些没用的东西，居然扣了我三个月的工资!”

“告他们去吧!”

“不好，”娄先生摇摇头，“也许他们有难处吧。”

“娄先生……你必须再想个办法了。”

“肯定，这个月没什么钱了，后两个月也是，不能饿死！好！那干脆就辞了这教员的工作！去写，去做，我不信，凭我娄纶一身才华，竟能饿死!”

娄先生向我借了几千元人民币后就走了，此后两个月中，却没有再见到他。

## 四

两个月后，我收到娄先生的一封 E-mail，信中写道：

学人：

您好！两月余未见，可好？告诉你一好消息，我寻到出路了，不必惊讶，我给你发 E-mail 便证明我有余钱了。我现在在做，在写，一家出版社要了我的几部长篇小说，一部是《狱中内传》，一部是《世炎》，获得了不错的销量，看来我早该干这行。挣的稿费已经三万多元了，依此下去，我便有了出路。但肥水不流外人田，我还有几部没发表的小说。《素节》《沽上》，估计能畅销，试试吧，伙计！你不是干出版社的吗？有这甜头，你试试吧！

若应速回信。

娄　纶

十月二十三日晨发

我见到信，自然为娄先生高兴，便速回了一封邮件给先生。

娄先生：

您好！我知道先生写书之辛苦，能为先生效犬马之劳是毕生之福。先生为人师，自也为学人之师。先生嘱咐的事一定办到，不延一刻。出书之事，大可托付周成。

祝身体康健！

周　成

十月二十三日午发

## 五

又约见了先生，故地旧友，何其乐哉！

先生又苍老了几分，身着黑色风衣，与第一次见面的西装革履大不相同了。

问先生何处栖身，先生答："学人，你我笔友师生一场，本是缘，像住处这种事本应告知，但却不能。"娄先生说话很干脆。

但看着娄先生的眼睛我明白了，他所指的，是另外一种事物——防人之心不可无。但这"防"是多方面的，这个多方面，也许是只娄先生所知，有经历人所知——巧如娄先生的"无仁论"。那可能就是先生在儿子们"叛变"之后的后遗症。

娄先生给了我他的书稿，不是电子稿，而是一页页的——一大箱子。因为娄先生用蝇头小楷写的。还有几箱，是英文版、德文版、法文版、西班牙文版、日文版、俄文版，六个版本。都是娄先生翻译的。这样一位才智双全、经天纬地、大德大义的先生，居然埋名古道，连出书用的名字都不是娄纶，而是什么温克斯得夫。更无人认得！更何况娄先生一部书改名，什么"祁铉"啦、"毂梁古"啦、阿麦斯彼克、麦夫，要不就写"佚名"。他的作者简介也向来胡编。

看着娄先生的书——他这次笔名叫麦夫。这本《素节》依我多年经验，应是能畅销的了。《沽上》虽然好，但毕竟是2000年了，这书不见得被接受——里面写的是一个老人对一位年轻人的言传身教。

我将书稿改了改，校对后便送去公司印刷厂印了几万册试销，不过娄先生的书，没什么问题。

于是，只印了《素节》，《沽上》则被永远地遗忘在那抽屉里了。

## 六

突然，我接到娄先生紧急电话，说老家母亲病危，急需一笔钱，问书卖的如何，够不够稿费七十万元。

“娄先生，其实……不够，这两本书的销量并不乐观，只有八万，分利之后剩下的……”

只听娄先生叹了口气，用苍老的声音，说了句：“唉，好吧，拿来吧……”

我骗了先生！其实虽然《沽上》没印，但《素节》却卖得奇好，已销二十多万册，每册版税五元，核算一下，一百多万元稿酬，可我却为了贪作者稿费，身为社长的我，忍不住诱惑，终于还是做了对不起娄先生的事来……

## 七

三天后，娄先生找到了我，请我吃饭，我不禁一身冷汗，颤抖地去了。

“娄、娄先生有什么事吗？令堂怎样？”我已准备向他说清一切并还他钱了。

“昨天晚上半夜三点多走的。这老太太……”娄先生苦笑道，然却又捂住脸哭笑不得起来，“走的……就这么走的，一声不息，没有话，其实前几天就说不出话了……她养了我一辈子……就一句没讲，走了罢了……走了，走的，再回不来了，不来了，连再见也没说……当时我还在想办法筹钱，她忍不得，便走了……哼……”

我的眼眶不知怎的也湿了起来，准备向他澄清一切：“娄先生，其实我……”

“周成！”先生打断我，“老太太走的那一刻我突然想起一件可笑的事来……”

“什么？”

“记得四十多年前，小学三年级第一次写作文，有个题目‘我明白了什么道理’。我便苦思自己发现的人生哲理，便写了一篇文章：‘心态决定命运。’谁知老师却批了个‘心态决定命运是道理吗？有道理吗？’并得了低分。我寻高分人看罢，其无非写的什么‘诚实，互助，勇敢，坚强’之类，我不由得想，那是明白的吗？分明是学的嘛！我也终得知那题目无非就是形式主义，也明白了作文终靠编，没有真的。即便有，不是凤毛麟角，便是不知天高地厚。于是，我也终于明白了点儿什么道理，需要明白最正常最妇孺皆知的所谓道理才行。所以，我从那时，学会了也懂得了什么形式主义和教育的‘假’。”

“后来呢？”

“记得我成为美国教授时，便发表了同样思想的文章——《心态决定命运》，竟被当作真理发表在了励志书上了！哈哈！正如那名画事件——假！小！”

娄先生真是大家，这样的经历，这样口吻的批判，这又使我说不出那一百多万的事了。我不想娄先生也用“冷眼”看我，再去教导别人。

娄先生又走了，谁也不知道他去哪儿了，他只留下了一张字条：再见，也许再不见。娄纶。

## 八

我日益慌张，干什么都总出错，只因为那一百多万的飞来横祸，这状态维持了半年。

然而正当此时，我发现我开始憎恨娄先生了，并且处处讲他的坏话。

可是，每次干完一件伤害娄先生的事情后，便多一次忏悔……

终于，消失了半年的娄先生来信了！信的内容却是出人意料！

周成：

不会烦你了，也不必忧虑回信的事，权当读报纸了。周成，半年不见，你好吗？我快死了，眼前只有白色的帐布单和衣裳了。可笑吧？连护士都不愿意喂一个临死之人服药了。这封信，要不是我千求万求一位老爷子，谁会帮我投到邮箱里去！钱都用光了，估计再交住院费时，我的灵魂和肉体早就分开了吧！不管他，周成，我想再见你最后一面，可否？

祝事业顺利！

娄　纶

四月十四日晚发

于津 A 医院住院部

泣不成声的我，想到从初识娄先生到现在的一幕幕，好好的一个人，这就不行了，便二话不说，连夜赶到天津。但是一百多万的事情始终困扰着我，那一百多万，终归是娄先生的。

我当时在南京，在三天之内赶到了 A 院，打听娄纶一人，谁知，得来的却是冷冰冰的两个汉字："死了"。这给我无比震撼的难以压制的情感爆发！

娄先生死了，先生的一生荡然无存了，我终究后悔了。

…………

"不尽然的，灰飞烟灭也无所谓了；有价值的，毁灭了就可惜了吗？但价值不体现，又谈何价值？啧啧，没有什么永恒，再深入的定论也会被推翻，倒不如自生自灭了罢！"

"相信朋友？现在除了生与死的！哪里来的朋友？权与德不两立。"

不知为何，娄先生又仿佛在我身边讲着"大道理"，而我便是被批判者。

突然南京那边报社有急事，便匆匆付给医院一笔钱，让他们好生安葬了娄先生。

在回南京的飞机上，我知道，娄先生早就知道那一百多万的事情了——也许是当年打电话问兑现稿酬的时候。

还有，这半年间，娄先生究竟干了些什么事，又为何会沦落到这般地步，无从得知了……也许这是上天对于娄先生这类人的命运安排，终归如此。

## 九

又半年后，我去看娄先生。

——本来是不敢去的。

到了陵园，守园人问："没人来看他的，你为什么来呢？"

"他教给我很多，最后他用他自己教育了我，这便是最高明的了。然而这样的良师益友，却是再也没有了。"我最后说道。

## 后　记

其实，后来周成再次发现《沽上》书稿时，决定出版，但是当他再次读的时候，竟发现文中所写的故事人物原型便是自己与娄先生！一位老者将自己的亲身经验以不同的方式传授给晚辈。周成更是伤心，他骗了娄先生，更害了先生的母亲。

于是，周成决定，将十七年未动分文的一百多万拿出来——他不敢动，即使先生已经驾鹤西去或者是在他最困难的时刻。再加上《沽上》卖后的一百余万元人民币，全部捐献公益事业。接受采访时，周成说："一切都是娄先生的，我只是替他履行他生前的嘱托罢了。"

**指导教师：侯晓宇**

# 摇　　篮

◎周煜博

我是被呛醒的。

挥手，想驱散烟雾，却把胳膊撞在了天花板上。

感觉有点儿不对，食指画出一道 M 形，想要点出控制面板。

什么都没有发生。

烟雾更浓了，我开始难以呼吸，只得虚弱地拍着床板。

这下好像触发了什么机关，水雾从天而降，吸附烟尘后变成黑色，在地上形成一张抽象的黑白照片。

世界豁然开朗，以一种完全出乎我意料的方式。

我心头一沉：

“这里，是现实世界……”

五千年前，因为虚拟世界技术已经高度发达，人类建造了七座千米高的超级计算机，接近五十亿人把意识上传到了计算机上，以强人工智能的形式在虚拟世界中获得了永生。人们建造了无数的世界，每个人都成为创世祖先。

很快，这种支配万物的快感让所有人类深陷其中。机器人取代了现实世界，他们负责进行七座超算的日常维护。

直到一个月前，来自外太空的伽马射线暴摧毁了六座超算。幸存的约一亿人被强制退出虚拟空间，转移到新生成的克隆躯体上。他们的任务是，修好短路起火、破损严重的最后一台超算，回到虚拟世界。

我所在的小组目前正在维修超算的外部电磁防护系统，也是在伽马射线暴中受损最严重的单元。

电磁护罩正常生成，看来上一组新安的临时电源质量不错。这时，我发现了问题。

“嗯？这个护罩怎么频率这么不稳定？”

显示屏上，一条红色的线在有规律地跳动，表明电磁护罩正在受到外部磁场的冲击。

难道是伽马射线暴的余波？也不可能，那可比这要暴烈多了，不会这么有规律，仿佛在告诉我们什么似的。

嗯？难道，它真的在告诉我们什么？

“刘桢！快，记录数据！赵振北，你把电磁护罩的灵敏度调到最高！陈文水，还有淮颖，你们两个申请启动一个主核进程，破译信息！”

技术员刘桢在我喊出口的一瞬间就明白了，端口迅速地接入程序，光量子硬盘记录这点儿信息易如反掌。操作手赵振北迟缓了一会儿，但也照着我说的做了。

主核进程被启动，在经过一连串烦冗的自解译系统后，出现了我们熟悉的地球人类文字。

这是一封来自宇宙的信！

电磁防护系统维修组的五人围坐在中间，周围是熙熙攘攘的人群。

“大家安静。”我说道。声音不大，但所有人都不再出声。

“星辰人类给我们寄来的信，原件已经发布在主核上了，所有人都有权限查阅。

“我在这里重复一下其中的关键部分：五千年前，我们人类文明第一次与外星生命接触。两个文明间爆发了旷日持久的战争。我们的前辈最终摧毁了敌人。然而战争之后，太阳系已无法养育人类。于是人类文明分裂成为两部分，一部分向虚拟世界转移，一部分向星空移民。前者被称为地球人类文明，后者被称为星辰人类文明。

“大约三百年前，星辰人类文明吃了败仗，这让他们意识到自身发展的不平衡不充分。人类文明是不完整的，单一的理念无法支撑文明。不管是像他们那样，近乎疯狂地交流，还是像我们这样，完全地封闭自己与世隔绝，都无法让文明永远进步。

“出于这个认识，星辰人类文明向我们发出了邀请，希望我们离开太阳系，带着我们的虚拟世界永生技术，和他们一起拥抱宇宙。”

“显然，他们不知道我们遭遇了伽马射线暴。”赵振北叹了口气。

“是的。”我面色严肃，庄严地向大家宣布，“地球人类文明早已不再有统治阶级，决定权在大家手上，如果你们认为，你们真的有能力放弃维修超算，放弃你们的虚拟空间，放弃这种支配一切的力量感，请在全民公投中选出你的答案。”

公投由我们五人以及部分看到了文明问题所在的高级维修工程师发起。他们是超算维修的总设计师、总策划，拥有实际的权力。

公投涉及人数众多，需要一个月的时间收集和整理。在投出赞成票后，我们便投入大型宇航飞船建造的进程中，这是进入太空必不可少的。

船坞位于地球同步轨道，穿梭机正将我们从地面带走，穿过在伽马射线暴中几近消失的大气层。

我低头俯瞰地面，灰褐色的大地、结冰的海洋，突兀地矗立在其中的，是在人类看来巨大无比的超级计算机。

沉默了一段时间，刘桢开了口：“现在来看，这台超算，好像一个棺材。人类在里面耽误了近五千年。”

“在我看来，它更像一个摇篮。它保护我们安稳地度过了婴儿期，而现在要开始蹒跚学步了。”

“正如你在前天的讲话中所说，故步自封只会让文明沉沦，敢于打破舒适，对外开放，多元发展，客观辩证，这才拥有登上宇宙大舞台的资格。”刘桢笑了笑，把目光从星空中移开，“小姑娘，你一定会被载入史册的。”

“还小姑娘，显得你多老似的……”我拨开挡在眼前的发片，“公投进行到哪一步了？”

“赞成和反对的基本都已经完成了投票，剩下就是摇摆不定的人了。”

“别想这么多了。不管是维修超算还是建造飞船，现在的生产力都不够，只有集中所有力量，才能完成一件事。”

我和刘桢对视了一眼。

“你也知道，太空军已经组建完毕了。”

“是的。就看……”

“就看公投结果了。”

穿梭机咔的一声，和太空船坞完成了对接，首级气密门随即开启。

刘桢走过对接口，进入过渡仓。透明的玻璃壁反射着阳光，在带起的灰尘和冰晶中形成一道道光柱。

身后是漆黑但闪烁着的宇宙。

**指导教师：李忠萍**

# 张狂的慰藉

◎高羽鹤

你们拘谨的哲士，一切对于我都成为游戏。

——尼采《狄俄尼索斯颂歌》

纳克索斯岛的春日，灿烂的阳光吻过开满野花的山林，于是整个山坡都被涂上了闪闪的钻石光芒。

清晨的空气浸润了沾着玫瑰花香的露珠，甜美的芬芳缠绕着常春藤柔软的身躯。蜿蜒的溪水以轻盈的步伐越过探出水面的白色鹅卵石，她半透明的裙裾贴着水面晃动一下又倏忽飘远，山谷的叶片间回旋着泠泠的笑意和缓缓落地的白色花瓣。

今天，年轻的神将从这里启程。他半跪在溪边，左手掬起河水，右手虚空地向上，托起一捧阳光，闭上双眼默诵着祈祷。他在祝福这片抚育他的土地，将被赐予永恒的丰饶与芳香。

是的，芳香，那是成熟的葡萄微醺的芳香。

然而他却是一个生来不被祝福的神。

年轻的神的名字，叫作狄俄尼索斯。

他的父亲是宙斯，而他的母亲塞默勒公主，则因天后的诱骗请求宙斯现出原身，在宙斯那雷神的闪电中被烧死。

他从孕育在母亲子宫之时就被妒火中烧的赫拉迫害，他曾在烧毁宫殿的雷神之火中死又重生。这些都是抚养他长大的水仙后来讲述的。

祈祷的时候，某些支离难辨的往事灵光一闪又消失于黑暗，他并没刻意去捕捉。他甚至从没有试图把那些五彩的碎片连缀成故事。凡人总是执着于细碎的过往，其实纵然是神又何尝不是？纠缠着无果的苦痛耿耿于怀，那些郁结、羁绊却在无数次刻意的拉扯中愈发茁壮起来，像滋长的藤蔓勒紧了生命，它们萌发出怨愤的荆棘，穿过时光深深刺进皮肤、嵌入血肉，永无尽头地蚕食着生之欢愉。

温煦的风穿过狄俄尼索斯柔软的鬈发，如同静止的神光轻抚着少年清俊的面容——那大理石雕塑般的轮廓。

“哗啦啦——”他一扬手，左掌中的清水凝成大颗掉回溪中，聚在指尖恍若滴落的水晶。狄俄尼索斯凝视着右手，似乎无形握住的日光也正从翻转向下的手心倾泻而出。他忽然笑着站起身，又带着恣肆的张狂的轻蔑的笑，转身离去。

他是酒神、丰收之神、狂欢之神。

被酒神祝福过的地方，纳克索斯岛的每一条河流从此都流淌着葡萄酒的芬芳。而经他所踏过的土地，沿途都将是盛大的狂欢。

他来到阿提卡，传授给当地人葡萄酒的酿制方法。浓郁的芳香满溢高擎的酒杯，木桶也封不住的醉人气息久久回荡在葡萄种植园的上空，如同生命中短暂又迷人的纵情欢乐。

在尼采的视角里，苦难是人生的本质，而其间夹杂的少许快乐不过如同漆黑夜空中偶尔闪过的星火。狄俄尼索斯的诞生本就是苦难的、悲剧性的，因而成了生命悲剧的象征。

但他选择的是以一种痛苦与欢娱极致的结合而显现出的癫狂生活状态，把生命中微渺的美好无限演绎放大，最终凝聚成生命终极的表现形式——狂欢。

奥林匹斯山上巍峨的白色神庙，为他所留的闪光神位皆非狄俄尼索斯所着意。他却去流浪，遥远与未知的前方如同不可抗拒的诱惑。他嘲笑端正庄严的日神阿波罗，宁可钟情于崎岖而非束缚。

日神是理性与规则的代名词，而他是狂欢的使者。不屑于日神的谨慎端肃，较之自由与旷达，即使是耀眼的日光也会不羁于因束缚而展现出来的规矩严正之美，那不过是一种表象。艺术与生命的终极魅力在于内心无所拘束喷涌出来的热情。思想的驰骋如飞溅的岩浆，以傲岸的方式点燃一切，进而引起精神上的解放与共鸣，这大概也算得上是一种灵魂的狂欢。

他翻过潘加优斯山，在色雷斯停留，攀折下西塞隆山招摇的常春藤。他的身后跟随着狂热的信徒，人们随着他尽情舞蹈欢歌，喧哗在尘嚣中放浪，于是随着行进，无数的人尽被热烈的狂欢怂恿，沉浸在点亮的世俗中。

既然苦难是生命的常态，不可奢求过多的愉悦，那么所谓享受生命的乐趣就在于把有限的快乐珍惜放大，使其在主观的积极作用下足以照彻长久的痛苦阴霾。故而虽然狄俄尼索斯被赋予了天生的悲观主义，他的乐观精神却时时体现在悲观之中，从而仍然不失厚重与昂扬。

即便生命是一场悲剧，也要把悲剧淋漓尽致地演绎，这种情绪矛盾又巧妙的结合使得狄俄尼索斯的张狂具有了震撼人心的力量。

正视痛苦而不消沉，是一种强者的姿态；这种张狂背后，是对于生命真切温暖的慰藉。

年轻的酒神，他狂欢的队伍还在前行。为现世的激情与豁达高唱着赞美诗，追随着葡萄酒的芳香，无所畏惧地前行。

“伟大的人物和河川惯走曲折的路，曲折，却通向他们的目的地，这是他们最大的勇气，他们对曲折的道路毫无惧意。”

**指导教师：贺晓梅**

# 自由的路上，我们四海为家

◎张怡宁

你带着希望，我带着你，骑上捡来的摩托车一起去流浪。

九月的街边有场音乐演出，抱着吉他的大叔衣衫褴褛，欢乐的歌声里是放肆的自由。十八岁的奈布站在人群里，一见钟情地爱上了这种自由。

流浪的人其实是最自由的，孤身一人的男孩儿背上行囊，踏上了一场说走就走的旅行。

北方出发的孩子，第一站就是北方的寒冷。

入秋了的九月气温刚刚转凉，奈布的薄外套已经挡不住透过布料的冷意了。他找了件棉袄铺在地上，盖上外套躺好，第一夜就这么在天桥底下对付过去了。

他知道以后的夜晚会更难熬，等到入冬了，待在这个地方迟早要冻死。唯一的办法就是一直向南走，走到温暖的南方水乡。

旅行的第二周，奈布意识到自由好像没有想象中那么美好。干粮是个大问题，包里的压缩饼干还剩一多半没动，其他的东西早就吃没了。

钱，他目前最需要的是钱。可是他没什么谋生的手艺，离流浪歌手差的也不只是那把吉他。

“我还有什么？”奈布躺在废弃的门楼子地上问自己，“身份证。”

到处打工的时候，他无比庆幸自己带了这玩意儿出来。

故事里仗剑走天涯的流浪英雄都是骗人的，现实里只有买不起饭的饥饿和路上的冷风。

青春期男孩子的小倔强让他断了回家的念头，他只能一直往南走着，敲开每家贴着招聘临时工广告的小店。至少他还在向前走。奈布无奈地摇摇头把上一家店老板结给他的工资塞进包里。

为了活下去，奈布捡过别人没吃几口就扔了的烧鸡，捡过菜市场关门后地上的蔫萝卜，还捡过一个未成年的小孩儿。

这是计划之外的事。他看着旁边睡得正香的小孩儿，打了个哈欠。

奈布是少年人的一时冲动，而伊莱是不得不流浪街头的无奈。那天门楼子里的灯亮着，大红灯笼的光把伊莱脏兮兮的小脸照得红扑扑的。

“哥哥，带我走，好吗？”小孩儿坐在奈布旁边，眼巴巴地盯着他手里油腻的鸡架。

他们骑过别人扔在路边的烂自行车，搭过好心人的顺风车，也坐过在破了冰的河道上漂流的免费乌篷船。

那天河道两边的灯笼映亮了水面，是昏黄的冰冷。船上演傀儡戏的老人抱着人偶，他和伊莱缩着身体坐在小火炉旁边，听着老人讲着他这一辈子的故事。

外面的雨下起来了，船里的火光照耀着老人的脸，似乎说到了老人得意的地方，苍老的脸上红光满面。

“我这辈子啊……最后悔的就是没能娶她。”老人粗糙的手掌摩挲着人偶的头，奈布这才注意到人偶是个娇贵女孩儿的模样，娇贵鲜艳得像真的活人一样。

他侧过脸看向伊莱，突然就想起了他们最艰难的那段日子。

那是正月的头几天，所有店铺都关门了，奈布两天没找到像样的食物，钱都花在了御寒的那条棉被上。晚上抱着伊莱躺在桥洞里时，他心疼地摸摸伊莱瘦削的小脸，叹了口气说：“对不起，没能照顾好你。”

被窝里的孩子把手伸进小棉袄里摸索了半天，掏出一个凉透了的肉包子。

“哥哥，给你！”

奈布的眼泪唰地就下来了，他抹抹眼睛，接过肉包子掰成两半，把大的那半递给伊莱。

他知道，他对不起伊莱。这个才刚十二岁的孩子跟着自己走了这么远，一路上没少受苦，他却连他们的温饱都保证不了。

演傀儡戏的老人好心地带着他们回家，收留他们过夜。

在老人家的小冲凉房里，奈布洗上了半年以来的第一个热水澡。终于不是冰凉的水了，他差点儿感动得哭出来。

伊莱脱掉脏兮兮的衣服，光着身子凑了过来：“哥哥，等我们到了南方，日子会好起来的吧？”

奈布在手心打上泡沫，抿着嘴帮他搓背。淋浴头再打开时，伊莱听见他隔着水声说：“会的，一定会的。”

离开老人的小屋后，他牵着伊莱的手，背着包继续向南方走去。

快到了，快到了。

奈布不知道到南方之后他们将会去哪里，也许会留下，也许会继续浪迹天涯。但是这些都不重要，重要的是他们有一颗向往自由的心，就有了继续生活下去的动力。

四海为家也乐得自在，只因为我们心中有梦。

**指导教师：石丽娜**

# 祖　神

◎陈天伊

天刚刚破晓，莜伽已经背着木弓从草棚中走出来了。

作为猎人的学徒，她今天的任务是猎到一只尖嘴鸟——这是部族的土地上很常见的一种，肉质十分鲜美，羽毛也能做成优质的箭尾。

当刚刚走近尖嘴鸟的栖息地时，莜伽在苹果树下看到十分熟悉的身影，那是同族的卞卡。与莜伽不同，卞卡是用手举黑曜石长矛守卫部族的战士，尽管在大部分时间他都因为对于祖神的崇拜而在大长老身边学习祭祀的礼仪。

卞卡正像祖神的木雕一样直直地坐着，看向前方，莜伽轻轻走到他身旁。

她和卞卡是青梅竹马的一对，莜伽相信，总有一天自己和卞卡会穿上点缀白色羽毛和棕红色花纹的礼服，在大长老面前完成结合的仪式。

卞卡仍像被不存在的美景摄去神魂一样凝视着前方，莜伽在他身边坐下，拾起一个因熟透落下的苹果在手中细细地把玩。

这时卞卡终于开了口。

他近日仍在大长老身旁学习祭祀祖神的礼仪，但现在他突然领悟，产生疑惑，先前的热情就不复存在。而这些话是只能同莜伽说的，倘若被其他人听到风声自己一定难逃被放逐的命运。

卞卡看向莜伽，有些犹豫但继续开口。

莜伽和卞卡这样的实在活着的人是一定要进食的，但是死去的魂灵呢？他们把祭坛摆满食物，而被纪念的祖神却未曾动过。大长老口中的祖神生前骁勇善战，在变成魂灵后就失去狩猎的能力了吗？

或许祖神并不存在。

卞卡最终得出结论。

莜伽感到一阵莫名的战栗，这些问题从未浮现于她的脑海，隐约的恐惧仍萦绕在她心头。

在祖神的祭典上，男女老少都兴高采烈，而莜伽永远能被这种欢乐的气氛感染。

在这一天，少男少女会戴上白色的花环，成年的族人则会佩戴褐色或灰色羽毛编织的头冠。

白天在草棚前摆放祖神的木质雕像，用红色浆果汁涂上各种形状的花纹，并粘上蓝色的羽毛作为装饰。

傍晚在草棚间的空地点上天一样高的篝火，作为祭祀仪式开始的标志。大长老与学徒在高台上吟唱祭祀的咒语，最终将供品摆放在古老的祖神石像前。

之后，所有人开始围着篝火跳舞，直到太阳再次升起在远方的山头。

莜伽没有说话，但她心里的一些东西在卞卡的话语下破裂消失了。

她用牙齿咬下手中苹果的一块，这才发现苹果内部已经腐烂变质，再也不适合食用。

这时，一阵窸窣声从一旁的树丛中传来，一个人影闪过。

莜伽和卞卡的内脏都仿佛在冰水中浸过。

他们明白，这是祖神的魂灵向卞卡招手时，衣袍摩擦发出的声响。

莜伽陪着卞卡最后一次走上部族的土地。

大长老暴跳如雷，在所有人面前宣布卞卡已被逐出部族，并永远不被允许踏上部族的土地。

在众人的唾骂声中，卞卡像受惊的兔子一样逃走，并在最后消失于树丛中前给莜伽一个意味深长的眼神。

莜伽愣在原地，直到月亮升起，才回到草棚休息。

天刚刚破晓，莜伽已经背着木弓从草棚中走出来了。

她眯起眼睛望向远处的太阳，仿佛真正看到了祖神的魂灵。

**指导教师：经　鑫**

# 评论与现代诗卷

# 引言：致文学·致艺术

从远古先民的且诗且歌且舞开始，文学与艺术便紧紧相扣，成为人类基因中代代相传的双螺旋。人们心中最深沉或最澎湃的情感，吟出来便是诗，唱出来便是歌。从《诗经》“关关雎鸠，在河之洲”的古老吟唱，到汉乐府“江南可采莲，莲叶何田田”的自由欢歌；从曹操横槊赋诗、歌以咏志，到柳永浅斟低唱、写尽离情，人们总在诗歌的唱诵中传递情感。中国古代的文学理论家刘勰论乐府诗歌时曾说：“诗为乐心，声为乐体。”诗歌是音乐的心灵。当文字与音符流动起来，便能化腐朽为神奇，化瞬间为永恒。

今天，我们仍然需要，且更加珍爱文学与艺术。因其丰富我们的心灵，给予我们希望和勇气，更引领我们不断思索。我们在文学中徜徉，在《桃花源记》中追问幻想和现实、暂得宁静和脚踏实地的抉择；在李杜诗篇中，看见“诗仙”飞扬恣肆的身影、“诗圣”坚定刚毅的灵魂；在《边城》中见证纯粹的爱情与人性之美；在《撒哈拉的故事》中找寻极致的浪漫洒脱和后知后觉的凄凉；在《你当像鸟飞往你的山》中感受教育让人摆脱愚昧，站在巨人的肩膀上鸟瞰世界的力量。我们也在音乐中沉醉，可以由邓丽君的歌想到中国的古典诗词，品味二者相通的美妙；可以在歌曲《犹豫期/延期偿付》中，想象自己是一只飞鸟，冲破枷锁，自由翱翔于辽阔天地。我们从文学与艺术中获取真、善、美的生命给养。所以作家说：“艺术的重大使命，就是在寒冷的乱世中温暖人心。”

我们都曾为伯牙子期的故事感动，也都曾为“江州司马青衫湿”的故事动容。文学与艺术是连通陌生人的纽带。而每位读者、每位听众都是时空旅行者，他们穿越漫长时光，跨越广阔空间，与创作者相遇，心生涟漪，又产生新的故事。由文学和艺术而起，我们思索、沉淀、表达，我们沉浸、想象、创造。在这一卷中，小作者们分享自己的书单、歌单，记录他们的情与思，并期待与你形成同频共振，共同在文学与艺术的旅途中，深深感悟，步步追寻：美是生命的奥秘，美是永恒。

# 《三国演义》郭嘉形象小议

◎韩彤昕

郭嘉郭奉孝，颍川郡阳翟县人，他在《三国演义》众多角色里可以算得上一个颇有争议的人物了。曹操的智囊团几乎无人可比，诸多智谋顶尖之人都聚集于他的阵营，可郭嘉硬是在这许多高手中独得曹操的一份赏识，如此，可见他智谋之绝，甚至于后世竟还出了“奉孝不死，卧龙不出”的说法，那么事实确实如此吗？以下我们选取《三国演义》中对郭嘉的几处描写进行分析。

郭嘉出场是在第十回曹操大举招收贤才之时，被程昱推荐而来。而后在曹操欲讨袁绍时，郭嘉提出了著名的十胜与十败，虽有迎合曹操之嫌，却是道出了袁绍与曹操的差距，大增士气，此为郭嘉第一个较突出的描写。

而后较吸引我注意的是在第二十一回，曹操遣刘备往徐州后，郭嘉谏言道：“丞相纵不杀备，亦不当使之去。”联合之前刘备投奔曹操之时，郭嘉欲杀之的表现，不难看出，郭嘉怕是早已看出刘备的成大业之心，若不是因曹操惜备不杀，后来恐怕就难有三国鼎立之势了，由此可见，郭嘉眼光异常毒辣，常常是直击本质。

凭此特点，郭嘉对于敌人的性格特点把握得十分精准到位，比如说，在演义的第二十四回，他便料定性迟而多疑的袁绍是不敢出兵的，这是很令人吃惊的，沙场之上无人敢断言，毕竟是关乎生命与成败的大事。然郭嘉却言之凿凿地断定，曹操还真就信了他，这也从侧面反映出了他对人心把握之准确，使一向谨慎的曹操都信任他。

像郭嘉这样洞察人心作战灭敌的例子还有很多，但最著名的是郭嘉对于孙策之死的预言。众所周知，孙策乃江东一霸主，势力甚大，而他本人也是勇猛异常。这般对手，让曹操都如临大敌，然郭嘉只说了一句话："他日必死于小人之手。"难料的是郭嘉一语成谶，威震江东的孙策果真是死于刺客之手，郭嘉之神机妙算不得不让人拍手叫绝。除此之外，还有在郭嘉临死前，力排众议提出进击乌桓之事，他对于此战的见解也可称得上独到且精彩。众人皆担心攻乌桓耗时长，而许都会被刘备等人偷袭，这确是正常谋事将领的思路，可郭嘉不然，他再次用敌人的心理分析了问题，提出了沙漠之人必不设备，且刘备难为表用的观点，力挺曹操北击乌桓之计，成功消除了此处的隐患。

郭嘉数次立下功劳，深受曹操的喜爱与信任，甚至曹操还说过"欲以后事属之"的话语，可惜的是，郭嘉去世极早，令曹操哀痛不已以至于大哭说道："奉孝死，乃天丧吾也。"由此可见，郭嘉在曹操心中的地位有多高，而他的才能也就可见一斑了。这样受重视的郭嘉，也是不留余力，死后还为曹操留了书信，助他平定辽东，可谓是一位忠于主的顶尖谋士了。

作者写了这么多郭嘉的优点与功绩，难道此人在《三国演义》中的形象竟是这般完美吗？当然不是，作者也在细微处道出了他的缺憾与不足，而最突出的便是郭嘉与众人的关系。首先是郭嘉与众谋士的关系，他每次出场都是“自带光环”，这样高调的行事风格难免会遭人排挤。况且他还有一个行事风格，就是在众人意见都倒向一边时，郭嘉总是会跳出来，提议另一种方案，尽管言之有理，无可反驳，却有一点儿让其他谋士难堪的意味。或许非他本意，但处理的方法实在太过直接，这样不给自己的同事台阶下，难免受到厌恶和嫉恨，关系也就可想而知了。

除此之外，值得一提的是郭嘉与曹操的关系，《三国演义》中我们不难看出，只要是郭嘉提出的计策或观点，曹操大部分都立即听取并着手去做，可谓是信任至极，甚至在赤壁之战后还痛呼：“郭奉孝在，不使孤至此。”那么曹操当真如此重视郭嘉？其实不一定，当我们把注意力放在曹操失郭嘉无比悲痛时，是否能记起曹操也曾这般哭过另一人呢？答案是典韦。帝王之心往往难测，曹操哭郭嘉也不一定仅仅是惜才，很有可能是为了昭示自己爱才之心。此外，郭嘉的官职事实上不是很高，这也从另一方面证明他在曹操心中地位并没有那么高。

以上的分析，不难说明郭嘉在演义中被塑造成了一个洞察力强，善于分析人心的谋士形象，同时，他也有着恃才傲物、过于自信的特点，这些特点与故事串联在一起，便有了这个色彩丰富的人物。

**指导教师：李忠萍**

# 《三国演义》谋士比较

◎徐怡格

谋士，指设谋献计的人。《三国演义》中出现了众多形象鲜明、性格各异的谋士。接下来将会对这些人物进行比较。说是比较，其实并不是列出一个谁更厉害的排行榜，毕竟在那样乱世之中每个人谋的目的不同，结局也就不同。有的谋策，有的谋世，有的谋己，有的谋生。而且每一位谋士在不同的事件中表现出的智慧受到了多方面的影响，例如主公的态度、形势对双方的利弊等。但从书中可以清晰地看出每一位谋士做事的风格差异。

诸葛亮为汉朝而谋，也可以说是为刘备而谋。他出众的才华众人皆知，神机妙算，基本上无人能与之匹敌，其实更令人敬佩的是他鞠躬尽瘁死而后已的忠心，这在众多谋士中并不常见。刘备去世后，他尽心尽力地辅佐刘禅。他拼力北伐，主要是为了实现先帝刘备的愿望——匡扶汉室。难道他看不出蜀汉气数已尽吗？他当然知道，在《出师表》开篇就提到了不利的形势。北伐是迫不得已的。蜀国在丢了荆州后只剩下益州，他怕自己死后蜀汉无人能与曹魏抗衡，时间只会让蜀国一年不如一年。而曹魏则会继续强大，东吴很可能会倒戈相向。所以，北伐是他唯一的出路。积劳成疾而去世的结局令人惋惜。

郭嘉为曹操谋。曹操深通用人之道，他说过“成大事者不拘小节”，而郭嘉就是这样一位不拘小节的“大才”。郭嘉平日行为较为放纵，陈群多次向曹操汇报，曹操在嘉奖陈群的同时，对郭嘉毫无责罚，反而更加重用。事实证明，郭嘉并没有辜负曹操的厚望，他在对战局的发展趋势和人物心理的把握程度上，有敏锐的洞察能力和高超的分析能力，屡出奇策。在曹操担心自己不具备与袁绍抗衡的能力时，他提出十胜十败之说，振作士气。“割发代首”也是郭嘉提出来的。他为平定北方立下了不少功勋。在郭嘉死后，曹操悲痛欲绝，甚至还说“奉孝死，乃天丧吾也”。

贾诩为生存而谋。可以说他是谋士里面最独特的一个了。他多次为不同的人出谋划策，永远在幕后却往往有决胜千里的效果。贾诩一生算无遗策，为求胜利更是不择手段。也正因为他的求自保而引发李傕、郭汜攻打长安，从而引起汉末争霸。也许对他来说，并不在乎什么治国安邦，只要自己的计谋有用武之地就足够了。他是寒门出身的代表，苟全于乱世，流亡于人间，低调做人，谨小慎微，没有什么远大的抱负，但他的智慧是不可小看的。在曹操私下问贾诩对立嗣的看法时，贾诩闭口不答，曹操问他为何不答，贾诩回答说在想袁绍和刘表。巧妙的暗示成功让曹丕成为太子。

荀彧为汉室而谋。他是曹操麾下最重要的谋士。相比贾诩，荀彧是世家子弟的代表，倾力为汉室。曾对曹操说过：

"秉忠贞之志，守谦退之节。"他只辅佐身为汉丞相的曹操，绝不辅佐身为魏王的曹操，宁可失信于主公，也不可失信于天下，最后因一个空食盒而选择自杀，成为悲剧人物。荀彧被曹操称为"吾之子房"。荀彧长期坚守在曹操的后方。他能在一个人最势盛的时候睹见他的败亡，也能在一个人寂寞无名的时候预见他未来的辉煌。他曾向曹操举荐的钟繇、荀攸、陈群、杜袭、郭嘉等人，无一不是当世人杰。曹操一生中众多重要的决策，都有着荀彧的智慧。天子颠沛流离时，他劝曹操迎奉天子，从此曹操征战四方，以顺讨逆，名正而言顺。官渡之战时曹操粮草将尽，欲退还许昌时，荀彧对他说，"情见势竭，必将有变，此用奇之时，不可失也"，最终曹操以少胜多，威震天下。胜利之后他建议平定河北以免二袁养成气候。这些计策极具长远眼光，对今后局势有着深远的影响。

谋士在战争中发挥了很大的作用，或许他们在某些方面有着不足的地方，哪怕是有过一些失误，也都在那个混乱的年代贡献出自己的智慧，推动了时代的发展与演变，是不可缺少的一份力量。

**指导教师：李忠萍**

# 《三国演义》人物绰号小议

◎李子涵

《三国演义》描述了从东汉末到西晋初之间近一百年的历史风云。主要描写了三国时代魏、蜀、吴三国之间的政治军事斗争，反映了当时各类社会矛盾的渗透与转化，概括了这一时代的历史巨变与社会动荡，同时也塑造了一批叱咤风云的英雄人物。现在我来浅谈一下《三国演义》中的人物绰号。

自古以来绰号的使用都十分广泛，它们大多是用来标明身份，反映职业，显示性格、形象以及情操，从而可以使我们更加轻松快捷地认识和记住一个人。在《三国演义》中大多数人物的绰号也恰恰都是来标记身份的。我们可以依据以下几种人物绰号的来源分类：

## 一、外貌得绰号

在书中大多数角色出场的时候作者也都对他们进行了外貌描写，所以外貌也成为大多数人物绰号的来源。就比如说孙权的绰号“碧眼儿”就是取自书中对他的外貌描写“方颐大口，碧眼紫髯”；与此同理的还有关羽的绰号“美髯公”与张飞的绰号“环眼贼”分别出自书中原文“身长九尺，髯长二尺”与“身长八尺，豹头环眼”；刘备的绰号则是取自于吕布在被其落井下石时喊出的“大耳贼，最叵信”中的“大耳贼”。

## 二、性格得绰号

《三国演义》中出场人物共有一千多位，他们的性格秉性也不尽相同。那么我也找了两位比较典型的人物——许褚与吕布来作为例子说明。

许褚的绰号为“虎痴”，他为曹营手下的一名大将，武艺高强，其力巨大无比，故为“虎”。而“痴”则是来自于其对曹家十分忠诚，即使在曹操死后也一直尽心尽力辅佐魏后世君主，可谓是鞠躬尽瘁死而后已。那么在佛教中，“痴”又作“无明”来讲，指愚昧无知，也与书中的描写有着一定的照应。

吕布的绰号“三姓家奴”则是来自其三认其主。他先认丁原作父，后又被董卓用一匹赤兔马收买，又想投奔曹操。故被张飞称作“三姓家奴”。

与之相似的，还有刘禅的绰号“扶不起的阿斗”、曹操的“奸雄”等。

## 三、身份职业得绰号

在《三国演义》中我们可以根据人物的不同身份将他们分为君主、谋士与武将。

君主的绰号大多数格式都为“×雄”：刘备为枭雄，曹操为奸雄。

谋士的绰号大多为“ ×才”或“ ×先生”：比如说郭嘉为鬼才、司马徽为水镜先生、左慈为乌角先生。

武将的绰号大多为“ ×将军”：例如张氏三兄弟的绰号就分别为天公、地公与人公将军。

以上介绍的都是绰号表明身份的作用，绰号其实还有另外一种隐秘身份的作用。但这在生活中并不常用，而常常用在影视剧或文学作品中描写幕后人物或者黑道交易时。那么在《三国演义》中也有一位，“凤雏”庞统的绰号是此作用。庞统在平时外出作战或出谋划策时不常用自己的本名，常常用代号来办自己的事情，即使到不得已时也是将自己的姓名与绰号一起讲述，以此来达到隐秘身份，保护自己的作用。

那么从以上对《三国演义》中人物绰号的分析中可以看出这些绰号大多都是为了体现英雄的特色，但也有显而易见的一些绰号是带有明显的侮辱意味的。那么影射到生活中，其实也可以经常发现我们身边人的一些绰号也许听起来并不礼貌，而这些不礼貌的绰号大多是由一些身体形态、性格特点上的缺点而来，那么这些在当事人听起来并不友好的“称谓”也许会给他们带来许多阴影，这些在别人眼中只是开玩笑的话语往往却会给当事人带来极大的困扰。但随着现代社会的不断发展，这种带有恶意讽刺的称号在生活中也越来越少见，取而代之的也变成对身边人的亲近爱称。这也是人类社会不断进步的一种表现：尊重别人也是对自己的尊重。

大梦一醒，历数百年之长，在浩瀚的历史长河之中也不过弹指一挥间。罗贯中以情为墨，以义为笔，为我们描述了一幅磅礴的群雄争霸画面，令我们沉醉其中，无法自拔。

《三国演义》可谓我人生中读到的好书之一。

**指导教师：李忠萍**

# 《三国演义》中的女性人物

◎闫佳悦

《三国演义》以独特的文学样式描写了自黄巾起义、最终归于西晋的近百年历史，写尽了各位英雄豪杰金戈铁马、纵横天下的壮阔场景。从小说涉及的人物来看，《三国演义》写到人物总计 1183 人，而其中的女性形象却只有 55 人，仅占全书人物的 4.6%。从笔墨分量看，女性人物只是整部作品的调剂，只是寥寥几笔带过；从形象特点看，除少数几人外，罗贯中对她们的描写相对而言并没有那么多，其性格特点也没有那么丰满，大多属于“平面人物”。即便如此，这些女性形象依然在宏阔的历史进程中散发着微弱的光芒，如果缺少她们，或许《三国演义》也不能成为这样的经典吧！

下面，我们从正面人物和反面人物两个角度对《三国演义》中的女性形象进行简单的比较和分析。

## 一、正面人物：智勇双全，深明大义

第一类正面人物的特点是智勇双全，譬如貂蝉。貂蝉是《三国演义》中为数不多的被大量描写的女性形象。她虽只是王允府上的一个小小歌姬，却能说出“倘有用妾之处，万死不辞！”“妾若不报大义，死于万刃之下！”这样的豪言壮语，足以看出貂蝉的壮志和她的雄才大略。她用自己的容貌以及才艺吸引了董卓、吕布两人，作为王允的“卧底”待在董卓身边并巧妙地在两人之间周旋，制造重重矛盾，借吕布之手杀了董卓，出色地完成了自己的任务，除掉了人人痛恨且欲杀之而后快的董卓。不得不说，作为一个身份低下的歌姬，在这场连环计中发挥了决定性的作用，足以体现貂蝉的智勇双全。貂蝉是三国整本书第一个让我惊艳的角色，虽如同昙花一般只是一现，但芳香永存。

第二类正面人物的特点是深明大义。代表人物有徐庶之母，她在曹操贬损刘备为“所谓外君子而内小人者”后，不只“厉声”痛斥曹操，更取石砚便打。一亮相，便是一个“忠臣”形象。性别的取向在这里被最大限度地淡化了。徐庶到了许昌后，徐母大骂徐庶，觉得无颜面活在这天地间，自缢身亡。书中还借后人的《徐母赞》大肆颂扬：“气若丘山，义出肺腑……惟恐后嗣，玷辱先祖。伏剑同流，断机堪伍；生得其名，死得其所……”徐母光辉正义的形象跃然纸上。还有一个典型的形象是刘备的夫人糜氏。她是刘备的正室，是谋士糜竺之妹。在四十一回《刘玄德携民渡江，赵子龙单骑救主》中，刘备败走江陵，二夫人混杂于百姓中逃生。糜夫人左腿受伤，行走不便，只把阿斗交给赵云。赵云三番五次劝说糜夫人，但糜夫人害怕自己拖累赵云和阿斗，执意留下，最后跳井自杀。糜夫人为了自己的孩子，也是未来的君王以及蜀汉大将赵云能够生还，甘愿跳井而死。糜夫人具有中国女性的传统美德——隐忍与奉献。她是男人心中理想的妻子形象，但仔细想来，却令人唏嘘不已。

## 二、反面人物：自私自利，心狠手辣

《三国演义》对反面女性形象书中描写的是更加简略。例如自私自利的蔡夫人，因为自己的小儿子娶了她的侄女，为了让他即位，常常对丈夫吹枕边风，最后将荆州卖与曹操，遭遇母子双亡的下场，可谓机关算尽，作茧自缚。又如善妒狠辣的袁绍之妻刘夫人。在袁绍死后，她便将袁绍宠妾五人尽数杀害，又恐其魂于九泉下再与绍相见，乃髡其发，刺其面，毁其尸，手段极其狠毒，令人发指。又如郭汜妻，她听说郭汜与李傕妻有染，心怀妒忌，从中作梗，引起郭汜、李傕的一场大混战。

以上我们可以看出，《三国演义》里的女性人物形象都较为单调平面，并不具有过多的戏剧性，只是单纯一种性格的人物化、立体化。她们有的美丽善良、智勇双全、善解人意，有的阴险狡诈、篡权谋政、吝啬多诡，但她们大多都有一个共性：都是政治的牺牲品。在《三国演义》中，得善终的女性人物屈指可数，大部分都沦为了政治的牺牲品。貂蝉是一个卑微的歌姬，她的身世就已经决定她的命运并不会很好。纵使是四大美女之一，她的婚姻也是彻彻底底的政治婚姻。再看出身高贵的人，譬如吕布之女。说是联姻，其实她相当于是被父亲卖给了东吴。堂堂大将的女儿，被父亲用甲包裹，负于背上送到了东吴，最后还成了寡妇。何其可悲！再如孙权的妹妹孙夫人，可谓女中豪杰，巾帼不让须眉，但被周瑜设计，被比自己大很多的刘备娶为妻子。后被骗回东吴后，在东吴失去了利用价值，而刘备又是个“视妻子如衣服”的人。在听到假消息刘备已死后，孙夫人投江而死。一代巾帼，竟死得如此可笑，实在是悲剧。

事实上，不只是《三国演义》，四大名著中的女性形象无不显示了传统男权社会对女性的歧视，以及女性命运的悲哀。例如，《水浒传》里的英雄豪杰对女性几乎没有半点儿尊敬，《西游记》中的诸多女妖皆为不光彩的形象，《红楼梦》尽管力图讴歌女子，但其中的人物个个可悲，最后都沦为彻底的牺牲品。当然，对于文学作品而言，这些女性形象依然不可或缺，她们与男性形象一起成为文学史上一个又一个璀璨的明珠。

文学是社会现实、文明历程以及人们价值观的直观反映。或许，只有在社会民主进步、女性彻底解放并融入时代进程的当代社会，才有可能出现杜拉拉这样驰骋职场的女性形象，以及《欢乐颂》《北京女子图鉴》这样奋斗上进的文艺作品吧！

**指导教师：尤丽华**

# 《三国演义》中的诗词

◎徐　琳

诗词是中国传统艺术的瑰宝，是古典文学这部交响曲中最动人心魄的乐章。中国小说虽然起步和兴盛较晚，但依然出现了四大名著这样精彩的作品。其中《三国演义》以东汉末年直至西晋初的近百年历史为背景，描写了以魏、蜀、吴为主的政治集团间激烈的斗争，刻画了众多贤臣名将的形象。作者在行文过程中引用了大量诗词。现对诗词的来源、篇幅、作用及文学水平进行分析。

## 一、诗词来源

《三国演义》中百分之八十的诗词来源不明，诗前多有“后人有诗赞（叹）曰”，例如评价曹操割发代首一诗：

十万貔貅十万心，一人号令众难禁。
拔刀割发权为首，方见曹瞒诈术深。

此类诗来源不明，一般认为是罗贯中原创，一说为三国以后到罗贯中写成《三国演义》以前1000余年之间的不知名文人写的。

我个人认为应当为罗贯中原创，原因是此类诗从价值观层面上看，大多遵循了作者一概的尊刘抑曹倾向，并且主张唯心宿命论。从文风上来看，这些诗作大多叙事直白，褒贬倾向明显，与罗贯中的文风也较为接近。

还有少数诗词是引用了知名诗人（词人）的作品，例如开头引用的《临江仙》。原作者为明代杨慎，此诗与《三国演义》并无太大关系，但恰符合本书的意境——时过境迁，物是人非，沿岸青山依旧沉默地见证着历史，太阳却不知道几度升落，过去惊心动魄的一切，都不过付与人们的谈笑中。这也是《三国演义》中最知名的一首词。

## 二、诗词篇幅

在三国演义每一回结尾处，都会出现两句诗并附上“欲知后事如何，请待下回分解”。例如第二回结尾处：

欲除君侧宵人乱，须听朝中智士谋。

诗后附有“不知曹操说出甚么话来，请待下回分解”。此处写何进与陈琳等人商讨诛宦官一事，这时曹操提出了自己的意见。两句诗在中国传统诗歌中通常是不完整的，但在这里这种不完整恰到好处。与在关键位置戛然而止的故事一样吊起了读者的胃口，使读者始终对接下来的回目充满期待。

正文中通常引用的诗歌都是绝句或律诗，这种诗结构整齐，注重韵律。例如第八回描写貂蝉跳舞的一首诗：

红牙催拍燕飞忙，一片行云到画堂。
眉黛促成游子恨，脸容初断故人肠。
榆钱不买千金笑，柳带何须百宝妆。
舞罢隔帘偷目送，不知谁是楚襄王。

还有少数篇幅较长的诗，一般作叙事或总结之用，例如曹操死后评价他的诗：

邺则邺城水漳水，定有异人从此起：
雄谋韵事与文心，君臣兄弟而父子；
英雄未有俗胸中，出没岂随人眼底？
功首罪魁非两人，遗臭流芳本一身；
文章有神霸有气，岂能苟尔化为群？
横流筑台距太行，气与理势相低昂；
安有斯人不作逆，小不为霸大不王？
霸王降作儿女鸣，无可奈何中不平；
向帐明知非有益，分香未可谓无情。
呜呼！古人作事无巨细，寂寞豪华皆有意；
书生轻议冢中人，冢中笑尔书生气！

除此之外，在诸葛亮去世后引用的杜甫、元稹等人评价他的诗也属于这一类。

## 三、使用目的

1. 表达对某人或某事的赞颂，例如关羽温酒斩华雄后引用的诗：

威镇乾坤第一功，辕门画鼓响冬冬。
云长停盏施英勇，酒尚温时斩华雄。

此诗虽然简短，但是字里行间显示着作者对关羽的称赞。结合前文对这一情节的侧面描写，关羽的武艺高强被体现得淋漓尽致。

2. 表达对正面人物死亡或正义事业失败的惋惜，例如陈宫被杀后作者引用的诗：

生死无二志，丈夫何壮哉！
不从金石论，空负栋梁材。
辅主真堪敬，辞亲实可哀。
白门身死日，谁肯似公台！

此诗并不像其他这类诗一样主要概括人物生前事迹，而是用议论的方式，同时使用对偶手法，歌颂了陈宫坚贞不屈的品质，同时对其宁愿遭杀害也不愿投靠“宁教我负天下人，不叫天下人负我”的曹操的结局表示悲叹和赞美。

3. 对反面人物的死亡或失败进行嘲讽，例如何进不听劝告执意进宫最终被宦官杀死后，作者引用的诗：

汉室倾危天数终，无谋何进作三公。

几番不听忠臣谏，难免宫中受剑锋。

此诗叙事直截了当，直接点明何进之死的主要原因是“几番不听忠臣谏”。何进原本出身屠户，却因妹妹受宠而官至大将军，其水平自然难以胜任其职位。“无谋何进作三公”一句含蓄地点出了对这种任人唯亲的选官制度的批判。

4. 作为人物的台词出现，例如唐妃被杀前给少帝的临别诗：

皇天将崩兮后土颓，身为帝姬兮命不随。

生死异路兮从此毕，奈何茕速兮心中悲！

此诗使用了《三国演义》中少有的楚辞体，符合歌唱的情境，表现了唐妃面临生离死别时内心的悲苦绝望。

5. 描写事物时使用，例如描写赤兔马的诗：

奔腾千里荡尘埃，渡水登山紫雾开。

掣断丝缰摇玉辔，火龙飞下九天来。

此诗运用比喻夸张手法，将赤兔马比作九天火龙，体现了赤兔马的英姿飒爽。

6. 描写景物时使用，例如描写刘备赴东吴被招为孙尚香之夫后，与孙权骑马共览江山时吟诵的诗：

江山雨霁拥青螺，境界无忧乐最多。
昔日英雄凝目处，岩崖依旧抵风波。

此诗不仅写出了东吴秀美的自然风光，还借后世的评价，暗写出了刘备和孙权的雄心壮志和气魄。

## 四、文学价值

《三国演义》中由于作者的文笔和认知局限性，一些诗词艺术价值不高甚至可归于打油诗一列。例如曹操父亲及家人被杀后，作者的评论：

曹操奸雄世所夸，曾将吕氏杀全家。
如今阖户逢人杀，天理循环报不差。

此诗且不论价值取向是否正确，仅就格律而言，诗中“杀”出现了两次，同时四句皆押韵，显得它更像一首打油诗。

但是，书中大部分诗词确实具有很高的艺术水平。这些诗，同作者高超的叙事文笔一起，构成了书中一道独特的风景线，也在中国古典小说和古诗词的结合上留下了一抹亮色。

**指导教师：李忠萍**

# 《桃花源记》个人理解及探究

◎胡一诺

《桃花源记》（以下简称《桃》）在八年级下册语文书中扮演着重要的角色。初读，我认为这只是作者笔下的虚构世界，“表达了”作者对美好社会的向往，除此之外，别无他意。

但，真的是这样吗？在重新分析了文章之后，我找到了答案。

首先，我们有必要分析一下文中的主人公——武陵渔夫的性格。这个人，典型的封建社会下层人。从“渔人甚异之，复前行，欲穷其林”可看出他好奇心很强。好奇害死猫，当然，也正是因为他的过分好奇，才导致了他的悲剧结局。其次，“桃花源中人”（姑且这么叫他们）反复叮咛渔人莫要与外人说，这也看出了他们不希望外人来打扰这平静的生活，但结局又如何？渔人“处处志之”又“诣太守”，还“说如此”一语道破天机，充分表现了他的不讲诚信，恩将仇报，这也注定了他的悲惨结局。所以，我们通过这两件事，充分地看到了一个好奇心强、不讲诚信的底层小市民。

这里我们有必要插一笔，东晋的等级制度严明，可谓腐败至极，“官大一级压死人”。那如果我们接着刚才的思路想，渔人“诣太守”后，“太守”半信半疑，便“遣人随其往”，但是迷路了，于是官吏们带他回来，“太守”大怒，这是以下犯上，欺骗本太守，下令“斩”，渔人就领盒饭了，这是他的第一种死法，记住，第一种。值得一提的是，陶渊明并未在《桃》文中写渔人被杀，我想无非两种可能：一是陶老爷子觉得前面表述（暗示）的已经非常明显了，不必再述；二是陶老爷子认为，渔人是下一种死法。

“南阳刘子骥”，这位“高尚士”为本文的研究提供了一个极好的方向。原文如下：

> 南阳刘子骥，高尚士也，闻之，欣然规往。未果，寻病终。后遂无问津者。

原文非常明显地表述了，刘先生“欣然规往”后因病而终。正因为这句话，许多学者认为“桃花源”实为坟墓，“寻病终”表明刘先生死去，并“成功”前往“桃花源”。这种观点我十分赞同。但是，在读这段话时，说实话，细思极恐。这里插一句，古诗文一般句号表示这段事情的结束，所以一句话（在“记”中）基本表示一件事或一段故事。细心的朋友一定发现，在这短短的二十六个字中，使用了三个句号。这说明按照编写者的理解其中发生了三件事，分别为：

南阳刘子骥，高尚士也，闻之，欣然规往。

未果，寻病终。

后遂无问津者。

一目了然。这三句话放在一起好说，只是简单的叙事。但一旦拆开，你会惊讶地发现，这三句话连一点儿关联都没有！虽然它只是叙述了一件事，但中间毫无关联，陶渊明这样的文学大家，绝不可能如此生硬。而且，细细品味，你会发现可能少了两句话：未果？为什么未果？为什么之前“欣然”现在“寻病终”，前后差异如此之大？中间到底发生了什么？为什么“后遂无问津者”？究竟发生了什么事，让凭借捕鱼为业的人们连渡口打鱼都不敢去？当然，我们并不否认因为年代久远而丢失某句或某字，但如果用丢字来解释的话，也未免过于牵强，况且如果丢字少句，为何恰恰丢的是如此重要的连接句？这几乎可以肯定，陶老爷子一定是故意这样安排的。但至于为什么，实话实说，我并没有确定的答案，但如果你随着我的思路继续看下去想下去，也许事情就会有一些眉目。

现在我们可以认定渔夫的第二种死法。让我们把时间线往回倒，回到“太守即遣人随其往”时。一行人来到桃花源，惊讶的是他们找到了桃花源，又重新回到了桃花源。出于某种原因，可能是渔夫未遵守“不足为外人道”的诺言，“桃花源中人”十分生气，便把他们“留”在了自己身边。这回好了，死一个搭一群。但是，随即问题又来了，为什么渔人第一次去往桃花源时却毫发无损？

说到这个问题，恐怕就深极了。

在解释上个问题前，我们有必要品读一个句子，原文如下：

问今是何世，乃不知有汉，无论魏晋。

此句说明“桃花源中人”的朝代，而知道了朝代我们便可以更好地分析时代背景与作者写此文意图。学过历史的人都知道，汉代前朝为秦。当然这也可能是春秋战国或更早，但是我们可以结合作者陶渊明的朝代东晋来推断。这篇文章无非是借古讽今，又联系这两个朝代，无论是在社会背景、等级制度上等都大同小异，便可推断“桃花源中人”的朝代是秦代。这样我们就得到了本文的第一个意图，即表层意图：作者对东晋统治者的昏庸无能，朝廷贪污受贿的行为大为愤怒，决定借古讽今，将两个朝代类比，表达了作者对黑暗现实的不满及对美好生活的愿望（打断一下，这里笔者脑抽了，其实原文已经写了“自云先是避秦时乱”，说明“桃花源中人”一定是秦朝人，但这也证明了笔者的推断正确）。

众所周知，秦朝统治可以称作“四大天地”：秦朝建立，哭天喊地；秦朝官僚，花天酒地；秦朝政治，昏天暗地；秦朝灭亡，谢天谢地。说实话，秦朝统治真的十分昏暗，特别是秦二世胡亥，在位期间可谓生灵涂炭，民不聊生。最重要的是，胡亥掌政后期，爆发了陈胜吴广大泽乡起义，那么对于“自云先是避秦时乱”的“桃花源中人”来说，算不算是“秦时乱”呢？而且，文中写“率妻子邑人来此绝境”说明此户或这几户人口众多，可能是当地的名门望族，而贵族正是起义军打击的对象，所以大泽乡起义一定是“避秦时乱”的原因(另：大泽乡起义发生在安徽，武陵在湖南常德一带，陈吴军直逼咸阳，很有可能攻打下面的湖南)！再结合前面“坟墓”的推论，我们可以得到非常清晰的结论：

“秦末，刀光剑影，兵戎相见，到处生灵涂炭，民不聊生。大泽乡起义爆发了，身为名门望族的‘桃花源中人’被迫逃入桃花源，却发现是死路一条（林尽水源，便得一山）。被逼无奈，全家或全族自杀，其虚影活在桃花源中。”

现在，对于渔人第一次进入桃花源而毫发无损的原因，我们可以解释清楚了。渔父可能在生活或工作上遇到了不顺心的事情，一时心塞，便在桃花源旁自杀，意外地进入“桃花源中”。“桃花源中人”对他进行开导，劝他好好生活，送他出了桃花源。这便是他没事的原因。我们接着上文继续写。

多年以后，一个武陵渔父来“桃花源”边，万念俱灰，因生活上不如意，他想在此终结此生，却意外来到“桃花源”遇到了那些“桃花源中人”。“桃花源中人”深知人死不能复生，如果他要永远留下，便与自己一样，后悔也来不及。便对渔父进行开导，苦苦劝说他要积极乐观地活下去。渔人听取了他们的建议，但却忘恩负义地将“桃花源中人”的“不足为外人道”抛在脑后，重新回到人世，便恩将仇报，把事情告诉了太守，太守大喜，便派人寻找“桃花源”。他们找到了“桃花源”，利欲熏心的他们冲入“桃花源”。但是面对他们的只有人们怨恨的目光与身后塌毁的洞穴……

几天后，几位渔人寻访打鱼，在一个无名墓冢上发现几具尸体，人们大惊失色，纷纷逃离。从此“桃花源”成为千古禁地，无人问津，也无人知晓，只留下一段云谲波诡的故事令后人推敲……

这，也许才是真正的故事。

写到这里，我们已经解答了包括文中提出的及读者心中的困惑（在此处我稍作调整，小憩了一会儿，决定以最饱满的精神完成文章的收尾）。现在，我们仅剩下了最后一个问题，也是本文全文讨论，作者冥思苦想、绞尽脑汁却百思不得其解的问题：陶渊明写此文意图到底是什么？

《桃》文有两个意图：一是表层意图，上文已表述，这里不必再提；而最重要的一点，也是本文深层意图，究竟是什么？真正的答案就在上文，隐藏在那个真实的故事中。为什么“桃花源中人”一直拼命以各种方式告诫外人，不要进“桃花源”？为什么“桃花源中人”总要阻拦渔人进入“桃花源”？因为他们知道，其实根本就没有什么“桃花源”，“桃花源”只是一座坟墓，里面埋藏了“桃花源中人”，人们苦于战乱，苦于生活，总想逃避一时，于是他们来到“桃花源”追求内心暂时的平静，但一旦进入就无法回头了。所以“桃花源中人”最后“留”下了渔父与几名官吏，用这种方式告诫人们这里没有任何“桃花源”，不要抱有幻想，人们便因害怕而不再前往“桃花源”，开始努力生活。

这世界上根本就没有任何的世外桃源，有的只是一时安逸却危机重重的陷阱。在现实生活中，芸芸众生都应该努力认真地活着，脚踏实地地活着，平淡无奇却又充满滋味地活着。平平无奇，积极进取，这是当下无论老少都应该活出的人生态度。

我想，陶老爷子写此文的深层意图应是如此。至此，《桃》这篇古文作者给予了一个较完美的解释，所有的疑团都解开了，本文也就此结束。

在签署年月日之前，我模拟了一段渔人离开桃花源时“桃花源中人”对渔人的劝语（当然，渔人没有在意），这里写出来，供大家阅读：

“不足为外人道也。看山有层峦之意，望水有平波之情，大千世界，无奇不有。尔只识此地洁净幽寂，且不识此地云谲波诡。出自此境，策马奔腾，共享凡世，有何不好？”

谨记，你的人生很美好。

**指导教师：孟　霞**

# 被水漫过的足迹

◎彭遵湘

自盘古开天辟地，乾坤之始，夏禹治水，初奠山川，中华民族在长江黄河两条母亲河的哺育之下繁衍生息。纵观中国文学史，一个“水”字贯穿其中，容纳了中华儿女的全部血泪哀愁。尤其在诗词之中，当意象逐渐成为人们情感抒发最为普遍的载体，水意象愈发不可或缺。“关关雎鸠，在河之洲”，掀开《诗经》的封面，只见一片北方的水色河光，照人眉睫；“袅袅兮秋风，洞庭波兮木叶下”，翻开《楚辞》的篇章，你会看到南方的湖波江浪，浸湿了屈原的诗行。先秦时代的水流，流过汉魏六朝，流过唐代诗人的篇章，又随着词的出现与发展在宋朝波光潋滟、浪花飞扬。

尤其在宋词中，水意象得到了最为广泛而普遍的运用。无论豪放派还是婉约派都毫不吝啬地于水上着墨，难以名状的心情全都在潺潺流水中得到了体现。

“郁孤台下清江水，中间多少行人泪。西北望长安，可怜无数山。　　青山遮不住，毕竟东流去。江晚正愁余，山深闻鹧鸪。”稼轩先生将悲天悯人之怀统统寄予了流水，无情流水却无法帮他实现重整山河的鸿鹄之志。“千古兴亡多少事？悠悠。不尽长江滚滚流。”作者慷慨题词，无奈壮志难酬，心情的苦闷也只好诉诸江水了。

同是豪情满怀，同是事业失意，苏子的《念奴娇·赤壁怀古》笔力却更加雄健。一句“大江东去，浪淘尽、千古风流人物”造就了豪放词中水意象的经典，可谓无人能出其右。但李之仪在《卜算子》中一曲民歌似的吟咏，却也教人不得不拍案叫绝：“我住长江头，君住长江尾。日日思君不见君，共饮长江水。　　此水几时休，此恨何时已。只愿君心似我心，定不负相思意。”此词的气象与内涵虽不能与苏词相比，但此词“我”与“君”对举，“长江”一线相牵，对爱人的思念如同江水般无穷无尽，写来也情深意挚，回环婉曲，颇具创意。当代台湾名诗人余光中《纸船》的“我在长江头/你在长江尾/折一只白色的小纸船/投给长江水/我投船时发正黑/你拾船时头已白/人恨船来晚/发恨水流快/你拾船时头已白”，他遥承的不也正是此词的一炷心香吗？

提到宋词，不能不提宋代女词人李清照。作为中国古代著名的女词人，易安居士工书、能文，兼通音律，被誉为中国四大才女之一。时至今日，文学界对她仍然褒贬不一，有人认为其词过于消极，不可取；亦有人认为其词中的白描细腻优美，对我国婉约词的发展起到了不可忽略的积极作用。

风住尘香花已尽，日晚倦梳头。物是人非事事休，欲语泪先流。　　闻说双溪春尚好，也拟泛轻舟。只恐双溪舴艋舟，载不动许多愁。

这首词是宋高宗绍兴五年作者避难浙江金华时所作。那时她五十三岁，已处于国破家亡之中，词情极其悲苦。水与舟在本词中不仅是悲凉心境的衬托，更是词人满心愁情的载体。双溪春好，只不过是“闻说”；泛舟出游，也只不过是“也拟”，连双溪之水都承载不了万种愁怨，坎坷际遇只能自己孤独承受。

“问君能有几多愁？恰似一江春水向东流。”水作为意象到了宋代后期已没有“黄河之水天上来，奔流到海不复回”的豪情，也没有“山随平野尽，江入大荒流”的胜概，那都是前朝的景象与昔日的光荣了。在宋代尤其是南宋的许多辞章里，呜咽的是我们至今仍然盈耳却不忍卒听的水声。在这愁云惨雾的时代，许多词人四海飘零、晚景凄凉。此时的水难免生出了几分乡愁的味道。例如柳永，在宋代词人之中，他是萍踪浪迹最多的一位，也是写乡愁最多的。他先居河东，后南迁崇安（今属福建），青年时期活动于汴京，复又浪游江南各地，遍历淮岸楚乡。他有一首《八声甘州》，苏轼极为欣赏，认为其中佳句“不减唐人高处”：

对潇潇暮雨洒江天，一番洗清秋。渐霜风凄紧，关河冷落，残照当楼。是处红衰翠减，苒苒物华休。惟有长江水，无语东流。　　不忍登高临远，望故乡渺邈，归思难收。叹年来踪迹，何事苦淹留？想佳人、妆楼颙望，误几回、天际识归舟。争知我，倚栏杆处，正恁凝愁。

这位最善于表现游子情怀的词人，在《八声甘州》这首名作中抒写他的旅人望远之怀、客子思乡之念、行役羁旅之愁、登高临远之思，就是以秋日黄昏的长江为背景，从头至尾，长江的波浪拍痛了他的乡愁也拍湿了他的诗行。

词在宋代发展到了顶峰，可水意象的发展并未停息。新诗打破了格律的枷锁而水意象的使用更加随处可见，如当代诗人辛笛的成名作《航》："从日到夜/从夜到日/我们航不出这圆圈/后一个圆/前一个圈/一个永恒/而无涯涘的圆圈/将生命的茫茫/脱卸与茫茫的烟水。"诗人第一次接触大海的激动之情难以言表，只觉得自己已经同这茫茫烟水融为一体。

"滚滚长江东逝水，浪花淘尽英雄。是非成败转头空。青山依旧在，几度夕阳红。　　白发渔樵江渚上，惯看秋月春风。一壶浊酒喜相逢。古今多少事，都付笑谈中。"杨慎一首《临江仙》，好似为古代诗词中的水意象做了个了结，可诗歌的发展不会止步，水意象的发展不会止步。未来的水又将被赋予怎样的情怀呢？这还要留给我们来解答。

**指导教师：贺晓梅**

# 读《边城》有感

◎张心怡

这是一个桃花源般的故事，却不是乌托邦。

我们是被工业时代塑造过的人，从思想到行为都带有机器的气质，这不丑陋，也不邪恶，但回头看看另一个世界，总是怅然若失。那是我从未感受过的世界，它美好而又不是童话。那里有猜疑，有误会，有死亡，这些极富有戏剧性的元素如今已经成了一切艺术作品的必需品，可在边城里，这一切在静谧和美好下都不显得悲戚，没有人需要被责怪，可就是因为人人都良善，最后的“悲剧”才更令人难过。上天造就了善良的他们，命运却收回了皆大欢喜的可能性。单纯耿直是造就悲剧的原因，也是将结局保留温暖的原因。还好，误会只是误会，解不开也不是仇恨，翠翠长大了，她不再是无忧无虑的女孩儿，却野性依旧。傩送总会回来的，他会记得那个端午河边的初遇，渡过酉水，船儿泛起涟漪，将歌声送到对岸，女孩儿循声望去，一对眸子清明如水晶……他们真实而不真实，他们不该也不会被赋予“高尚”二字的寄托，一切的美德都是本性，他们只能活在边城里。

虫子繁密如落雨，虎耳草开满了山坡，一个女孩儿坐在溪边，一条黄狗衔着缆绳，一个老人在船上唱歌，而我就在这里，等待着端午夜的不期而遇。

**指导教师：耿　强**

# 读《你当像鸟飞往你的山》有感

◎李子萌

最初是被书的封面和题目吸引的——木质的铅笔勾勒出大山的轮廓，女孩儿站在山之巅，她面对群鸟翩跹，显得渺小而又坚定。

塔拉是大山里的女孩儿，终日与废铜烂铁为伍。在她那个充满暴力的家中，父亲是独裁者，也是一个“虔诚”的摩门教徒。政府、医院和学校在父亲眼里是亵渎上帝的存在。她曾是那般相信父亲。她相信过世界末日的降临，为此惶恐不安而精心准备；她相信过光明会，因此痛恨异教徒，害怕政府。她用自嘲掩饰恐惧，用自我说服安慰自己：是的，这一切都是自己的错。化妆成了罪过，在烈日炎炎下甚至不能露出哪怕一英寸的臂膀感受微风的吹拂。就连哥哥的殴打也成了对自己的救赎——鸟儿被囚于笼中，折断了羽翼。

但她终究还是选择了逃离。

戴着家庭的枷锁，她如履薄冰，闯入了一个截然不同的世界。她企图掩盖自己的无知，隐藏自己的格格不入，父亲仍在束缚着她。但是她一点点撕碎了藤蔓，击破了那个摇摇欲坠的牢笼，绳子缓缓滑落。她考上了大学，去往大洋彼岸的剑桥读书。她终于不是男权下的附属品，不再是未来丈夫妻妾中的一个。

她找到了真我，然而代价是巨大的——亲情的裂痕已无法弥补。父母扬言再也不会与她见面除非她选择屈服。亲情固然可贵，但是她又怎能抛下一切，去假装相信她无法相信的教条呢？此时的父亲在她眼中是那般幼稚而又可悲。她明白，自己的逃叛在出生的那一刻就已经决定，她从来就是那个异教徒，从未真正属于过这个家庭。

这是一场轰轰烈烈的背叛，一场彻彻底底的出逃。而教育就是那个摆渡者，载她从愚昧之山前往独属于她的那片山海。她乘风归来，乘着教育的风。她亲手否定了过去，否定了儿时那个逆来顺受的自己。"那不是我。"她对内心说。

你我也是如此。假使你无法接受教育——来自人生的，哲理的，对周遭事物的认知，又怎能像塔拉一样，回归山海，涅槃重生？

我们为何要接受教育？我想是为了摆脱愚昧，站在巨人的肩膀上鸟瞰世界——那是一个截然不同的世界，教育让我们明白自我的狭隘与浅薄并努力做出改变，最终寻取那份内心的淡然，找到属于自己的桃源，生命中的乌托邦。"回首向来萧瑟处，归去，也无风雨也无晴。"这样，在路的尽头，我们就可以说："我已经尽力了，我也曾经拥有过更为广阔的天空。"

塔拉是千千万万我们中的一个，尽管她的起点甚至还要更低。有时，我实在很难相信这是二十年前在美国发生的真实故事——充斥着废铁场、拖拉机和桃罐头。但是，尽管天生贫困，她依然成就了自我，回归到灵魂深处的理智与秩序所在。

塔拉在书的末尾写道："你可以用很多说法来称呼这个全新的自我：转变，蜕变，虚伪，背叛。而我称之为：教育。"每个人的面前都有一座大山，有人一生在山脚仰望，有人一生在半山腰徘徊，有人死在去往山顶的路上。而塔拉，像鸟，飞过了自己的山。

**指导教师：孟　霞**

# 读《平凡的世界》有感

◎张迎迎

“谨以此书，献给我生活过的土地和岁月。”

翻开书的第一页，我就看到了这行字。还没有看这本书，但我已经对它产生了好奇。什么样的土地和岁月？我想我应该一探究竟。

有人说，这本书，孙少安和孙少平是主角。

但我看完这本书，我觉得里面的每一个人都是主角。新中国成立后，中国经历了一波又一波的变革，而处在这个时期的农民，便是变革的经历者。我以前经常听我爷爷奶奶讲起他们年轻时候的故事。讲那时候的地主，讲吃大锅饭，讲批斗的事。那时的我听得不以为然，原谅我没有经历过那个时期，所以我并不懂得。

直到看了《平凡的世界》以后，我想我总算懂了一点儿。

平凡的世界，却有不平凡的人。我想这本书里每一个人都不平凡吧。

看第一部时，刚开始讲孙少平，孙少平是一个典型的农村读书人的代表。家里没有钱，因此读书刻苦，渴望通过读书改变命运。在学校里，对美丽的郝红梅心存好感，但却不敢表达。这种青涩的感情，在如今这个开放的社会已是越来越少。在看到这儿的时候，我心里不禁为少平感到好笑，又十分尊重这种单纯的感情。而郝红梅，人长得美，但奈何出生地主家庭，被人歧视，家里也没钱。她读高中的主要目的，就是在高中找一个家庭条件优越的人，可以让她脱离那个贫穷而不堪的家庭。所以，对于少平这种和她一样穷的人，就算再喜欢，也不能在一起。而少安的同学顾养民和田晓霞便是与他们截然不同的人。父母社会地位高，家庭条件优越。对于顾养民和田晓霞那样的人来说，生活或许没有那么多的磨难。庆幸的是，处在这个年代，还年轻的他们，心里是没有隔阂的，人和人之间也是单纯的交往。所以顾养民会喜欢郝红梅，所以田晓霞会和孙少平成为心灵相契的好朋友，甚至在以后，关系越来越亲密。

看这本书时，我也深深地佩服里面的一些人。田晓霞、孙少安、田福军、王世才……他们都是平凡却不平庸的人。内心伟大，自然不会沦于平庸。

例如田晓霞，她是一个不拘于世俗、敢想敢做、有智慧、有见识的女生。在那个时代，在她的同学都忙着谈恋爱，找个好人家的时候，她没有被诱惑，她有她想做的事。田晓霞和孙少平成为朋友，最大的原因，恐怕就是田晓霞有着平常女子没有的见解，对当时的社会，对一些政治事件，敢于提出自己的看法。这样的女生，怎么能不吸引孙少平？孙少平在她的身上学到了很多，我想也是因为田晓霞，孙少平才能有机会打开自己的眼界，不局限于双水村这样一个小地方。

我们可以不走遍千山万水，但我们的心一定要远行。

很多人眼界只局限于他眼里的世界，不在乎，也不关心更大的世界。这样的人，怎么能在这平凡的世界成为不平凡的人呢？

看完《平凡的世界》三部，作为一个女生，我都为田晓霞所折服。有智慧，在读大学的时候能够被省报录取；有勇气，在抗洪救灾时，作为记者，毅然冲向前线；有内涵，关心社会，关心时事，勤于看书，对事情都有自己的见解。这样的女生，才是最吸引人的。

而这本书中，除了人物的魅力，我觉得还有一个非常吸引人的地方，便是剧情。我多次以为我猜得到接下来会怎么写，但我还是高估了自己，或者说是低估了作者。好的小说不仅需要生动的人物，而且需要精彩的剧情。看这本书时，我一方面惊叹于作者的剧情构思精彩，一方面又非常欣赏作者在这些剧情中所想要表达的思想，或者说是一种精神。看这本书，你会懂得许多道理。

我从双水村悲剧喜剧轮番上演的生活中懂得，学会用淡定的态度面对生活很重要；从田晓霞身上知道，要成为一个独立、会思考、有内涵的女生。从少安一家人的生活中懂得，不论是贫穷还是富裕，都应不忘初心，一家人共同抵御困难与挫折……

从这本书中学到了很多，需要慢慢品味。

也愿我们每个人，都能是平凡却不平庸的人。

**指导教师：孟　霞**

# 读《撒哈拉的故事》有感

◎李宛叙

初识三毛是这本《撒哈拉的故事》，比起三毛我更想去看看那片撒哈拉，一片世界上最大的沙漠之下埋藏着怎样的生机与美丽，能让三毛挥笔成篇，一跃成为当时最知名的台湾女作家。

初读荒漠中的三毛仿佛寻觅到了知己。爱她一颗好像永远叛逆的心被安放在一具炙热的奔向太阳的身体里，高呼自由，不畏生死。爱她与荷西义无反顾驶向撒哈拉深处，在颠簸的吉普车里书写一场难以置信的出生入死。

《撒哈拉的故事》如今读来仍感觉极致的浪漫洒脱，也许还会有后知后觉的凄凉悲痛，但这只是别人所说，我还未察觉。

再读这本书，我也照旧像在荒漠中以沙洗面的未开化的原住民，裹着粗粝的印花毛毯不明所以地与这个来自遥远东方的女人相望。

再不读撒哈拉，直到我成为 Echo。

**指导教师：丛　佳**

# 读《文化苦旅》有感

◎李卓然

已经很久没有旅游了，但每一次去陌生城市的感受却永远不会忘记。每一座城市，或繁华或普通，总是静默地伫立着，藏着背后百年甚至千年的历史等人挖掘。而当你像城市一样静默地伫立的时候，人、历史、自然在嘈杂的背景音中便悄悄地融为一体。

《文化苦旅》就是作者余秋雨在这样的情绪感召下写出的。他一路走啊走，走过了战国时秦的都江堰，走过了北魏的莫高窟，穿行过清朝的宁古塔，走完了旧中国的历史。他还不满足，又继续前行，在巴黎、在新加坡、在加德满都、在北欧……他痴迷于世界文化的绮丽，也寻找到了中华文明的坐标。

走完了地理之旅，他又辗转回归内心，站在人生的路上回望过去，看到了新的出发。

我们的文化过于庞大，过于辉煌，没有人能够说出完全适合它的祝祷，但正如余秋雨所说，再佳的留驻也不会否定新的出发。

我们经历过辉煌灿烂，经历过苦涩黯然，可我们也拥有苍老后的年轻，拥有一份独一无二的温暖。

**指导教师：李忠萍**

# 读懂鲁迅

◎王子涵

成年人最大的悲哀，就是读懂了鲁迅。

鲁迅先生的笔墨总是在细小的笔杆转折处敲打着国人的脊梁，窥探到内心的荒冢之地。初读只以为是书中曲终人散，经年过后，才惊觉读来已是书中人。

时代的步调很大程度上催生了文学艺术的发展，也使中国这片地大物博的土地上，出现了类型繁多的千万作品。

然而在过去了一个多世纪后的现在，人们仍然能在鲁迅笔下的小人物中产生共鸣，悲悼其不幸，不无道理。在历史洪流中细究来去，却难免心中大骇，灵魂的频率共振，从来没有停息过。

命运是小人物悲剧的藏匿处，是呐喊之后无助的妥协。

从呱呱坠地，牙牙学语，再到长大成人，这是一个不可逆转的过程，容不得任何人置喙。也许起初每个人都以为自己会有一番天地，会有所作为，以至于到后面面对失败时却承受不住后果。然而大多时候，世上大多人不仅够不到成功的枝头，甚至会被腐烂断裂的残枝砸得粉身碎骨。

鲁迅刻画的人物向来入骨，他深谙在无情的社会阶级中，越是底层的普通百姓越是饱尝人生的艰难。像是《阿Q正传》中主人公阿Q，就是一个很典型的例子。明明带着“正传”二字，却书写着底层人最辛酸无奈的生活。

阿Q是一个雇农，本质意义上相当于流浪汉，他孑然一身，以天为被，以地为床，只靠着打短工得来的微薄收入维持生计，具备传统农民所用的质朴憨厚品质。他是可悲的，身在社会底层，他在权与利上都受到欺压，毫无人格可言。

思想被传统观念桎梏，迂腐老化，然而他又具备了某种程度上的叛逆性，对太爷之流的人群“在精神上独不表格外的崇奉”，似乎独守清高。这两相矛盾的精神世界不只是单他一人的容貌，也是一代人的缩影。

我们常听到的阿Q“精神胜利法”其实十分病态，盲目自尊、麻木、自轻自贱、自欺欺人，这种种矛盾的根源在于在失败与屈辱面前，不敢正视问题，只会一遍遍地麻醉自己，以虚妄的精神世界的胜利压制现实猛兽的侵袭。

在这种思想下，本该是思想的主人的我们却会屈身成为它们的奴隶，永远苟活在自我麻痹之中，乃至口中喊着崛起的口号，脊梁却曲折成离奇的角度，糊里糊涂地过一生。越是平常人，愈能将心比心，因为他们诉说的可能正是某个人的命运。

悲剧，是将美好的东西打碎了扔在你面前。

我们不知道作为雇农的阿Q最开始的愿望是什么，也许是多做一点儿活儿，多得一口粮，也就能勉强温饱，不至于生活穷困潦倒难以生存。有些人的愿望可能就是很简单，他们没有多远大的志向，点点星火就可以燎烧心中的原野。对于“美好”二字，同的是向往，异的是方式，千人千语，光芒各自璀璨。

鲁迅真的太擅长用文字去击打人心，一声一声振聋发聩，他含泪的笑的表达方式借着委婉的方式字字诛心，总是让人读着读着就冷不丁觉得背后一凉。

世上苦痛不外乎“生老病死”，可其后牵扯出的重压却远不止这四个字——亲人卧病在床却被高额医疗费用绊住脚步，为了家庭放弃尊严委曲求全，为了血脉相连的亲人铤而走险最终锒铛入狱，世间太多用心保护的东西被世俗改变成绝望。

环境潜移默化的影响总会在无声无息中悄然改变一个人，看惯了风花雪月的浪漫诗人即便一开始很难适应菜市场的喧嚣市侩，随着时间的推移也会慢慢适应嘈杂的叫卖声。这并不是说阳春白雪就是好的，市井百态便是不好的，而是说环境对人的熏染是不可忽视的。

但我们忽略了一个重要的问题，久经风花雪月的诗人来到市井烟火中，如何在看到可能存在的鄙陋姿态之后再面对心中的无尘之物？

古代相当多的官员谪贬流放后，都要经过一段颇长的萎靡期，毕竟前后境遇乃天壤之别。能够重新振作的苦中作乐，自在山水之间二度进取，不能跨过这道失败鸿沟的也就随波东流去无返了。

现在的我们虽然与旧时不同，但因重创一蹶不振的也大有人在。

如何摆正心态面对现实也是成年人必修的一门课程。莫说江湖险恶，便是生活打倒了你又如何？人生短短几十载，逆境顺境皆有之，学会在悲剧中低着头看过冷眼与风言风语，后续面对一树春红时，才会练成波澜不惊面对大起大落的魄力。

鲁迅文中的这些主人公向来不是什么名人，相反的，他描写的都是普通人，也正是如此，才会让我们产生共鸣。以上种种，都是当命运落在自己身上的时候，我们或许会有的表现，这些都是关乎个人与亲人的境遇之悲。

然而作为一个个体，我们不可能将自己隔离于人群，个体必定是要融入群体的，而后也就有了为人处世的不同风格。

拥有上帝视角的我们，在读主人公可预见的命运时，我们更多的是感叹唏嘘，感慨命运的不公。纵横交错的故事情节里，正与反、对或错都太过鲜明，局外人也就看得很分明。

但是将事件摆放到现实境况中时，我们只是一个小人物，没有纵观全局的能力，有的只是一颗懵懂的心，对错功过难免不由人。读到结尾，在幡然醒悟时，洞悉到“他们”与现实中的我们其实有着重合的部分，才会顿觉发慌。

这种失措来自共情，往往与个人的境遇挂钩，读着读着会突然发现自己似乎成了他笔下的某个人物，又惊觉主人公的悲哀与自己何其相像，不禁叹道：成年人最大的悲哀，就是读懂了鲁迅。

在经受生活的磨砺后，棱角渐平趋向圆滑，平常最不屑、最想逃离的一类人或者一类处事态度，宛然复刻到了自己身上，这大概是谁都不想看到的。每个人心中对道德伦理都有一条界限，对着这条警戒线，我们才有标准去衡量是非，这也是人与动物的根本区别。

世界并不都是美好，我们得学会如何去端正心态。

文学艺术的魅力便是让我们知故事晓情理，丰富着我们的精神世界，居于一隅很大概率会视线受阻、坐井观天。读懂了鲁迅笔下的人生百态，恍悟悲苦是人生基调的同时，也要渐渐学会在苦难中修行，学会在荆棘丛生中成长开花，别让鲁迅先生笔下的人物成为自己。

**指导教师：靳宇喆**

# 关于《活着》和“活着”

◎白　茶

“活着是为了什么”，这是一个空泛而永恒的话题。余华先生曾以此为题，生出一个残酷而悲凉的故事。

有人认为，《活着》只是一个个悲剧堆砌出的故事，我不这样认为。细想故事的时间线，刚出场的福贵活脱脱一个纨绔子弟，符合当时富贵人家只知享乐的形象；后来有庆死于献血，这种谄媚和无知也符合当时的时代背景；凤霞难产而死不是个例，在当时落后的医疗条件下，因此丧生的妇女人数绝对惊人……家珍死于生活，有庆死于无知，凤霞死于医疗落后，二喜死于劳动无保障，苦根儿死于贫困潦倒。福贵一家都毁于时代的旋涡。《活着》是一个悲剧，主角名为“福贵”，可他厄运缠身，穷困潦倒，无“福”也不“贵”，不仅如此，他身边的人还一个个地死去，年过七旬，只能把畜生当家人，让人觉得他“活着”是一个悲剧。《活着》的“悲剧”绝不刻意，但是绝对有历史感。《活着》不以历史写人，而以人写历史，它让人真切地感受到，历史书上一个个冰冷的名词，曾经主导着所有人的生活。如果我们生在那个年代，也许难逃福贵一家的命运。站在任何一个历史节点回望过去，都是在看一场悲剧。我们这么看福贵，以后也有人这么评论我们的生活，到时候，一切只是“剧”。在我看来，这才是《活着》的精妙之处，这才是《活着》让人越想越觉得绝望无力的地方。

那么，福贵都这么惨了，他为什么活着？

也许，是因为他见识过死亡，曾目睹同伴战友被枪林弹雨毁得面目全非，曾目睹昔日万人吹捧的春生惨死。因为见过死亡，所以珍惜活着，只要活着，一切好商量。

也许，是因为他没有追求。他只是像一只畜生那样活着，每天还有吃喝就有活下去的动力，他不像我们所谓的“人”那样去思考活着的意义。因为别无他求，所以只求活着，反正他不必按照我们定义的“人”的方式而活。

也许，是因为他早已麻木。如果一个悲剧降临在人身上带来的伤害是一百点，那么十件悲剧降临并不会将一百乘以十。这本书的泪点在中部之前，因为即使代入感再强，不幸的事发生得多了，就成为自然，甚至会不自觉地预测下一章是哪个人物死亡，读者尚且如此，福贵可能更加麻木。也许他从骨子里认同自己终将一生凄苦，对所有的遭遇习以为常，只有越来越轻的痛感，然后便抖抖尘土，继续踉跄前行。

这三种说法不无道理，但其实，他活着的意义早就被写好。

他不为财富而活，所以在他失去一切之后，也可以接受自己一无所有的现实。

他不为子女而活，所以在有庆死后，他也可以活着。

他不为爱情而活，所以在家珍死后，他也可以接受并适应没有她的生活。

他不为家人而活，所以身边一个人都没有后，他也活着，他不去死。

也许他不为自己活着，所以即使活得毫无意义、毫无质量可言，他也不会去死。

他活着，只是为了活着本身。毕竟在那个年代，活着本身就是喜剧。

第一遍读完这本书，我只觉得不知所措。不是说好了我们可以掌控自己的命运吗？为什么我们再怎么努力在时代面前也不过是垂死挣扎，历史的车轮碾轧过来的时候，我们毫无反抗的能力，因为我们再怎么反抗也只能随着时代潮流，像浮游生物随着海浪游荡，呆滞地不去想自己不受控制的身体，也许下一秒就被冲进某条不知名的大鱼的嘴巴，也许下一秒还一息尚存，继续任由波涛摆布。

再读这本书，我又从中发觉了别的意味。《活着》在“活着”中展现了绝望的处境，但，只要“活着”就是对坎坷生活的一种最有力的坚守。即使我们现在用尽一生也没能在史书上留下一笔，即使我们费尽心思也只能勉强活下去，但是我们的人生不是为了留给后人去评说的。活着是给自己看的，能够坚持走到人生终点，也算是一种胜利。

于此，我们应该敬畏福贵这样的人。

**指导教师：李　莉**

# 美丽的等待

◎夏　晴

我打江南走过，那等在季节里的容颜如莲花的开落。

归来兮，游子！亦不知那游荡的心灵是否真的会回到缥缈的江南烟雨中，回到温柔的女子身边。

梦里的归人终究没回来。

千千万万羁绊在尘世喧嚣中的生命，甚至从来未涉足那方梦中的净土。

一切皆是梦。梦中三月的江南没有飘飞的柳絮，寂寞的女子守望在游子的心中，面向心灵的地平线，将忧伤的目光延伸，直至邈远的天际。

这便是中国千百年来的文化坐标。而那一泓秋水正是坐标的原点。望眼欲穿，顾盼生辉处，便是人世间最平凡最伟大的爱。

等待，是对“爱”字最恰当的诠释。人间最真挚、最刻骨铭心的爱，不是红绡罗帐的缠绵，不是花前月下的甜蜜。更不是携手漂泊、浪迹天涯的轰轰烈烈、潇潇洒洒。而仅仅是轻盈的山泉，涓涓无声，一路悄然流过汗青黄卷、长河冷月。

于是，去了那人世的嘈杂。宁静的，便是那向晚的青石街道，没有跫音响起。

于是，去了那尘世的污浊。无瑕的，便是那小小的寂寞的城，孤单地伫立。

于是，更去了那乱世的熙熙攘攘。波澜不惊的，便是那紧掩的门扉，春闱始终不曾揭开。

于是，《人生》里巧珍的痴情、《边城》中翠翠的执着，甚至遥远的传说里湘夫人的追随与眼泪，和着静止的柳絮，交织在东风不来的三月，就着烟雨编织出一片如梦似幻的怅惘，恰若清晨的雾，氤氲在心头。唯一不变的，仅有伊人的倩影、那份守望的爱。纵有再多怅惘，也只是一份淡然的哀婉。美丽的等待，是中国文人心中不变的境界，不改的情结。

可以这么说，中国文人追求的正是他们自己精神的天国。那一方天高云淡的山水，一座永存于心中的江南小城，更有那望穿秋水的佳人。这正是精神上的桃源。

忘不了的，是经不起岁月侵蚀的容颜上如水的明眸，是“梦随风万里”，醒来身边却是空荡荡的冰冷，是帘卷西风时黄花般在风中摇曳的身影。

而如今呢？莲花寂然地开了又落，嗒嗒的马蹄近了又远，在脆弱的心上踏出伤痕。过尽千帆皆不是。脉脉的斜晖洒向悠悠江水，肠断白蘋洲。

她等待着爱情与幸福，直到永远。

那些逝去的灵魂等待着她，等待着中国文人永恒的梦实现，那个透明若水晶般晶莹易碎的梦——中国文人共同的梦。

不知有多少代文人，带着泪痕在梦中寻觅，寻觅着归去之途，寻觅着江南的小径。“梦里不知身是客”，二十四桥明月夜，伴着悠扬的笛声，乘着歌声的翅膀，不知他们的马蹄是否在青石上响起？

也许，那些人已经找到了他们心中的梦。那等在季节里的容颜，从诗篇中款款而来，澄澈的眸子中映着静止的柳絮。悠然。

莲花依旧孤寂地开开落落。梦中，远隔万水千山，美丽的等待。

**指导教师：李忠萍**

# 浅谈《三国演义》中的女性角色

◎周心研

罗贯中所著的《三国演义》，通过对三国时期真实历史的精巧改编，描绘了一幅波澜壮阔的后汉史诗，也成功地塑造了一个个个性鲜明的乱世人物。东汉末年政治腐败，社会动荡，汉室正统岌岌可危。所谓乱世出英雄，随着天子之位成为各路诸侯所垂涎的肥肉，大小的割据战争也随之而起，草莽英雄和名门之后皆怀着勃勃野心开始了自己的创业之旅。

这段历史的主角，也就自然而然地成为封建时期一直处于支配地位的男性。

遍观中国古代的文学作品，尤其是在类似《三国演义》这样宏大而动乱的社会背景下，男性人物的光辉大多数情况下都将女性掩盖，女性大多沦为映衬男性品质的配角或者男性争夺的附属品。《水浒传》中令人印象深刻的女性形象只手可数，特点也几乎可简单分为淫乱邪恶和勇猛豪爽两种。《木兰辞》中木兰那样的巾帼英雄，与勇武的男性形象相比更是少之又少。

随着元末明初程朱理学的兴盛，社会对女性的禁锢与束缚越来越严重，不仅体现在风俗习惯上，这种文学作品中出现女英雄的概率更是急转而下。在明清小说中的经典女性角色中，无论是《红楼梦》中才貌双全的钗黛，还是《浮生六记》中被林语堂先生称为“堪称完美的封建女性形象”的芸娘，都存在于闺房背景中。她们自有自的美好个性，然而却变得精致内敛，为细腻柔和的感情所困，不再被放置在血雨腥风之中，更与什么家国情怀联系不上了。

罗贯中先生在塑造《三国演义》中的女性形象时，既有他不可免俗的地方，又有他超于常人、先于时代的开阔之处。他并没有因为这部出现了一千余位角色的宏大作品中仅仅有五十余位女性而放弃对女性的塑造。虽说有的形象仅仅是一笔带过，性格也趋于扁平，但还是留下了很多值得细细品味的女性人物。她们不仅仅满足于自己狭窄的个人生活圈，更有着沉重的家国之思和高贵品格。

## 英雄母亲　心怀大义

徐庶母亲、太史慈母亲都属于此类人物。曹操囚禁徐母，要其作书召子，徐母回绝。程昱模仿徐母笔迹写信骗来徐庶，徐母愤而自缢。如果她只是一位传统观念上的封建女性，那她会因为自己的儿子回来而高兴不已。因为她的心中儿子应该是自己仅有的依靠，没有他自己的人生就没法继续，没有人为她养老送终。然而，她却因为儿子背弃汉室之后刘备而投奔奸雄曹操愤而自刎，显然，她心中对国家的忠义已经高过了自己的生命。

太史慈的母亲更令人钦佩。这位老妇人是一位知恩图报、坚定护国的女性。儿行千里母担忧，更何况是让儿子奔赴刀光剑影的战场。然而太史慈的母亲就做到了，因为感念孔融曾经的帮助而要求儿子义无反顾献身沙场，甚至态度坚定到让太史慈说出“如不能解围，慈亦无颜见母”这样的话。

这些妇人虽然都没有受过什么教育，可是却都深明大义，教育自己的孩子做一个忠义之士，献身国家，不吝性命。

## 贞洁烈女　巾帼英雄

孙权之弟孙翊的妻子徐氏、祝融夫人可归为此类。徐氏刚毅机智，孙翊部将妫览、戴员对孙翊不满，于是收买孙翊家将边鸿刺杀了孙翊。妫览因贪图徐氏美貌，欲强纳之，徐氏假意许以晦日成亲，暗中与孙翊家将孙高、傅婴计议，晦日之时设下伏兵，乘妫览、戴员无备前来之时刺杀二人，为夫报仇。罗贯中评她：“才节双全世所无，奸回一旦受摧锄。庸臣从贼忠臣死，不及东吴女丈夫。”钟敬伯评她：“徐氏节义两全，权智双绝，东吴伟妇人，古今奇男子也。”徐氏是一位典型的女丈夫，有男子般的聪明才智、刚毅果决，为丈夫报仇的坚定决心让她的形象成为当之无愧的贞洁烈女。

祝融夫人则是《三国演义》中唯一描写过的上过战场的真正意义上的巾帼英雄。她生于南疆，性格刚强，武艺精湛，善使飞刀，几乎百发百中，勇猛不输男儿，为救丈夫毅然出战，与丈夫同生共死。

这些女性人物虽都是为了丈夫而做惯常女性做不到之事，

然而她们胆识过人，有胜于男性的优秀品格，让人印象深刻。她们身上体现的对丈夫忠贞不渝的爱和自身的聪明机敏、刚强勇猛交相辉映，让她们的人物形象更加真实而感人。

## 政治工具　为国捐躯

貂蝉可归于此类，孙尚香虽不能算是为国捐躯，但也是政治工具这类的。沦为政治工具的女性在《三国演义》中出现不少，她们悲惨的命运让人叹息，却也只能在这乱世中无能为力地随波逐流。这是封建女性可怜之处淋漓尽致的体现，她们不能决定自己的命运，只能成为男人的附属品和贡品，成为父兄的政治工具。她们很多结局凄惨，辗转多人，郁郁而终。

貂蝉的形象是其中非常不一样的一个。她主动说出帮助王允完成连环计的话，为了报答义父的恩情，不惜牺牲自己的名节甚至性命，以一己之力离间吕布、董卓，促成大事。也许有人会认为她是推动剧情发展的麦高芬，本身并无过人之处，但我认为她本人的才貌与智慧，还有为国捐躯的气概让人敬服。貂蝉的结局不明，也许一生寥落，然而她的善解人意、机敏才智和重恩忠义的烈女形象，在《三国演义》中留下了浓墨重彩的一笔。

《三国演义》中还有许多其他鲜明的女性形象：红颜祸水的大小乔，嫉妒成性的何皇后，舍生取义的刘湛妻崔氏，命途坎坷的才女蔡琰。她们身上既带有封建女性的诸多狭隘特点，又拥有许多进步的、超时代的可贵精神。罗贯中《三国演义》中塑造的女性形象是成功的，虽然她们没有男性那样多的篇幅，没有征战沙场，没有舌战群儒，可是她们并没有完全成为男性的陪衬，相反让我们感受到了她们自身的可爱可敬，成为三国深沉的铁锈色中一抹绚丽的红。

**指导教师：李忠萍**

# 少年读李白，中年读杜甫，晚年读苏轼

◎郭凤桐

坊间有云：少年读李白，中年读杜甫，晚年读苏轼。就是说：人之少年，要有李白的“狂傲”；人之中年，要有杜甫的“厚重”；人之晚年，要有苏轼的“豁达”。我很是赞同。

人间只此一诗仙，不读李白枉少年。

有人曾问：为什么杜甫被称为“老杜”，李白没有被称为“老李”？答案很简单：杜甫未曾年轻，李白从未老去。

20 来岁的李白是轻狂浪漫的：“飞流直下三千尺，疑是银河落九天。”

30 来岁的李白是轻狂浪漫的：“金樽清酒斗十千，玉盘珍羞直万钱。”

40 来岁的李白是轻狂浪漫的：“我寄愁心与明月，随君直到夜郎西。”

50 来岁的李白是轻狂浪漫的：“俱怀逸兴壮思飞，欲上青天览明月。”

60 来岁的李白是轻狂浪漫的：“夫子红颜我少年，章台走马著金鞭。”

他到死都是轻狂浪漫的，像一个英姿勃发的少年。

少年当有李白之狂，狂不是狂妄，而是有朝气，有血性，奋发向上。

少年当有李白之傲，傲不是高傲，而是要有骨气，不行阿谀奉承之事，铁骨铮铮。

少年意气，当挥斥方遒，纵尚无经天纬地之才，仍须有指点江山之志，方不负韶华。

沉郁杜子美，负重缓前行。

相比于李白的飞扬恣肆、年少轻狂，杜甫有着常人难以企及的稳重。甚至在更多的时候他不再是一位大诗人，而只是一个携儿带女背井离乡的穷苦老人。他少年老成，有着一份特别的使命感。杜甫有句话：“诗是吾家事。”“奉儒守官”是杜家的传统，是“先臣绪业”。他所学的重点是“修文”。其祖父杜审言擅名诗坛，“吾祖诗冠古”，杜甫很是引以为荣。

杜甫也有过“放荡齐赵间，裘马颇清狂”这样丝毫不让李白的飞扬恣肆。但那只是昙花一现。责任和使命一直是他生命里的主线。他的诗歌总是和强烈的时代色彩相连，安史之乱的缩影都在他的笔下：《兵车行》、《丽人行》、“三吏三别”，批评时政、讽刺权贵的时候毫不手软，直面社会黑暗，反映了一个时代加在无辜者身上的悲剧，哀切至极。

这些恰恰是杜甫的人格魅力所在，在颠沛流离的岁月里不单单抒写个人的艰难和困顿，而是将自己的目光和情思由此及彼地推向那些比自己更为艰难的士兵和百姓。他的稳重已经不仅仅是沉稳，而是发展成坚定和刚毅，背负着一个民族的重任往前走。

历遍风和雨，释然如东坡。

就算道路曲折，他也能够写下“一蓑烟雨任平生”；就算风雨弥漫，他也可以“吟啸且徐行”。

哪怕你将他一贬再贬，他甚至可以一笑置之地放下。“一点浩然气，千里快哉风”那样的豪迈霸气，没有一处不透露着刚正不阿、超凡脱俗的气质，试问，如今几人能够做到？

苏轼，一袭布衣，坦率纯真。在他的一生中，乌台诗案使他的征途一下子到了最低点，就好像那万丈深渊。黄州，一个凄凉的城，囚住了苏轼的形，却囚不住他的神。他不附权贵的气节让他不肯择木而栖，却也是那样的一身正气和不阿谀奉承使他一生的仕途变得坎坷。然而，即便如此，苏轼却能够把酒临风，任长廊上的清风贯穿春秋，却不觉苦闷，因为有词足矣。他给自己寻找精神寄托，苦中作乐，自己耕种、造房、写作，与农夫相契合。甚至不顾君子远庖厨的教导，亲自下厨烹制猪肉。净洗铛，少著水，柴头罨烟焰不起。焖得一手好猪肉。清贫的生活从此多了些许滋润，躬耕劳作的日子也有了生动的色彩。

他一生风雨，却依旧泰然处之。

把别人眼中的苟且，活成了自己的潇洒人生。这份豁达和修养，让我们这些后来人，不由得一赞三叹。

愿我们每人都能从这些古代诗人的诗词、经历中，汲取智慧、有所感悟，在不同的年龄，活出最好的样子！少年时，能胸怀滚烫希望，为梦想勇敢闯荡；中年时，心中有使命，肩上能担当；晚年时，多一份旷达与淡然，守住心灵的一方净土。明白万物皆有其时，生活总有起落。生命之河在流过春日的煦暖、夏日的热烈、秋日的萧瑟之后，最终归入冬日的安详。做到：宠辱不惊，闲看庭前花开花落；去留无意，漫随天外云卷云舒。

**指导教师：吴雅杰**

# 我眼中的诗

◎姚欣玥

我不喜欢诗。中国的、欧美的，更别提称作“无韵之诗”的散文以及由散文衍生出的散文诗。

这种奇怪的审美障碍让我错过了许多优秀的作品，至今我还记得当初读《我的孤独是一座花园》时的场景：

> 孤独是一座花园，但其中只有一棵树。绝望长着手指，但它只能抓住死去的蝴蝶。

只有一棵树的花园为什么不直接拆掉啊！

作为一个脑回路和诗歌风韵几乎是两条平行线的人，这就是我全部的读后感。想想看，如果听说阿多尼斯的诗被我如此解读，我一定会被热爱诗歌的人鄙视。

诸如此类被吐槽的例子，还有海子、郭沫若、叶芝、泰戈尔……

然而，其中却独独把中国古代诗歌排除在外。

在我看来，中国古代诗歌与西方诗歌、现代诗歌最大的区别在于一种无与伦比的巧妙与精致。更简明生动地来说，西方诗歌大多犹如光暗得当、写实还原的油画，现代诗歌则更多是有着毕加索画作的立体感，而中国古代诗歌却是写意的水墨。

对于“意”这个字，每个人的理解都是不同的。

我只能说，汉字真的是一种具有魅力的神秘文字，由每个个体所组成的诗句却隐藏着诸多学问，平仄押韵、引经据典、衬托铺垫。每一个字的改变都会营造不同的“意”，不可多一分，也绝不能少一分。我想，能吸引我这个不爱读诗的人读下去并热爱它的，也正是这种别样的“意”。

而相较于唐宋元的诗词曲，《诗经》的“意”又有了不同。准确地来讲，它更接近于歌，或是歌谣。这种形式上的些许区别给它带来了独特的风趣。

其中，最容易读懂也最广为人接受喜爱的便是《国风》，因为它满是儿时熟悉的回忆，无须钻研，信手拈来，那些曾经背诵过的“关关雎鸠”“蒹葭苍苍”都一一包纳其中。在一句句简短而略带晦涩的语句背后，我可以看到那幅周代民间疾苦、世间百态的画卷在被慢慢展开。

这所谓“高冷”的现实主义国风篇，无非是想描绘那个朴素鲜活的遥远时代。

在那里，有花香中采桑笑闹的妇女，有戍守边塞、伫立在风雪中的战士，有晨风山丘上等待爱人归来的少女，有江边漫步、素衣白衫的风雅公子。

与现在的我们没有什么不同，几千年前的人们将自己的忧愁、欢乐、迷惘、执着融入了简短的诗歌，让千年之后的我去重新在诗声琅琅中寻找、体悟。

在这个过程中，我仿佛也站在那幅画卷中，闻见萋萋草叶上晨露的清苦，听见山谷徘徊的黄莺的喈鸣。

原来，《诗经》并不遥远，也不难懂。

将《诗经》脱离权威的“经”，而作为“意”来慢慢品读下去，将会是另一种体验。

将中国古代诗歌脱离中心主旨与词句翻译的束缚，而作为自己另一个思想的苏醒来吟咏下去，将会有另一番天地。

这是我的一点儿想法。

所以，作为一个不爱读诗的人，我也许该尝试用另一种眼光去补一补《那些年，我曾经吐槽过的诗歌》。

**指导教师：吴雅杰**

# 淡淡幽情

◎朴智贤

太温柔的你，孩子一样的你，就要和这样的你形同陌路了。

无论是在嘈杂的地铁，还是在静谧的晚上，当我戴上耳机，就感到怀抱一个世界。我就像候鸟一样，在特定的时候回到那个我所熟悉、无法割舍的地方。我是邓丽君的歌迷，开头这一句话出自她日语版的《偿还》。我听到这句词，会想起许多读过的爱情小说，结局无一例外是物是人非、生离死别，但最近发现，也很适合描述我对邓小姐的感情。听到她夜莺一样歌声的福气，很遗憾，我并没有。

我的朋友说她喜欢看天上的云。当我们一起站在窗边，她会专注地仰视或祥和或零落的云彩，可我不一样。抬头对我来说太累了，我总是俯瞰地面的景色，车来车往，树和花在排列交错中奏起交响乐。是啊，我习惯低头看过去的事物，也许正是因为听君姐的歌才有这样的嗜好。我就是这么一个人，沉迷奥黛丽·赫本的电影，把玩邮票，在房间里把日本的老流行歌曲音量放到最大，让由墙壁包装好的音乐包裹我，颔首，脚下打着拍子。

君君的脚下打着拍子。她属于喜欢抬头的人。她在舞台上自信地直视前方，像一颗明星照耀着所有人，她就是时代的象征。在异国苛刻的乐坛，她像妙音鸟，还在胚胎里时就决心用歌唱耕耘生命。“君姐她啊，不看歌词本，可以正确地背唱几百首歌呢。”她满载奖项自海外归来。她看到阔别多年的故国一片生气，便鼓动丰满的羽翼，把音乐的风波吹向家乡。“现在倒不像出国前那样小猫似的声音了。”“邓小姐加油！”她是那个做好一切准备的人，意气风发，望向用数十年都无法轻易丈量的浪潮。

时代的浪潮。我似乎一直是个不太合格的“后浪”，虽然对这个社会所知甚少，却又过分爱讲，其实眼界也不过囿于学生目之所及，算是纸上谈兵。语文是个很奇妙的学科，一个人的性格就完全投射在对这门功课的学习方法上。我对自己的评价是矫情，但我的试卷、作业，却好像把这个不怎么可爱的词诠释为细腻了。我不愿说这是我的一厢情愿，然而我确实喜爱语文。

我喜欢做那些需要投入情感的事，比如，我养了一盆又一盆的月季，每年都巴望着被赏赐几朵焰火般的灿烂，虽然很少如愿以偿，但我心里安慰自己，月季花和我两相情愿，我俩只是没有缘分。再比如看小说。我对每一个故事都怀着纯正的向往。洛夫写“只要是美的/赔上半生的痛/也值”，我觉得有理。我相信每一部小说都是一座梦屋，需要我们轻拿轻放。只要跟着作者的思绪像吉卜赛人那样在脑海中舞蹈，世界就会变得美好起来。三岛由纪夫的幻灭是美，狄更斯的团圆也是美。然而鲁迅、张爱玲的书，却是刀割一样痛了。

说回语文，怎么会有人在默写《水调歌头》的时候，脑海中不浮现邓丽君的声音呢？

她的声音典雅庄重。当她闭上眼睛，音符就是一场盛大的旅行。就像啼叫的夜莺，我们听到留声机里铃兰的余香。晚霞染红了给她的鲜花。“我想，做一张这样的专辑，让大家都感受到中国传统的美！”谢宏中觉得这想法很好，所以有了专辑《淡淡幽情》。苏轼的明月，欧阳修的万叶千声，还有李煜心中的一江春水。我们都笑了，这是露水一样甘甜的声音，古池里的回声，故宫屋檐上那最精雕细琢的一挑。于是我们以双耳向她道珍重。一个懂得“深院锁清秋”的哀伤的女人，理应得到这样的赞誉。她就是要重视祖国的东西，她觉得好，她要让歌迷们，让中国人知道，我们的文化，只要领悟好了，不比全球任何地方的差。全世界的华人都听过那句“明月几时有”。只有邓丽君的声音能自然地把我们联系起来。

我却懂得“日日思君不见君”的苦闷。假使我有幸梦游天国，我将温和地走向那个晚上。当我听到那熟悉的声音，就必定驻足细细地欣赏。也许正像诗中说的，“那里天国清浅正如此刻海洋深邃”，如今我俯身看流淌而过的海河，又何尝不是在看君君……

我听了这么多的歌，是在追求什么？是想在歌曲中找到自己的寄托吗？然而我收获的只有对故去歌星的思念。我在其中受到了什么启迪？我的生活是否仅仅由诗歌和音乐组成？既然我这么喜欢一个人的音乐，那么我活着的原因是否只有她？这一切都是这么值得怀疑，听着歌我不由得将自己的意识抽离出来思索这样的事。这些是可以怀疑的，但我却不能质疑我自己作为思考的主体，听歌时正引领着我精神世界的万物。《淡淡幽情》是专辑的名字，也是年轻的我对世界的憧憬啊。我已经开始怀念童年的日子，不必说我也知道人生好像露水一样转瞬即逝。这样听着歌的日子还能有多久？但我心中的自我怀疑长存，我作为一个反省者，是被我所听的歌记取着的。

啊，我的宛如被空气吸走的十五岁的心，要参透所谓“淡淡幽情”，不知道是离得远，还是已置身其中。

**指导教师：经　鑫**

# 飞鸟生于囚笼

◎王宣庭

窗边鸟儿于笼中不知是忧郁还是快活地唱着鸣啭小调，窗外雨在一片朦胧中不知有何梦境被冲散。

就是这首歌——《犹豫期/延期偿付》，带给我的第一感受。

初听歌曲时，我只是被悠扬哀转的曲调深深吸引住了。再次回看歌词，才发现别有一番深意。祷告般祈求的语气，用暗示的手指，紧紧扯住我思绪的衣领，让我无法呼吸，仿佛置身海底，艰难而贪婪地吸吮着仅剩的最后一丝稀薄空气。终于，当体味清楚歌词中的另一层含义，即刻拨云见日，仿佛在雾霭中寻找方向的孩子找到了回家的路，原本灰白而单调的世界霎时鲜明起来。

“这片天空，若是停止鸣泣之后，你便会随之挥动起翅膀，你将会朝着归属之处振翅飞翔吧。”

带着些期望的话语涌来。我看到飞鸟归巢——被囚禁许久的飞鸟终于破笼而出，沐浴着云中的万丈光芒，飞回独属于自己的巢穴，与自由永生。

冲破束缚与枷锁，向着自由与光芒展翅高飞，远离尘嚣的地面。浑身雪白的飞鸟在空中越飞越高，就好像带着希望一同飞到了云海之上、日月之巅，被微风轻托着送往黄昏之时更美的远方。

曲调忽然一转，由期望转变到微微带些凄惨的语句撕裂了这样纯美的景象。

“我愿一直如此，和你就这样永远禁锢于鸟笼之中，永远无法再起飞，于朦胧浅梦。”

一对浑身洁白的白鸟，眼中早已失去了光华，激不起波澜的黑曜石般的宝珠眼深深嵌在那一身纯白的羽毛中，死死地盯着鸟笼外那只正在打开笼子的手。当那只手打开意味逃脱的笼门，却并没有想象中的展翅飞翔，反倒是看着那窗外的一片晴朗愈发觉得沉郁。

为何不选择逃离？

我始终不知道该如何定义这幅景象。直到我猛然理解了最后一句话时，一切仿佛都解释得通了。

于梦中麻痹自己的鸟儿不再向往自由，对于远方的大千世界再也不感兴趣，世间的霓虹终是与自己无关。而自己只有那一方狭小的天地，由钢筋弯造，曾沾满自己抵抗的鲜血的鸟笼。

或许这是作词人的暗示。暗示我们被早已圈定好的生活给禁锢，被迷失的自我所麻痹，被精彩的外界所排斥。就像只会鸣叫却不会飞的“鸟儿”，直到希望一次又一次被捏得粉碎，才彻底放弃自由，封闭自己，让自己在茫茫人海中做一个行尸走肉般的傀儡，随着人潮前进，对世间的种种不堪悲惨地妥协。

就好像歌名所写的那样，犹豫即我们面对眼前的困境却只会无能地踌躇，被囚禁一点儿一点儿吞噬掉人性，报复般用自己对希望的渴求奉还给生活，最终沦落到只剩躯壳，灵魂早已被偿还给了毫无主见的生活。

谁说鸣鸟被囚禁就应该妥协？又是谁圈定了我们的生活？没有人。

我们应该冲破枷锁，无视束缚，积极反抗，与命运的限制作抗争。

在曲中，我们都是飞鸟。飞出自我封闭的黑暗世界。只要心中有光，便做自己的引航者，飞向笼外的世界，窗外的世界，山与海那边的大千世界。

天地纵使辽阔，仅有一方净土容我。那我便勇敢追求，向它飞翔。

**指导教师：赵　君**

# 演出必将继续

◎张　卉

1991 年 11 月 24 日，弗雷迪·莫库里因艾滋病引发的肺炎而去世。从此，皇后乐队主唱的位置成为一个永远的空缺，华丽摇滚的时代也随着这样一位巨星的陨落而悄然落幕。

在此一个月之前，莫库里发布了他的最后一支单曲 *the show must go on*，这仿佛是他生命中最后的呐喊。久违的声音依旧如此圆润饱满，后来我们得知那是他大病之中虚弱不堪时录的音。他唱："The show must go on. I will face it with grin. I am never giving in."（演出必将继续进行，我会以微笑面对，我将永不放弃。）

你可以把这当作莫库里先生对病魔和不平命运的抗争，但我更愿意把这理解为摇滚精神在他身上的体现，莫库里是个典型。因为这种抗争的特质不只有他个人具备，我们可以看到许许多多的 Rocker 同样也在抗争着。

他们有的为自己抗争。"我就是我""没有什么真正的艺术是能为所有人共同喜爱的。"当亚当·兰伯特被要求卸下他代表华丽摇滚的奇异装扮时，他这么说："我就是个歌手，更重要的是我的声音！”

他们有的在与社会抗争。正如鲍勃·迪伦的有些歌曲饱含着丰沛人文关怀的同时，另一些歌曲也充满着寓意和戏剧色彩。

他们在与岁月抗争。同为皇后乐队的成员，吉他手布莱恩·梅和鼓手罗杰·泰勒两位老人都年近古稀，可他们却几乎从未停下一年一度的全球巡演，对他们来说摇滚无关年龄，不论六七十年代如何青涩，或是而今怎样白发苍苍，他们都只是在舞台上把这种抗争的情绪传达给每一场观众。“We will rock you！”我们有时能从他们演唱会上看到从前莫库里的现场视频，也会看到屏幕前两位前辈老泪纵横——这使所有人都为之动容。

我想，任何一种艺术的出现、传播和兴盛的原因大都在这三个方面：从事艺术的创作者、合适的艺术传播途径和能够感受艺术的群体。就像余秋雨在《笔墨祭》中所表达的艺术需要社会气氛和人文趋向那样，摇滚经久不衰的原因，很大程度上也在于它引起了我们心中那种想要抗争的共鸣。它在许多人看来是我们表达态度的一种方式——向生活抗争。青年人喜欢抗争，他们要为自己的人生创造无限的机遇，而这与逆来顺受的人生观格格不入，因而有时他们被视作叛逆。不过这些都不是时代的特征，而是一种心理特征，无论是在个人还是在社会中。所以只要这种想要抗争的精神一直存在，摇滚便很难过时。

人类的发展或者就是从抗争开始的：我们与自然抗争，于是我们便改造自然；我们与社会制度抗争，于是我们便掀起革命；我们与命运抗争，于是我们便改变人生。也许抗争正是进步不可或缺的一部分，那么我们何不做一个所谓“叛逆”的摇滚者？演出必将继续，抗争也绝不会止息。纵然局势未清，结果未明，纵有千万人，吾往矣！时间是凝视着世界的人，也是见证着抗争的人，而我唯愿结局如莫库里所唱：“On with the show，I will top the bill. I will over kill.”（演出继续着，我将主宰一切，我将所向披靡。）

**指导教师：吴雅杰**

# 春之爱恋

◎杨雅然

白鸽不会亲吻乌鸦
月光也遇不见彩霞
如果你是我擦肩而过的年华
或许夜晚的湖水还藏着你的信夹
我拆开它，里面是春天的花

你说远方的星族飞入人间，你说江南的春
诉说着万物眷恋
你说花里藏着月明星稀，星河也落入怀里
你说如果月跌入酒里，就着微风也醉花满地
哪里闻得见春的气息
或许是不知名的心悸，或许爱能留下痕迹
云和光铺展成醉意，落入我的诗和酒里

**指导教师：李翰廷**

# 炉　　石

◎王星懿

我们共同匍匐于黑夜
身陷囹圄

重锤之下
裂开你朽化的外壳
烈火之中
熔去你暗色的包浆
缝隙里
迸溅刺眼的光束

你本是冷冽的山石
是江心的白月
炽热的火星被你弹回
炸到我的胸口
挥发成华
与子同燃

**指导教师：谭　洁**

# 我喜欢的

◎李泽宛

四月微冷的朝风
秋日安静的斜阳
冬夜落雪有声
夏天雨势淋漓

古木青砖的旧城
教堂弃绝尘寰的飞券长窗
雪域经行的火车
青水摇晃的篷船

石斛去泥取段
艾草烧灰为末
削好过水的生笋
久焙温厚的普洱

南国沐风的竹海

北地辽远的雪原
唐古拉山脚下大江东去
昌州府醉人的白棠

中盘春秋之势
弦上一泓月光
白璧触手生温
山石入骨清凉

斑驳静默的宫墙
半首《甘州》片语间的遥想
山巅浩浩星汉的神魄
还有你声息间沉淀的万载洪荒

**指导教师：李清芳**

# 雪　山

◎杨雅然

吹一曲别离裹挟着漫天白雪藏入云端天际
山脚下牵着溪流堆石塔
褪色的经幡是雪山神明误入凡间的藏海花
风起而动，风止而不息
我虽不曾诉说与海的邂逅
不曾抚摩片片神圣
梦境却早已长眠于此
像山上的松终年抖落不下的积雪
是我终究归于天地的宿命
雪山和经幡
寂静与神圣
彼时的惊艳足以抵得上一眼万年
梦里的云端是否能倾听我的诉求
天边的经幡能否承载着平安喜乐
我想只身作长白的雪
与天地共舞

拥雪山长眠

化溪流又积雪

生生不息

**指导教师：李翰廷**

# 致向日葵

◎鲁一鸣

悠长的岸将你我分割，葵：
冬日暖阳、径流入海、肥皂和浪。
你在沙滩上盛放，
阳光透过你成就了七彩的荡漾。
于是海鸥：伊卡洛斯
将你的籽啄进我的眼睛，
就湿润了九百六十万平方公里上
每一处干涸的河床。
今夜，你是
最南端的一条国境线，
我是试图涉足海的
偷渡的光。
在缤纷摇荡的
你的眼波里，
我迷失在远洋。

指导教师：经　鑫

# 古风卷

# 引言：过客·归人

本卷选取的作品以“拟古”为主题。

“拟古之作，或拟其声，或拟其意，或声意并拟。”拟古作品通常是以诗文等效仿古人的风格和形式，这不仅是一种艺术形式，更是一种文学现象。早在汉代就有扬雄拟《易》作《太玄》、拟《论语》作《法言》，《文选》中有“杂拟”，陆机、鲍照、陶潜、李白等人亦皆有拟古之作，明代更是出现了以前后七子、唐宋派引领的拟古之风，这些无不体现着对中国古代文化的尊重与继承。可以说，拟古不仅是一种文学上的模仿和创新，更是一种文化传承的方式。在学习中，我们也可以通过这种方式，帮助同学们更好地理解和欣赏古代文化，感悟文学的魅力，提高对文学作品的鉴赏能力。

本卷所选作品，多为学生试练的拟古之作。或是模仿古人佳作的诗词，古韵悠然的诗词与当代丰富多彩的生活邂逅，他们借物抒情、怀人咏史、论诗谈文，颇有意趣；或是以文言形式表情达意的散文辞赋，颇具古意的文言文与现代的生活邂逅，于骈散之间，流露真情，表达卓见；或是以白话写古人生活轶事、武侠江湖的小说，遥远的传说、历史的传言、课本的典故与少年们的脑洞邂逅，故事新编，趣味盎然；或是学着语文书中的文人墨客，循着他们足迹，访幽怀古，穿越时空与古人邂逅，再现他们眼中的世界；还有极具我校特色的英汉互译，外国的语言艺术与中国的古典诗歌邂逅，搭建起中外文学艺术交流的桥梁。在这个文学的世界里，小作家们可以沿着前人的脚步，挥斥方遒，尽情书写他们心目中的历史与江湖，以典雅的文学形式，诠释他们心中的文人墨客、侠客江湖，表达他们对母校、对家乡、对生活的热爱，勇敢诉说新时代青年眼中的世界与人生。

“夫天地者，万物之逆旅也；光阴者，百代之过客也。”每每读到古人的辞章，总盼望能跨越时间的长河，与迁客骚人邂逅于经典之中，感受韵味悠长的文士之风。在光阴面前，人人都是过客，幸运的是文学尚存，小作家们能透过这些文字与古人邂逅，追寻前人的风骨，展现自己眼中别样的风景。

高谈转清，佳咏抒怀，盼与诸君共赏。

# 楚　魂

◎钟浩文

风，轻抚过漆黑一片的林子，发出轻轻的呢喃，仿佛正在讲述着一个动人的古老传说。

清冷的月光沿着军帐的缝隙倾泻进来，瞬间被帐内的火光渲染上一圈红色的光晕。一个魁梧伟岸的人坐在正中，他的身前，一根红烛正在燃烧，火光飘忽不定。他的头发蓬乱地散披在两肩，明亮的双瞳中，烛火在跳动、摇摆。

多么晴朗的夜啊，好久没有见到过这样圆满的月了。他走出帐，仰望着夜空。

四面，响起了幽怨的楚歌。

守卫的士兵颤抖了一下，传出一阵清脆的金属撞击声。银白色的月光从铠甲上反射过来，映在他乌黑的眸子里。现在被几十万汉军围困在这里，几乎没有活着离开的可能。他向远处眺望，四周的黑影涌动。他知道，那是汉军的包围圈正在缩小。伫立良久，他轻叹一声，默默地踱回帐中。他闭上眼睛，一个青涩的童声在耳边响起：

“终有一天，我将取而代之！”

他做了个梦，梦见秦始皇恢宏浩大的行阵再一次从他面前经过。那气势与场面，令他一辈子无法忘记。他看到那个人高高在上地坐在轿子里，众臣跪拜，万人景仰。

不过，他还看到，在这光鲜亮丽的外表的背后，是楚国流离失所的百姓，是楚国破败的城池，是楚国燃烧着的土地。他看到如狼似虎的秦军烧杀抢掠，坑杀俘虏，奸淫民女，无恶不作，他听见楚人撕心裂肺的哭声。

他见到了祖父项燕巍峨的身躯倒在兰陵城下，王翦的秦军冷酷地从上面轧过，最后楚都沦陷。他看到叔父项梁在定陶身受重伤，战死沙场，数万义军随即被赶尽杀绝。

他要战，要为万千楚国百姓而战。他要赶走肆虐的秦兵，要收复楚国的疆土。他要带领楚国统一天下，要把楚国的边境一直划过雪原和高山、林海和沙漠。

他要带领楚国称雄天下！

什么强秦，定在我西楚之下！

他们都没有资格站在楚国的土地上！

楚歌戛然而止。

梦醒了。

迎接他的，是冰冷的现实。

楚国像一个年迈的老人，满身是战争带来的创伤，已经失去了年轻的活力，没有什么资本再战了。就其现状而言，几乎是行将就木，但凡再有一点儿震动，都会造成坍塌般的后果。

他睁开双眼，眸子却迅速地黯淡下去，深邃的目光淹没在那一小团跃动着的烛火中。

帐外，楚军士兵静默地立着，只有一面写着“楚”字的军旗还在猎猎作响。他们的脸掩在头盔产生的阴影中，甲胄和武器全都破烂不堪。虽然他看不清他们的脸，但他可以想象到阴影下楚军士兵那一张张疲倦、劳累的面容。

他低头看了看腰间，喉结上下滚动了一下。

也许是时候该结束这一切了。

他想着，缓缓抽剑出鞘，发出一阵特殊的金属摩擦的乐音，在空寂的夜晚显得格外突兀，仿佛是刑场上正在宣读的判决书。几只满是淤泥和血污的手按住了他，他的手停在了半空。

——将军，你说好要带我们兴复西楚，要带我们一直战斗下去。

一轮明月终于淹没在了地平线下，天空开始变得微白，像病重之人的脸庞，毫无生气。

他下意识地抬头，扫视了一圈，微微一笑。他记得，他们也记得。开始的揭竿而起，巨鹿的破釜沉舟，每一次攻城略地，每一次胶着的鏖战，他和他们总是在一起。他相信他们，他们也相信他。

朝阳从东方升起，清晨的第一缕阳光洒向人间。他知道，新的一天来了。也许机会还是有的，他心想，双瞳重新变得明亮。他眺望着远处，四面尘土飞扬——他们来了。

汉军发动了总攻，像潮水一般，疯狂地涌上来，一浪高过一浪。楚军士兵都望向他，他还是没有说话，只是把目光扫过每个人。他们对领袖的千言万语，只汇成匆匆的一瞥。

喊杀声震天动地，四处一片刀光剑影。遍地鲜血、尸体，还有焦土。他满身血污，抬头，远远地看见了那个坐在战车上的人。

——关中之约，我去攻打秦军而不直取关中。

——鸿门之宴，我不曾伤你性命。

——数次对阵，我不曾斩你马下。

——你可知这是为何？

战斗持续了一整天，两边直混战到夕阳西下。他把身边仅有的二十八名骑兵分成四队，向四个方向分别突围。汉军蜂拥而上，贪婪的目光里闪烁着他高大的身影。

结果，似乎已经呼之欲出了。

他后退的脚步停住了，身后是宽阔的乌江，他知道他已经没有退路了。

——或许，这就是命吧。

——是上天在安排项家的命运吧。

——我不能逆天啊！

血色残阳，他身边倒下的横七竖八的尸体摞成了山。汉军畏缩地围成一圈，与他对峙。他心里清楚，这不是人心向汉的表现。有人给他的这颗头颅赋予了万两黄金的价值，这些兵卒，不过是在金钱的驱使下的亡命之徒罢了。他环视着四周密密麻麻围上来的汉军，笑了，笑得那样苦涩。

他听到某个极其重要的东西破碎的声音。

那一刻，似乎所有在场的汉军都看到了，他的身后，有一面写着“楚”字的大旗高高竖起，迎风飘扬。

——黄金万两，你们都得不到。

炽热的目光冷却下来。

夕阳，坠入了黑暗。

不知过了多少年，有人翻开了这一册厚重的史书，惊叹于当年的种种情节和那个年代赋予他的草草结局。后来，关于他的故事传进了千家万户，成为一个遥远的、古老的传说。

他是项羽。

他是楚魂。

**指导教师：傅秋雁**

# 春江花月夜

◎郝会然

（据唐张若虚所作乐府《春江花月夜》改写。）

## 前　　言

张若虚，故唐时兖州兵曹也。诗赋几尽失传于文类，生平或可略考于史间，字、号均不载。唐初，即以文章闻世。今可知之诗作，唯《春江花月夜》与《代答闺梦还》二首。若虚即以前者名世。《春江花月夜》，昔乐府清商曲调也。或谓隋炀帝始作，或谓陈后主始作，今尚存炀帝、欧阳炯等名下同名篇目，华丽绮靡，实难称佳作，独张若虚一首，清丽开阔，谐婉动人，天下称之，所谓用《西洲》格调也。明人谓之“过刘希夷《代白头翁》”，不乏夸大，仍可见一斑。奈何掌故传之甚少，本事知者无多。其时逮初唐，确切者则莫衷一是；其地，或曰扬子江，或曰瓜洲，或曰在今扬州，皆各执一词；“乘月几人归”之所言竟是何人，更已难觅知。本文即临诗所为。其中所言，未必固为一时、一地，但为吾人遐思耳。至于文中不通之处，都因作者才疏学浅，还请读者见谅。

2023 年 5 月 28 日午后

句芒识

春江载阳，翩然而至。

塞外边陲的雪山之巅，片片交叠的积雪被春的温情融化，转瞬又与彼此撞个满怀，随之而来的则是一同东指天涯的浪花——那浪花所指的，便是从未去过的远方——也许是途中化作天边的绯云，抑或是最终流向传说中的大海。

汩汩泉涌，大川出焉。

春水出于春朝，春江源于春水，江南水乡则诞生于春江的怀抱。

你的情思，喜怒哀怨，便都在这一江春水里。

仲春一日。定昏时候。

你与好友三四人漫步于故乡的江边，看缥碧的江水和江中的行船，一路欢声笑语；江畔堤上的花，已经东风吹绽，纷纷展颜。有人高指天边，你随之望去，见是征鸿北飞。你起身，仰面，感受着这一年一度的早春的气息——其中有花香，有炊烟，有细碎而熟悉的吴语，你试图从江上来往船只上的人群中找出昔日熟人，却终是难觅一二。江中泛舟的人们见这一行人乌帽锦衣，倒都投以敬畏的目光。

你与同乡们都为衣锦还乡而颇有些喜不自胜，外乡客也对眼前的江南春景啧啧称奇。

难得小聚一次，今后还要为仕途各奔东西，加之游玩一日的疲倦，众便提议设宴饯别，期以后长相来往。你看到前方几十步处有客船停泊，遥遥招手，见众人疑惑不解之色，捻须一笑，以目光传意，众人心领神会，随后各自轻提衣裾，快步行走，最后乃至于小跑过去。

你们同摇橹的舟子喊话，那人便把大船摇将过来，见你和二人腰上的鱼符鱼袋，倒也是惊讶不已，大抵没想过伸手索款。但几人中不知是谁喝道："一贯①，当否？"从袍中掏出一吊新钱，直抛过去，那人连忙去船板上捡起，不住地道谢，你挥挥手，而后大家一并上了船。

你向着船外举头而望，只见落日在江天之际上方浮现的、潮水微滋的云端，点出几抹猩红色，缓缓洇开，浓淡不一地给雪之所化而后升天为缟素的云染上今日的晚霞——归雁的羽翼，更给这落日旁云霞的笔触增添了几分特殊的色彩——炽热的，象征着生命不息的颜色。你先是笑笑，旋即却有一种怅然若失的情绪萦绕在你心头，或许这就是羁旅漂泊中留下的乡愁吧，你想。

走进船篷内，你又见到了少年时曾经习见的蓑笠、钓竿，以及朴素的匏②瓷竹木，倒还是那样亲切。你们在靠窗的桌边落座，沽了淡酒，点了鲈鱼，又与船家要了些小菜。偶得长

---

① 古时钱币面值分小平、折二、折三、折五、折十等，小平钱一枚当一文，"折×"即"一枚折合×文"之意，如折二即一枚当二文；唐高祖始铸之开元钱，通行者皆为小平，一贯即一千文，也即一缗。

② 即瓢葫芦成熟后外壳制成的器皿，如水舀等。

风，蹙起清波，船便乘机扬帆，在大江中缓缓而行。

你与好友们卷帘而望，漫谈琐事及各自去处。或闭目养神，或看船下绿水，水中游鱼；或看两岸青山，山中草树，及星星点点的红花相映；或看远处起伏的水墨叠嶂，以及更远的雾气氤氳……

黄酒佳肴陆续上桌，众人也纷纷拾箸举杯。

觥筹交错之间，夜，渐渐地深了。

船上渔火在水中的倒影令你目眩神迷，加上岸边花之清香、草之幽气，简直是要把你的意识抽离，而后竟脱离时空的束缚。恍惚之间，你已经神游到了贞观六年的跋布川①——吐蕃人口中的雅鲁藏布。

你看到了载你们轻舟的一江春水最初的样子，看清晨的她们滴滴踊跃着，凝聚成雄奇壮美而惊心动魄的浪涛，从雪山倾泻而下，不容半炷香的歇息。你的目光随着这惊涛骇浪跨过地势的层层阶梯，翻过崇山峻岭。她们有的散为大气归于虚无，有的哺育了鳞介鸟兽，其余的到了江南水乡才渐渐收敛起飞溅的水花，粼粼反射着日月的光辉，得以喘息。你恍然发觉，不只是你们，水中的游鱼，天边的飞鸟乃至红似烧的花儿，绿如蓝的江水，都在享受着春之光景，体味着春之神韵。

风去，船夫举棹，船徐徐地前行着。

岸边的粉蝶与葳蕤兰叶相戏，因东风飞过；红色的蜻蜓轻

---

① 或谓即雅鲁藏布江之古称，今姑从此说。

点春水，江面上泛起了圈圈涟漪。

你细品鲜味，不惜樽[①]空，感东风之和煦，春江之浩渺，在鲜中的一丝咸味和酒精的双重作用下，眼前竟缓缓浮现出了百川皆东到海景象。

你没有亲自见过大海。但想到古今名士的札记，便也觉能想象出个大概。你几乎是无意识地又同那江水一同奔涌，如快马轻裘的京兆游侠，飞驰千里，穿过了九曲回肠的荆江。随着她们托举的船越来越多，岸边的人越来越少，凭水行止的鱼虾与前段所见愈发不同，水中的淤泥裹挟的细沙愈发多，你和这一江春水便知道，快要入海了。

轰的一声，你听到前面的江流仿佛一下子挣脱了河道这鞍辔的束缚——这声音正如她们刚从雪山上飞流而下的时候那样——清壮中带有春江的雅致、春水的婉约。随之而来的便是你旁边无形之水的躯体微微一震。这一震，震出了澎湃的浪花，便把你引入了无边无涯的汪洋；这一震，涨平了百川江河。你惊叹不已，感造化之玄妙，竟能让你观鸿枢[②]于化外。

少顷，你忽然发现，在这一片烟波浩渺似天青而稍黯淡的神秘幽色中竟有星点奇光。你以为这或许是星宿栖息之所，个中鲜明者，大概就是太白、荧惑之类。然而，不等你细细观赏这奇遇美景，茫茫一片青墨中却暗流涌动，在朦胧的海与天的

① 酒杯。另，李白《将进酒》于敦煌唐人抄本中题作“惜樽空”，文亦略异。

② 鸿枢：本指古人宇宙观念中连接天地的大转轴，此处泛指天体运动。另，元《玄妙观重修三门记》语云：“天地阖辟，运乎鸿枢，而乾坤为之户；日月出入，经乎黄道，而卯酉为之门。”

临界之处，一径可类大明宫屋脊而千百倍之尚不足的巨珠腾空而起，掀起虽万仞不足言其高的狂澜飓风，待这巨珠上的水滴淌尽，却见它化作一轮金黄的满月赫然凌空，驾纤云俯视天下于九霄之上，月华纤巧、清冷，照遍了海中的每一滴水，回转反泽，流向了百川江河，空中积气更往京师，把这一束束光送遍了中原的每一寸土地。你简直已被震惊到了无以复加：昔日在故乡夜夜的明月，原是这样升起的。可惜，你的好友未能入此妙境，与你同赏此等绝世之异象。

耳端的一丝凉意伴随着耳畔的水声将你从化外之境唤回，你睁眼，却见那舟子不知何时已经放下了船桨，坐在窗外帘边垂钓，其时正有一条活脱脱胖乎乎的美鲈上钩，凌空跃起，鳞上七星也在不住闪耀光辉。你的好友们乘着酒兴，仍在摇那酒筹，与漏壶和鱼跃的水声混作一片。你转头向窗外望去，只见本迷蒙一片的江面上竟也有点点渔火，远处的舟子拨棹疾行，泛起连绵不绝的一串波纹，令你惊疑是哪家的游子；本暧昧不清的、被一层质薄的耀辰隔开才变得分明江天之界上方，一丸圆月静静悬停在空中，皎皎普照，使人不见星宿踪影；那忽明忽暗的、晶莹的江水也似乎溶解了月光，与刚刚自己在海中化外所见并无二致。遥望大江两岸，万千年岁月用最优美的弧线勾勒出夜空轮廓的山、山中的树、岸边山腰的花，都似鎏了月的华光般，令人惊叹。绿叶的青翠本就触目生寒，素辉相映则更显其凛冽；红花虽在白日里热情似火，但在这玉尘的衬托下也隐约多了几分凛然不可侵犯的冷艳，与水波中浮动的金珀映衬，倒比黄酒之色香更能陶醉人心，而且令人浮想联翩了。

酒过三巡，你们脸颊微红。

“张兄赌输了，当作七古一首！”邻座那人一指酒筹，对你说道。

你才欲推辞，不料对面长你几岁的同乡又笑着开口：

“素闻张公诗名，今日若得把酒临公之诗，亦是人生幸事也。”

“大兄谬赞了。我意亦如是，然现事翰墨恐有不便，待酒足饭饱，如蒙诸位不弃，可以戏作之，只是在下才疏学浅，还请见谅。”你说。

“若虚这是什么话，酒后再作便是。来，我敬诸位！”

…………

你看着眼前换了一次又一次的佳肴美酒，看着谈笑的友人，听着窗外的风声把他们的一句句话吹到江中，再由江倾注至海。待海水腾云，便可将这些话传到蟾宫了。你举杯豪饮，慷慨致辞二三句，众皆拊掌。过了一会儿，无丝毫知觉般地，你又举头望月。这明月当空，孤独寂寥，安能自胜其情？少年时无数清朗的夜晚中的贪欢，仍清楚记得的，也只有这广寒的洞府罢。故乡一词于自己而言已经是过去时了，你想，亲人们或音信渺茫，或早已经离世，家已非家，哪里还有乡？斯人已逝，故乡不再，自己所以为的衣锦还乡，也不过是异乡之客的一厢情愿罢了。即便明月知晓又如何呢？这样的离合悲欢她早已见惯，但也不过是洒下一道素辉，让你顾影自怜罢了。月旁的纤云何曾记得自己本是将要入海的春水，云端离人的愁思，也只能随那灿烂的月光影射大地了。

你旋即想到了萦绕在心头的牵挂，那是你远在京畿的妻子。她若未寝，也当与你一样在凝望这同一轮明月吧！若能化身水中月明，就能与她相会了。西楼上的她对镜沉思时，不知又添了几根华发。这月夜夜从海中升空，月月盈缺，定已不止万年之久了，此种亘古的规律是由何人经纬的？你不知。倘月真有情思，必如你和常人一样是有所惦念的罢。她所待不是羲皇，不是夫子，不是屈宋，又是谁呢？

有如宫中雅乐的金声玉振①打断了你的遐思，一看才知是篷外的伙计在清算钱财。那一枚枚开元通宝，最古大抵还是武德中铸的，最新则是近年，而崭新如初；而通行的泉货中仍夹杂着零星的前隋五铢，甚至是陈的太货②，不禁又让你联想到悠悠的万年岁月。虞夏商周，秦汉魏晋，由前陈入前隋，由前隋入大唐，又有谁能全部亲历？想当年北周的皇帝竟然以为他们所铸行的那些泉货可以“永通”③，如今还不是不见其踪影？

---

① 即钟磬和鸣时的声响。另，古人以石、木、丝、金、革、竹、土、匏八种材质为乐器，而彰显身份地位的主要是金（编钟）和玉（组磬），春秋战国时期，从天子到士所用编钟编磬面数的多少、组合的方式、演奏时的仪仗舞蹈人数等均有相应的最大规格限制，若不遵守则视为僭越，是谓“乐殊贵贱，礼别尊卑”。

② 南朝陈后期铸，上有玉箸篆书“太货六铢”对读，钱文精美，初与五铢并行，以为当十钱，然而铸行此种钱币引发的通货膨胀，百姓叫苦不迭。由于当十枚五铢极大抬高了物价，有人指出钱文酷似“叉腰哭天子”寓意不祥，遂停铸。

③ 北周尝铸之币名，上书“永通万国”四字对读。几乎同时还有“布泉”“五行大布”二种铸行，三者面文深皆邃工整，以玉箸篆书写，铜质铸造精良，并称“北周三品”。今日存世无多，想必唐时尚存者亦已寥寥无几。

日后——假如真有那么一天，大唐已经风雨飘摇而为他国所灭，通行于世间的便又成了其他什么通宝或元宝，哪里还有几个开元钱？王朝兴衰尚如此，再看自己——区区京城中一散大夫①，不过能作些文章，又能为多少后人所知——或者连青史留名的机会都没有。你心中怅惘之情更甚，求索着，终于无解。

朋友们或酩酊大醉，或昏昏欲睡，你只能听见船上漏声愈滴愈缓，乃至停歇。

夜色已至。

那船家另一人往其中蓄水时，迷迷糊糊唱着《更漏》②，与你年少时的调子已经不尽相同了，但依稀能记得其中大概。已经过了三更吗，还是四更？你茫然，看看昏沉的同伴们，又看看手边早已空空如也的酒杯，又独自酌了几杯，眼中倦意见多，微微蹙眉，借着杯中之物带来的一丝头痛努力保持清醒。春朝虽好，却是那样短暂；对家眷的思念之情，大约也涨起了春江一般的潮吧！你想着，时之匆匆如江中的春水，从无穷的远方来，到无尽的远方去。

倏地，你似乎想到了什么，努力起身，凝视夜空，但见夜行的归雁在月下轻掠而过，如数不清逝去的春日一样；水中的锦鳞，虽不可见，大概也在渊中沉浮出游，年年如是吧！若能

---

① 史中无载，想象之言也。下文部分情节，性质与此略同。

② 即“更漏子”。唐五代时为词牌，内容多咏本题。古时以漏壶滴水计时，夜分水尽则须加水，是谓更漏。

遣那鳞鸿①，把你心中那卷尺素送到家人手中就好了。年年复年年，多少物是人非，多少繁华不再，始终睥睨人世的，也只有这周而复始的飞鸟游鱼、亘古长存的日月星辰而已，你想。

你双目翕张之间，迎着月光，昏昏沉沉地倒了下去。

梦中，你回到了年轻时，回到了多少年前的一个深夜。

你又看到了你生命中的两位至亲的身影，那是你最后一次看到的他们的样子。

依稀记得，那时，你正接过他们递给的行李和盘缠，跪在他们面前。

“父亲，母亲，孩儿不肖，这次进京，是要去考取功名。等儿子中了进士，一定迎父亲母亲去城里，过好日子。”

父亲用那双沧桑的手扶你起来，并未多说什么；母亲也只是望着你，泪眼婆娑。

“请客上船咯!”弥漫的水汽中划来的小舟上，船夫吆喝道。

你背好行囊，踏上了行舟。

再逢春朝，一定要带父母到京师，你心中暗暗发誓。

三月春迟，子夜空蒙的雾中笼罩着残红，匀散了几多芬芳。你的眼里含着月色，华光流转，两三滴清泪随漫天杨花一

① 鳞鸿，皆为书信的代称。汉乐府《饮马长城窟行》有云：“客从远方来，遗我双鲤鱼。呼儿烹鲤鱼，中有尺素书。”《汉书》卷五十七有载：“数年，匈奴与汉和亲。汉求武等，匈奴诡言武死。后汉使复至匈奴……教使者谓单于，言天子射上林中，得雁，足有系帛书，言武等在某泽中。”

道落进水里——落入那水中的月影里，溅起季春之花。

梦，戛然而止。

当你再睁开眼，已是四更过半了。

原来这些往事，明月都记得啊，你想着，笑着，不自觉间，泪花又蒙眬了双眼。

“父母在，不远游。”自己到京城考进士[①]科能进士及第，却连这一点儿简单的道理都不懂，终于沉浮宦海，遥遥无期，你暗暗自嘲道。

仰面西天，月已沉沉欲归；你的友人们也都陆续醒来，睡眼仍旧惺忪。

船靠岸了。

大家纷纷整理衣冠，随后上岸。

岸边，年年赠别、长条似旧的杨柳旁，是灯火通明的驿站和笔直的官道。

犹记得当年一别，再还乡时物是人非的今昔之感，那是对时之匆匆的兴叹；今岁亦与经年无二，只是少了些什么，当然，因此而嗟悼者定非单你一人，你安慰着自己漠然的心灵。冬日的坚冰中暂存的往事，大约也随着这浩浩汤汤的春江流入

---

① 进士：科举考试科目之一。此科重文采，在唐代与秀才、明经、明算、明法、明书并列为常置科目，考中者皆称进士。因张若虚文章为史所称，故作此想象。另，唐代科举难度以秀才（必通五策）为最，进士（诗词歌赋文学类）次之，明经科考察对儒家经典的默写背诵及问答题灵活运用，其他大致相当于法学、书法、算学的特长生。

大海，荡然无存了吧，你想。

众人正于岸边闲谈，你走上前去，与众人畅聊所见风光，再留念道别。

“在下观江畔草树葱茏，花之夭夭，虽牡丹之齐放于洛阳，难相媲美，江南风光真名不虚传！只是未尽其兴，返京之后，欣逢佳节，贤达齐聚，欢饮达旦，可乎？”

“我意略同，但各劳其仕，恐难有良机。不如他日重聚，再就美酒，仍以仲春之月，如何？”

“如此甚好，如此甚好啊！若虚公其文，名扬长安，此番饮间摇筹，本应作七言一首，而列位皆疲乏，故不成。来日相会勿忘此事，以一览张兄文采！”

“诸位，秾芳虽好，终归于泥土。他日虽未必能再齐聚，不过以王子安所言‘海内存知己，天涯若比邻’，无他，唯愿后会有期！”

“此言良是。天下无不散之筵席，人生为欢之几何也不过是一场梦罢了。此番我去京师有要事，不可久留，日后有缘再会罢！”一人说完，走到驿前，轻叩木门，小吏提灯相见，随后引他们寻马指路，走向无尽的归途。

你们将走未走之时，柳枝轻拂过江堤，岸边竹竿上停歇的红蜻蜓，不时飞起，轻点水面，在江面上荡开无数同心的圆波；兰叶上的露珠聚明月流光的万一，与船上的灯火相映倒不显得晦淡。江水的涟漪此时似乎也寄情游子，荡漾着沉淀的月华，每一圈，每一绕，都格外匀称，格外婉约。驿舍青瓦上轻颤的梧桐疏枝边，是将隐去而未隐的月。

昨夜的那些酒后放词，同谩留华表①的闲言，大概已经被月宫的仙子收到了吧？人言太阴无情，可她千百年来看天下无数悲欢离合而无能为力的愁，更有何人知晓？大概能彻察之者只有星君和你了，你想。

“若虚，走了，回见！”

“再会的时候别忘作诗，吾等当洗耳恭听。告辞了！”

几位友人躬身一揖，这样说着，策马扬鞭，翩翩而去。

你挥手致意，看他们化作凌于群山之上的轻烟，而后不见。

不多时，你信步入驿，小吏闻声，便提灯牵马来迎。你接过小吏手中的缰绳和换马的符牌，将符牌系在马鞍上，又摸出几十文大钱递过去，才翻身上马。

“上官此行往何处去？”

“与先走一人同道，先赴京师。”

“原来如此，容小人指路……”

“不劳你了。”

“那……”

你微微颔首，便不再与那小吏相谈，径直骑行至驿门外，随后微夹马腹。当年赴京赶考时，舍舟上岸，大概也是在此处罢。每次上路时，嗅泥土的气息，才忽然发觉岸边扑鼻的花香之可爱；人所以有百感又何尝不是这样：在与过往告别之前，

① 出自王安石《千秋岁引》：“当初谩留华表语，而今误我秦楼约。”

哪里会觉察半分那日后空留的回忆之可贵呢？你想。

盏茶时间，壮马已驶出十数里，让你想到了四个字——白驹过隙。在空旷的大路上，御风而行的你回首东望，见那半隐的月似乎分出了无数道虚影，挂在无数树梢、无数枝头——那无数树梢枝丫因风微微摇动着，如感离愁，似惜别绪。春朝虽好，却是那样短暂；家眷的思念之情，大约也涨起了春江一般的潮罢，你想，时之匆匆如江中的春水，从无穷的远方来，到无尽的远方去。

不知何时起，月已笼罩在云中了。你回首，眼中映着那半隐的月，心潮若奔，其上似有月影一闪而过，穿过远山、大江，好像已经传到了友人眉间、内人心上，一如化外之星海。那时你终于好像明白了什么。

“记忆中驻留的永恒，终将随我消逝，于我而言，却也足够。‘此物何足贵，但感别经时。’勿忘今宵与明月，勿忘昔人昔事，勿忘自己也曾鲜衣怒马，年轻气盛，勿忘……”

晓色未开，月下一骑，信马由缰，缓行千里。

“莫负青春，莫负年少。”

长夜将尽，路旁苍翠的山间已隐约响起了鸟鸣。

江中，迎着东风翻涌的浪花，向着远方的辰宿，逆光微笑着。

你的情思，自春江之源走来的喜怒哀怨，终于此刻——随那不灭的月华——洒遍了春江的两岸。

**指导教师：李瑞霞**

# 落　　花

◎夏　晴

我从窗户看到了漫天的落花。出门前的一刹那，我从镜子里清晰地看见自己细长的脖颈之下，清寒的锁骨和蝴蝶骨有一种落花般的冷艳。我看到自己握着花锄的手，文字和琴弦造就的纤长，仿佛一首清淡迷离的宋词。

我看到自己像一朵兀自暗伤的落花，在污浊的泥土里暗香浮动。

瑟瑟的风穿堂而过，我听到花朵坠落的声响，美得不可抑制。美丽的花瓣落在我千疮百孔的心上，微弱地叹息着，镌刻下嫣红的痕迹。

我比落花寂寞。

踏过柔软的落花，我忍不住泪流满面。

我开始挥动手中的花锄。我要埋葬这些美丽绝伦的生命，高贵的生命，孤独而易碎的生命。

风里的香气缭绕不绝，缠绵不舍。

我想我是真的老了。身心俱疲的苍老，与眼下十六岁的年龄无关。

手心的汗轻而易举地把锄柄浸湿，额头也开始渗出细密的汗珠，双颊在萧瑟的风中兀自滚烫着，我想自己现在一定“面若桃花”。心脏猛烈地撞击着胸腔，疼，而非悸动，潮涌般的呼吸状态。

我不禁恐惧，怕自己像飘落的花瓣一样，随风而逝。馥郁而凄凉的花香，如同那些放弃我的时光，诡异得不可捉摸。落花知道，我的灵魂在遥远的时空之外，前世今生，永远无法安定。

缺氧，无法控制的眩晕。

排山倒海，天旋地转。

我扶住身边的一棵老树，努力支持着不让自己倒下去。尽管耳中嗡嗡作响，已经听不出花落的声音，但我依然能看见凄美的花朵在风中决然绽放。我的整个视野都充盈着缤纷的落花。那一刻我发现其实花朵对于枝头的恋恋不舍就如同人对生的贪恋一样，它沿着清丽的轨迹缓缓飘落，如流星闪过的瞬间。那是种高贵的飞翔，是我梦中的样子。

我欣赏着盛大的落花，宛若观看一场华丽的人生，只是过程短暂而结局惨淡。那种美丽是无法言说的。我感到手心冰凉手指僵硬，在我生活的这个热闹的地方没有人懂得落花的悲哀，独在高处观望世间忧伤，然后无奈地飘落又独自慢慢化作泥土。

落英缤纷。这是我所见过的最美丽也最残忍的成语。花锄从手中滑落，我的手似乎无力得连捧起一片花瓣都做不到了。

花谢花飞花满天，那一抹明媚掩盖下的是无穷无尽哀伤的灵魂。当风雨洗去铅华，脆弱的倒影暴露于无助的泥土下，让我沉溺于颓废绝望的香气。濒临死亡的落花在肮脏的泥土中依旧怒放，满地残香。

人生是一场华丽的落花。我在缠绕不绝的花香之间亦步亦趋。

**指导教师：李忠萍**

# 我欲成侠

◎郭凤桐

我的骨子里，始终有个痒痒的心结，那个结就是——侠。

想象树影婆娑，玄夜未央，辗转卧榻不能成眠，索性一个鱼跃起来，薄纱敷面，一副精干的紧身衣衫，自危楼之上凌空而下，脚底生根，纤毫无伤。或者干脆陆也不着，竟攀缘而走，在钢筋水泥的丛林里飞去飞来。玩性正酣时，可以狮吼一声；路见不平，亦可奇兵天降，英雄救美。乘兴而去，兴尽而返，终日的积郁，瞬间荡涤。

要么借助离奇的时光隧道，回到几百年前的旧时。据云那个早已不知所终的江湖，斯时尚在。而江湖，根本就是侠游弋的大海。也许江湖，不免浮着些凄星惨月，吹着些腥风血雨，荡着些过眼云烟。我提三尺之剑，立地成侠，来无形、去无影，不为稻粱谋。可以爱恨无常，说走就走；可以坚忍绝伦，十年破壁；可以打遍天下，独孤求败。随心所欲，痛哉快哉！

想想久居闹市的我们，为事所累，为情所困，爱不能爱得上天，恨不能恨得彻骨，总感觉肩头负着一具沉重的蜗壳，终日艰于爬行。那种灵魂里面的疲惫，真像是给吸血鬼抽走了精髓，只剩下无以掩饰的苍白。这窘境，虽然还不至顿足追问生存抑或灭亡，但是一根被过分压抑的神经，实实濒临不是侠也给逼成侠的境地。

纷纷繁繁的世间，我们终于给包裹在结实的茧里，看上去是一条条白白胖胖的幼虫，而那份不能化蝶飞行的失落，却是虫子们无时不在的折磨。谁甘心肥油一般每刻在方寸间蠕动，一双假想的翅膀，至少已从灵魂的腋窝下滋长出来，破茧欲飞。我们的身体里，定然是有一根顽性未泯的侠骨，好似灵胎寄生在精神的要冲，一夕成型，便是不能羽化成侠，也要陡增一股侠气、侠义、侠风，使我们从琐碎、烦恼的人生中一个筋斗翻出，狠狠地放浪一下扭曲的心灵。

扰扰攘攘的尘俗，但有一腔真侠情在，并不愁留下翩然的侠影。你何妨投身人海，神色凛然，只当自己穿梭于诡异的江湖；你何妨置身物外，独对残阳觅寻属于一个人的天涯；你亦何妨行云流水，洒脱胸襟，一派极致的空灵。任何的侠，唯有附丽于生活成为做人的经典，侠才成为侠。

体验生命的百味，笑对纷繁，有一份骨子里的快乐，所谓侠之大者，终是欢乐英雄。

**指导教师：张　博**

# 夜　奔

◎鲁一鸣

夜幕下顺着山路一直向西行，数十里后有一个小山村，从远处可以看见袅袅升起的炊烟。天已经红了，太阳马上就要整个落下山去，传言山上夜幕降临之后会有老虎出没，通兽语的公子杨催促老马快点儿走。

“我蹄子下边这块铁太旧了。”胯下的老马低鸣着，勉强地加快了速度。

“到了地方之后自然给你换。”公子杨双腿一夹马肚子，马儿一激灵，就继续向前跑。

又走过了百十来棵树，太阳完全落进了山里面，除了漆黑还是漆黑。突然听到身边浓密的树林里传来皮毛拂过叶子的声音，公子杨心里一紧，又加了速，马儿的蹄子重重敲打着地面，于是那草丛里穿叶子的声音也开始加起速来，公子杨俯下身子，把前胸贴在马儿的身上，马儿没命地跑。

此时，一只老虎正把身子蜷缩起来，趴在公子杨与他那匹老马前进的道路上。公子杨骑着马一路向前，只见一条巨大的黑影从前面的石头后面跳起来，一下子扑倒了他那匹瘦弱的老马，翻腾起来，马儿还来不及嘶鸣，就已经被尖锐的牙咬断了脖子，只能喘着粗气任由那头猛兽撕咬。

“这肉真瘦啊，一点儿油都没有！”老虎一边撕咬一边抱怨，“人家吃东西讲究三肥七瘦，你是怎么喂的马！”

“我家境贫寒，人都喂不饱，还喂马？”公子杨一下子坐在地上，手撑着地往后挪着两瓣圆滚滚的屁股，“我比那老马只瘦不胖，分量比它还更小，你放我走吧。”

老虎说：“告诉你吧，今天老子必然能吃个痛快，至于你，多一点儿总好过少一点儿，吃了总不是什么坏事。”说着的时候，那匹老马已经被吃得不成样子，只剩下一颗马头和马头下面连着的一具骨架。

公子杨吓破了胆子，他想象着自己只剩下一颗狰狞的脑袋——甚至有可能连脑袋、连骨头都不剩下——这副场景有点儿太可怕了。眼看着那只老虎抹抹嘴，眼神已经和自己对上了，公子杨却一下也动不了，只能破口大骂。老虎不管这个，蓄势将扑来。

正在此时，老虎突然感觉后脖颈子结结实实挨了一下，回过头去，只见一个身着背心裤衩的精壮男人骑在它后背上。他的速度太快了，没有人看到他是怎么骑上来的，但是他着实真切地打了老虎一拳。老虎吃痛，掉转身体，前爪腾空，男人就揪住老虎后脑的毛发，一脚踹在它的脖子上，第二脚就踹上它的眼睛，第三脚则转到正面，正中它的咽喉。

老虎做梦也想不到，自己叱咤江湖十余年，今天居然会折在一个人类手上。它口吐白沫，可怜兮兮地躺在地上，那个汉子又用力向着它踹了三脚，它终于咽气了。

公子杨颤颤巍巍地站起来，警觉地看着那个穿背心的汉子，那个汉子转过头来，向着他笑了笑，说自己姓甄，要回家去找自己阔别十余载的大哥。公子杨笑着说自己看过这段，是一个乡巴佬写的小说里的情节。甄汉子把公子杨请上了自己的骏马，一路西行。

“公子，再过一个时辰，就是明天了。”汉子双腿一夹马肚子，马儿快步向前跑去，“公子看上去手无缚鸡之力，也无人相伴，何必非要趁着夜色上山呢，白白赔了一匹马。”

“我也去投奔好大哥。”公子笑道。

“怕是大哥和大嫂正在共度良宵吧！”

“可惜了，我大哥打一辈子光棍，还未曾给我找过什么大嫂。”

“没找过大嫂？那还投奔他做什么？”

两人一齐大笑，马儿加快了步子。

“还没问过，公子贵姓？”

“免贵姓杨。”公子杨回答。

“杨兄，杨兄。一路向西，有一个国家，那里的女人举世闻名，能歌善舞，凹凸有致。那里的国王就姓杨。”

“这还是头一次听说。正所谓两耳不闻窗外事，一心只读圣贤书。”

“这怎么行？也有先人说：读万卷书，行万里路。听说那里的国王染了脏病，一年之间死了所有老婆，还没来得及留种就奄奄一息。”甄汉子说得起劲。

“甄兄果然厉害，行万里路，听万卷书。”

“杨兄见笑了，我这还有一些小道消息。”汉子压低了声音，“听说国王要从远方召回自己的私生子来继位。”

“那可真是人在家中坐，福从天上来。”

“杨兄还当这是福？”汉子干笑两声，“怕是这私生子到不了地方，就要死在路上了。”

“此话怎讲？”

“朝廷里的大官和那些贵族都盯着国王呢，就等着他死的那一天。还有人传言说，国王去那个脏窑子，就是他们撺掇的。”汉子咽了口唾沫，“你说说，你都做到这一步了，马上要到手的王位让人家给夺了，你乐意吗？”

“当然不乐意。”

“人之常情嘛。传言说，几个贵族买了一个九州之内最有名的刺客，要杀这个‘小冤种’。”

“那可真是冤从天上来。”

两人一齐大笑，马儿加快了步子。铁蹄声加快了，在夜里又响又闷。

“甄兄，您的马蹄铁也生锈了？”

“是啊，从买回来之后就没换过。”

“踩得我脚生疼！”马儿嘶鸣起来。

不通兽语的甄汉子自然听不懂，用力抽打一下马儿，公子杨却真真切切听在耳朵里：“甄兄，蹄铁太钝，马蹄生疼。”

“杨兄不愧是读书人，善心大发。然而这马终究是马，生下来就是让人骑的。无论蹄铁如何，这就是它的命。”

“哪有这种道理？依甄兄所言，那个国家那可怜的继承人将死，也是命运使然？”

“我看是命里有此一劫，然而今夜过去，此君是生是死，还是要看造化与机遇。”

“此话怎讲，愿洗耳恭听。”

“人算终究不如天算，此君若想活下去，要么天赐强运，要么机敏过人，要么贵人相助。若这三种机遇都齐了，那自然最好。”

“甄兄说得玄乎，听不明白。”

“这世上的事，还有只读书就能明白的？”

“也罢，不明白最好。勿谈国事！”

“勿谈国事！说得好！”汉子双腿一夹，两人一马已然行至一间酒馆前面。汉子与公子先后从马上翻身下来，汉子把马拴在一边，两人坐在茅草屋前面的座椅上。

从远处又传来一阵脚步声，甄汉子示意公子杨收声。只见从树林那一片黑暗中走出一个披着黑色狐皮外套的男人，没有人见过他，无论是甄汉子，还是公子杨。

来者斜挎背着一个布包，颤颤巍巍地走到坐着的两人面前，把布包搁在桌子上，冲着甄汉子和公子杨行了个礼：“我刚刚在山里跟着两位走了一路，这位兄弟属实好身手。”

“过奖了，敢问这位仁兄尊姓大名？要往何处去？为何深夜动身？”

“免贵姓李，李潇洒。”来人顿了顿，“我来这村子里找点儿从前故居里遗落的东西。”

“潇洒，潇洒。这名字起得确实潇洒！”甄汉子大笑两声，“李兄一路奔波，想必早已经筋疲力尽，请快快落座。”

李潇洒自然地坐在凳子上，三个人围着同一张桌子。甄汉子举起酒杯：“咱们三个今日相见就是缘分，大家都往西去，日子也注定不太平。我们不妨相互结交，以后好有个照应。歃血为盟！”他又掏起行李，左掏右掏，然后说，“哎呀，我此次回乡探亲，没带刀。”

他看看公子杨：“公子一表人才，文质彬彬，想必也不会带刀。”公子杨果然摇摇头。

两人于是一同看向李潇洒，李潇洒站起身来，在裤子上正反擦了擦手：“不巧，鄙人不擅长舞刀弄剑，平日里也不带刀子出门。”

甄汉子一拍大腿：“哎呀，你说说这叫什么事呢！”随后，他把手伸出来，剩下两个人会意，也伸出手来，借着火光，三只手叠在一起：

“歃血为盟！”

公子杨此时坐不住，他现在掌握了一个重要的信息：有人要杀他，他就是那个好死不死中了头彩的“大冤种”。现在身边这两个人，一个是三拳打死一只老虎的怪人，一个是穿着狐狸皮的富人，此地不宜久留。他现在需要一个理由逃离这里，一直向西去，最紧要的是赶紧到那个素未谋面的国家，继承从未露面的父亲的王位。然而现在天黑路远，没有任何机会和理由能让他往西走。他一摸领口，领子上夹着几根金黄的毛发，是那匹老马的鬃毛。于是他左脚用力踩在右脚上，一下子哭号起来，把脑袋埋在胳膊里，趴在桌子上。

甄汉子和李潇洒这下不明白了，公子杨抽噎起来，断断续续地说着话："我想起我家那匹刚刚被老虎吃掉的老马，它勤勤恳恳陪了我十几年，如今居然……哎！"

甄汉子长叹一声："公子多愁善感，实在是世上难得一见的善人。然而如今乱世，这份善良又有什么用呢？"李潇洒于是跟着附和："甄兄说得极是。"公子杨抹抹眼泪："我家的老马临死了，也没用上一块新的蹄铁，我一直想，这次到了地方自然给他换，但是，也没有机会了！"他又趴下开始哭。

"难怪啊，刚刚杨兄跟我说该给马儿换一块蹄铁，原来是心里难过。"甄汉子终于长出一口气。公子杨看着李潇洒："李兄，你老家在这，你可知道这里有什么地方可以买蹄铁？"李潇洒摇摇头："我没在这里久留过。但是，这里在之前经常有人来来往往，卖蹄铁的地方应该有不少。"甄汉子于是指着那边的村落，对公子杨说："杨兄去村子里面看看，我们就在这里原地等你。"

公子杨谢过两个人，一路小跑顺着路往村子里面走去，要去继承王位，本来也自然要经过这个村子。这下正好，趁着夜色他继续赶路，也能赶紧摆脱这两个怪人。他路过一个杂货店，但是现在他没时间停留，只是冲着星星走。走了大概一炷香的时间，他突然越想心里越发毛：那两个人看着不像善茬儿，万一真的白白让人家等了一晚上，两人再骑着马追上来，那自己必死无疑。更何况，现在王位还没继承，就已经有人要杀自己了，如果自己一个人靠腿走，那也是凶多吉少。那个穿背心的男人说得很有道理：人在江湖，多个人照应也总不会是坏事。于是他犹豫了一下，回头再次朝着月亮方向径直走过去。

李潇洒外号李寻仇，他是个聪明人，自从他在京城的比武大赛上用一把飞刀正中对手的咽喉之后，他就开始把杀人当成一种谋生的手段，一直到今天。他从那个小白脸出门之后就一直跟着他，先骑马，来到树林里之后，怕引人注目，一刀杀死了马，然后一路踩着高大灌木下埋着的小草追过来。本来在丛林里有足够的时间下手，但是这个不速之客却不像什么好欺负的主。不过他知道，只要跟到这个村子就好。毕竟，这个村子见证了太多江湖恩怨，对于一具（或者是两具）没有来历的、突然出现在村口的尸体早已经见怪不怪了。

然而这个突然出现的男人到底是谁呢？李潇洒敏感的神经不能让他不多想。于是他找店家要了两碗酒，把一碗分给甄汉子："甄兄，夜长天冷，喝酒暖暖身子。"

"李兄客气，我先干为敬。"甄汉子头一仰，一碗酒半碗都顺着胡子洒下来。

"甄兄，为何大半夜非要上山？"

"投靠大哥，我和我大哥已经阔别十余载，明天就要重新见面了。"

"你这段故事我听过。你应该姓武，不应该姓甄。"李潇洒哈哈大笑，也把杯中酒饮尽。

“岂有此理，我姓什么还要由我的故事来决定？那应该让我爹决定。”

“我刚刚路上听到甄兄与杨兄的谈话。”

“我刚刚路上听到身后有踩叶子的声音。”

“甄兄听力了得。”

“承让，李兄的轻功也一等一的好。”

“言归正传。事实上，我听闻在这王位的争夺之中还有第三个人。”

正在这时候，公子杨拎着四块蹄铁，踉踉跄跄地从月光下走来。

“杨兄来得正好，李兄正要讲故事呢。”

“怕是没闲心听故事，我要去那边给我的老马立一座墓碑。”公子杨说着走向甄汉子刚刚拴骏马的地方，把土松开，把蹄铁一块一块埋在里面。

“你的老马有个好主人。”甄汉子的马轻轻俯下脑袋，对公子杨说。

“马儿啊马儿，我也不是好主人，我只不过是假惺惺地逢场作戏。”公子杨摸摸马儿的脖颈，回到了桌上。

“听说，最近刺客横行，国王为了稳定民心，点名要整治刺客。”李潇洒把左脚放在凳子上，看着眼前的两个人。

“越说越扯淡了，宫里的事你们了解得倒挺清楚，不会是刺史吧？”公子杨笑道。

“哎，杨兄这就不明白了，对于平头老百姓来说，传出来的多半就是真的。李兄继续。”

“如今这位公子“小冤家”一旦上山，刺客就不可能不知道，刺客一旦想行动，各位捕头也就坐不住了，也开始行动。”

“那这捕头怎么知道谁是刺客?”

“这全天下这么多刺客，捕头查得过来?”

“必然查不过来。”

“查不过来，只要跟着刺客的目标走就好。”

“原来如此，李兄果然高明。”

“对于刺客来说，现在被官府抓到，就是睛等着死呢，你说对吗?”

“按常理来说，的确如此。”

“那么既然如此，我就给这位公子哥再支一招。”李潇洒笑了笑。

“请讲。”公子杨兴致乍起，挺起身子。

“刺客大约也是江湖人士，江湖人士最讲道义。只要这位公子帮这个刺客把追捕他的捕头杀了，自然可以保命。”

甄汉子站起来，魁梧的身子忽然一抖，似乎是恍然大悟：“李兄，听君一席话，胜读十年书。你我今天相逢真是缘分!”三人于是一同举起酒杯：

“歃血为盟!”

只是光喝酒肚子终究太空，公子杨提议找店家要些吃的来下酒。三人趁机站起来活动活动身体，冷风已经把脑袋吹得麻木不堪了。甄汉子喝了一坛子酒，一是因为冷，二是因为实在心虚。他不明白风声是怎么走漏的，莽夫如他自然不可能理解李潇洒的聪明过人。他正是来追查刺客的捕头，和李潇洒所说的过程一字不差，他实在心里发慌。

与此同时，公子杨又溜到了那匹骏马的旁边，他心里可明白得很：这两个人里，那个背心裤衩的老实人就是捕头，那个阔少爷就是刺客。刚刚那番像是开恩又像是威胁的话他全听在耳朵里了——他实在不觉得这个憨厚得有点儿蠢的八尺大汉可以玩心眼儿玩过一个机灵的刺客——现在他身边却实在有一个最好的机会摆着：他把刚刚建起来的衣冠冢刨开，取出那四块崭新的蹄铁，递到那匹骏马的脚边："马儿，我问你，你主人有没有什么弱点？你如果老实回答，这就是你的了。"

骏马想了想，对他说："我想，我主人的弱点就是我。"他解释着，"一旦我死了，他就必然要摔落马下，所谓射人先射马。"公子杨说："你没听懂我意思，我是说，他的身上有什么别人不知道的弱点吗？"

骏马说："他从前骑在我背上的时候和我说过一次，尽管他刀枪不入，但是所有从前胸打进去的东西都能直接要了他的命。"公子杨点点头，开始给马换蹄铁："乖孩子，将来如果有一天你的主人死了，我就来当你的主人。"

骏马并没什么反应，他只是说："你刚刚说的话确实有道理，你只是逢场作戏。对马也好，对人也好。"

公子杨从没想到自己有一天能让一匹马指着鼻子抨击了一顿，心里很不爽，不爽里面又带着一点儿不爽，就这样走了。

李潇洒和甄汉子此时早已经落座了，甄汉子刚刚去找店家要了一盘螃蟹。

“没想到啊，这山林里还能有螃蟹。”甄汉子不自然地在大腿上擦了擦手。

“这山林里有河，河里自然有螃蟹。”李潇洒倒了杯酒，“不属于这山里，却突然出现在这山里的东西还少呢！你我不也一样？”

“李兄说得对啊。”公子杨刚刚得了消息，正想尽快传递出去，“既然大家都说了那个倒霉公子哥的事情，我也来说两句。”

他说着冲李潇洒看了看：“听说习武之人无论再如何金刚铁骨，总有一块地方是练不到的，大家说这是死穴。”

“那依杨兄看，这死穴在哪儿呢？”

“依我看，不在别处，就在胸口。”

甄汉子忽然感到一阵惊悚，他平生没有什么朋友，这话和谁也不曾说过，难不成真能让人这么容易就蒙上了？

于是他干笑两声，说：“没想到杨兄对这块知识还颇有研究，刚才不是说两耳不闻窗外事吗，难不成还有圣贤教这种东西？”

公子杨说：“见笑了，家父是宣统二年的武举人，鄙人对此也颇有研究。”

李潇洒突然大笑起来，斟满了酒杯：“杨公子博览群书，实在佩服，还望日后多多指教，一同进步，咱们三个友情长存！”

“歃血为盟！”

三人都喝完了酒，身子暖了起来。甄汉子现在可完全蒙了，只能岔开话题：“勿谈国事，只谈私事！李兄，你说落在故居里什么东西，那东西究竟是什么，这么重要。”

“说出来不怕两位笑话，我家老爷子马上就要归西啦，临走之前想再听上一出戏。我家祖上就是唱戏的，故居里藏着当年老祖宗留下来的原本戏词。”

他当然在瞎扯，他爸早在三年前就归西了，他也根本不可能为此奔波。不过他爸爸走之前确实是想听戏，不是北方的戏，而是南方的戏，一种叫作昆曲的。

“是哪一出戏？”公子杨问道。

“是李开先的《宝剑记》。”

“那出戏可难唱。”

“是，家父最喜欢的就是那折《夜奔》。”

“《夜奔》可吃基本功。”

“可不是嘛，家父就喜欢用这出戏看演员的真功夫。”

“李兄，‘奔’这个字，你读阳平，还是入声？”

“家父一直读的是入声。”

甄汉子听傻了，他这辈子都没上过学，便问道：“二位实在文雅，敢问这读音不同有什么讲究吗？”

公子杨坐直了，喝下第一杯酒：“按理来说，读入声的时候是知道要奔去哪儿，读阳平的时候是不知道要奔去哪儿。”

李潇洒说：“那依你所见，林冲是知道自己要去哪儿，还是不知道自己要去哪儿？”

甄汉子只看过《水浒传》，终于能插上话了："当时的世道却和当今一样乱，林冲别说犯了事，怕是就算还当禁军教头，也不知道要往哪儿走。那依我看，还是读阳平。"

"甄兄说得对。"公子杨沉默了。

"然而这折戏读的是去声。"李潇洒也沉默了。

两个人沉默之后，甄汉子也沉默了。

这次沉默持续了一分钟，在星光和月光的照耀下显得格外诡异又美丽。星光在渐渐消失，月亮也慢慢淡下来，天要亮了。

"螃蟹来喽！"

公子杨第一个拿了螃蟹，又拿了一个递给了甄汉子，甄汉子这下没有说谢谢，只是开始慢慢剥螃蟹壳，手指太粗，迟迟剥不掉。

李潇洒最后一个活动起来，伸手抓了一只螃蟹，拆卸起来：他知道，天亮之前，如果不能把甄兄杀死，自己一定会死；如果不能把杨兄杀死，自己的钱必然捞不着。然而，事到如今，钱财有什么意义？

但是活着，活着终究有意义！意义就在于在一望无际的旷野上狂奔。现在是最后的机会！他从口袋里捏了一把随身带着的东瀛刺客用的四叶小刀，那上面早已经生了锈，瞄准了甄汉子露出的胸膛——就在飞出去的那一刻，甄汉子把迟迟不开的螃蟹举到了胸前。李潇洒飞出去的刀却嵌在螃蟹里，把螃蟹壳劈碎了，满满当当的蟹黄流了甄汉子一手。甄汉子把刀拔下来，用衣袖擦了擦，大笑道："李兄的刀虽然钝了点儿，但是也勉强能用!”三人轮流用刀割了手，滴在酒里。

“歃血为盟!”

三人喝完了酒，长出一口气。

公子杨看了一眼李潇洒，突然唱：“一宵儿奔走荒郊，残性命挣出一条!”

李潇洒看了一眼另外两个人，唱：“魄散魂销，红尘中误了俺五陵年少。”

甄汉子不会唱，就跟着摇头晃脑。

于是三人围着桌子，一边唱戏，一边吃完了螃蟹，喝完了所有酒，一齐向西进发，就此别过，捕头捉他的刺客，刺客杀他的公子，公子坐他的王位去了。

**指导教师：李忠萍**

# 在沧浪亭偶遇沈三白

◎许明顺

“游园惊梦到三更。”

我从未见过同沧浪的月一般的月色。

踏进园子，周遭的空气霎时沉静下来。整个院子沉在一片烟蓝色的雾霭当中，一帧晚照透过远处高树的缝隙斜斜地探过来，勾勒出一个琉璃似的世界。我依照着那棵树的模样，在澄明而有些泛黄的时光里伸展着自己。不错，不错的，这确是沈复笔下那个幽悄的沧浪亭了。

园中正没什么游人，此时，真正是恍若三白与芸娘一同来游园的情态。

也是这样一个黄昏，沈复嘱咐门房的婆婆，教她勿要放了闲杂的人来进园子。然后，吃罢了晚饭——恰也便似此时的光景，夕阳要落了，天上的繁星不安分地隐现，月亮仍未升起来，天空倒是大亮的。一个书生抱着纸笔，在旁的姑娘拿了茶酒菜肴，穿了院门，转过几道曲水傍着的临街房，携手步过那三步一回头的板桥。其时月亮应当也是还未升起来的，他们上亭台，远望被暮色映衬得一片赤金的苏州城。

怕惊扰了曾在园中某处赏月的那一对璧人。我将脚步放得那样缓，生怕把那石板踩痛。

踏过苔径边，转过翠峰前，远远地，一泓清波明了。瞧去，水是清得有些过分的。一蓬蓬金鱼藻清凌凌地摇着，像是游园的良人无意失落的翠翘珠钗。忽而几尾鲤鱼误入苇藻之间，像云中的鹤，穿梭着。一道曲廊挽着池水，便显得这小池分外清幽。

月儿不知何时从轩馆中的画壁上飘来。穿过花窗，绕过石峰，直挂到小池上边去。满城的月色被折起，折起一角在小园里，是一池的明朗，展开来在天顶上，是一城的清光。这沧浪亭，从此容不下一个月亮。

那地上的一轮池水却比天上那一弯明月要更胜几分颜色。——我可是愿在这一轮秋月中做一尾鲤鱼游上一世的。

向西间壁去，这丛杜鹃在多年前曾有一个书生和他的姑娘站在花荫下，姑娘极力踮起脚指挥着，而那书生也踮起脚，不很灵活地在枝间东一个西一个地挂起金铃。那花间便有了曾经的风吹动曾经的金铃时丁零零的痴想。那边几簇鸡爪槭可不就是他们写书信时的落款，四季都这样的鲜红分明。

三白和芸娘赏了月，也应该循着那道曲廊在园中游逛。时至今日也是如此——等到夜深人静了，游人散去了，流蝉与蛙不再聒噪，野鸭在浅水边收起羽翅眠了，他们便会到这园子里，在月下，在花前，在满园的清辉里饮酒行令、吟诗作赋，一如既往。

曲廊傍水的这一处雕着几扇花窗。透了花窗窥去，窗的那边是几竿横斜的竹枝并一株芭蕉。月光把一切和成烟灰的剪影，铺在墙上。后退几步，望着那窗子，心底忽而升起几分裁月镂云的得意感来。

近了，一盏角灯在水廊的那头点起了，我远远地望着，暗黄的光映着一个书生和一个姑娘掌着灯烛在看书。那书生是那样清瘦，我知道，那便是三白与芸娘了。我站在长廊的这头，他们在长廊的那头，其间已然是隔了二百多年的光影。一阵风卷得那书页不住地翻飞，那书生蓦然抬起头，向我温和而清朗地笑着。

我似已是沉入了一个隔世的梦中，梦中一座园林，一道水廊，一轮如月的清池，满世界的清辉，还有掌着灯在那水廊深处的书生与姑娘……忽地，轰然一声。

我震悚了一下，回目向石桥边看，原是在水面上，一对鸳鸯正翻着跟头，卿卿我我的，好不快活。

定了神，发觉自己是倚在栏边睡着了，抬头望去，高树缝隙里漏过来的夕阳有一点儿刺眼，我又踏上那三步一折的板桥。

走过石门，恍惚中听到当啷一声，一个姑娘笑着拍手说“中了”，一个书生跟着笑起来。

他们笑得自在而爽朗，笑得真好。

我似是真成了池中一尾鲤鱼，在沧浪的明月中等这笑声已等了二百年之久，每每回想只觉得身旁的池水愈发地澄明了。

一如我廿个十年的回忆——但他们原来在这里。

但他们原来一直在这里。

**指导教师：隋江月**

# 杜甫诗两首翻译

◎李卓然

## 登　　高

杜　甫

风急天高猿啸哀，渚清沙白鸟飞回。
无边落木萧萧下，不尽长江滚滚来。

## Climbing the Height

Du Fu

Sharp is the wind under a high sky
amid the gibbon's howls of woe.
Pure is the islet and its white sand
with birds flying above to and fro.
Boundless is the forest that sheds its leaves
Leaving them rustling and falling down low,
Endless is the river surging forth and
rolling ahead with its powerful flow.

## 绝　　句

杜　甫

两个黄鹂鸣翠柳，一行白鹭上青天。
窗含西岭千秋雪，门泊东吴万里船。

## A Quatrain

Du Fu

Atop an emerald willow,
two golden orioles twitter;
Towards the blue sky,
a row of egrets float.
Through the window is seen
the Western Rages everlasting snow;
By the gate is moored
East Wu's myriad-mile boat.

指导教师：李忠萍

# 浣溪沙两首

◎尚晋豪

## 其　一

独上孤楼听雨眠，
诗家落寞是清欢，
流年几度倚阑干。

月出瑶池开夜幕，
风濡天墨写云笺，
珠帘浅梦卷轻寒。

## 其　二

古道长亭连短亭，
为君落照满空城，
何妨樽酒话平生。

骤雨倾时非永夜，
春风到处是前程，
归来再叙故人情。

**指导教师：王瑞春**

# 七律·纪念周树人君

◎刘新宇

苦度年华三味屋，五经四书俱烂熟。
风华气茂东洋渡，救国医民踏征途。
笔权代刀斩朽腐，声若惊雷病狮怒。
苍天呼啸本傲骨，昭然万古赤胆书。

**指导教师：边　疆**

# 诗　　论

◎尚晋豪

须知此事最消愁，误尽流光不肯休。
且放春风归玉宇，还邀夜雨上孤楼。
功名散处有谁念，诗兴起时无计收。
拟把尘心换清酒，一人独饮一城秋。

**指导教师：王瑞春**

# 水龙吟·秋思

◎赵一婷

晚凉秋影凝寒，
孤凭栏睹飞云坠。
千枝绕雪，钟声未歇，残阳如炽。
暮雨霜天，征鸿过尽，月明千里。
傍珠帘散漫，西楼吟绝，
空悲叹，长烟闭。

落寞惘然何处？
料应随、东风吹逝。
合昏盈掬，东篱同采，陶然忘机。
菱荇澄澄，东山予客，垂纶将已。
望松声草色，漱流枕石，独怀桑梓。

**指导教师：经　鑫**

# 锁

◎刘益同

我扣柴扉久不入，只因机括锈色新。
乱执坚锐铜千仞，胡嗔怒目铁将军。
不识梁上无君子，偏解腹中有黄金。
无情只任刀管过，大同城中怎用君。

**指导教师：郝　好**

# 咏 津 门

◎臧云皓

我家屋外河成巷，旧舍楼头雾似梁。
小肆迎来十面客，长街阅过百年光。
漕都不再人如故，闹市无踪地是乡。
壮志四方今尚在，别时却道有心伤。

**指导教师：王瑞春**

# 咏牡丹

◎孙雅慧

闻道人间春正好，不辞遥下谒尘埃。
轻风品乐舞仙袂，小雨流觞醉玉台。
沆瀣水清掬作饮，冰轮色好取为钗。
任他愁喜千百度，我自逍遥凌雾来。

天既成兮荒然，有神女兮疾焉。遂造冶者，被以锦缎，赋以嘉名。后世得之，以为婠妠之影，纯明之体，狷介之形。此名乃“华”也，初成之时，不过衣袂之物。神女尚欲与之生灵，故舍己命，以唤其情。将殁之时，珠泪沁蕊者，独一艳华也，即应神女曰：“吾必将抑天下之美，非唯相貌，亦在其心，如子表里。”旁者闻之，俱感于心，无不泣下。自此以往，华非独物，亦为生者，其性各异。夫先哀者，诚守其言，审逾天下万美之上，世人名之曰“牡丹”，取“东有崇阿，血火汇焉”之意，盖为抒其歆慕之心，祇仰之意耳。

世传千年，以为祥贵之物，唐时赠与高丽。高丽人传曰：“上古二帝兮争霸，艺牡丹兮足旁。牡丹牡丹兮疾援，先至孰膝孰王。神女遗之兮盛德，择贤而附兮成义。将衄恂恂兮搴枝，置乎绅兮始称王。贤者忧然兮生怨，爰诅牡丹兮瞬发。风雨呜呜兮十日，含愧而衰兮斯华！”及今观牡丹之放，皙然如璧，懋然如虹，婉然如靥。然俯仰十日，已成护本之土，终期复至，一岁不出。此非贤者之诅使然？而万华之中，唯牡丹无凋无败：清风徐至，忽落枝标者，花满如月，色鲜如脂。然后知牡丹之生不过二者如是：非冶然凌枝，抑夭然归土。若搭面而殂谢，犹豆蔻之殇陨。待得将逝，博清醑而酩酊，揽烟云以长眠。生无欣忭，央无哀愁，促然一生，逸哉！狂哉！

唐宋骚客，多有恶之雍华者，以其生为富贵，其死为屈从。未知其事，岂非魇言呓语？吾视其生为诚，死为义，守天命而不由盛衰改节，违武后而不以存亡易心，此正乃牡丹之性也。

万古至今，世人视牡丹为国花，盖因诚义非独牡丹之性，亦中国人之性也。

**指导教师：边　疆**

# 咏物诗三首

◎马可莹

## 猕猴桃颂

造化淬炼出苌楚，浴风恣饮天壑间。
通体布毛释野性，外形粗犷护丹心。
油碧晶莹流翡翠，酸甜馥郁溢香馨。
丰腴软糯富营养，引人但见口生津。

## 念奴娇·对数函数

茫茫数海，不衰夺目者、唯有函数。开创宇宙所需者，空间时间对数。天地玄黄，辰宿列张，实浩瀚缥缈。休要烦恼，待我缓缓讲道。

试想底数挑剔，大于一方了，单调递增。若大于零，小于一，单调递减正好。非奇非偶，旁人莫笑我，特立独行。气贯山河，宛如长虹一道。

## 珐琅彩玉壶春瓶

千锤百炼烧薄胎，甄选荟萃定佳材。

莹洁白瓷既无瑕，雍贵珐琅更添彩。
青扶承露雉鸡栖，红蕊出枝芍药开。
耀世奇珍展盛世，无双瑰宝贺昌泰。

**指导教师：郝　好**

# 高　考　记

◎孔繁彤

论当今之世，不知中国之高考者，鲜矣。

高考者，凡高中毕业而望深造于大学之少年，不论长幼，必参加。每年之参加者，数及千万而不止。然通试之资格年缩，考生之数益增。况因今之国策，考题逐易。故今之生欲有所成乎高考，实自难为。然未见参之属少矣，反加之，何哉？盖其七十复，经此试者，命运自迁，或鲤跃龙门，侍立庙堂；或鹰落鸡窠，苟全市井之间，皆取诸所为。较他国之实策，与中国之国情，高考为选贤之宜也。

古之学者为腾达远志，有悬梁刺股、囊萤映雪之谈。但较当今学子，未能过及。日出而兴，夜半不息。书堆案几，犹嫌不足。纸卷已就，挥墨即成，飘然而下，如堆银砌玉。有问时，众人皆师也。一惑一师，唯求解也。其父母为减儿女负担，无不躬亲协之。善学者答疑解惑，善与者咨求实况，诸不济者，乃备一餐一饭，忧其儿女之体矣。父母助法繁多，均为子能有所成，奈何取之最者焉。至于其师，日兴夜寐，无不尽心竭力而为其徒。如此视之，高考非独一人之战。无父母师长助之，欲有所成，难哉！

回首往昔，数往前一甲子，愀然叹息。虎啸侵袭，曾不能保怀中抔土；狼吠横行，终不能护家内一箕。然犹酣睡不醒，妄于梦中侣外敌而友内叛。苟持行之，则国必亡，今世之雄何从谈焉！为复国兴，幸有壮士舍生忘死，前仆后继，终得国家安然。虽不得以史效今，唯记余等机遇——学于高堂明几，处于和平地界——皆立于先人之骸骨，其中与余等年岁相仿者，不下少数。况自古视今，不曾有一试如高考可供诸生公平竞争之属，实乃余等之幸焉。

洎考试，唯乞心神俱安，不受科目繁杂之扰乱。夫题者，莫不取诸所学。斯考场之成效，必强于平日之得。古文易读，英文听力，代数求解，未有疏遗；又有模型既立，基因重构，有机制取，不存纰误；而后哲思齐涌，地貌显明，论文实证，难见批驳。以至于青鸟报信不迟归，鲤鱼饮泉化龙飞。此伏唯余所能寄之哉。

注：夫值辛丑六月七日，忽觉余将卒业于高中，明年亦将临高考。然时日趋急且不俟一毫，余各科未能有一能与他人相较者，哀愁之情自生矣。余不知何可为，仅得记以鄙文，生微薄之志，绝愁心而追记也。

**指导教师：郝　好**

# 天　外　赋

◎孙曼青

东呈金乌，时维甲午，百艳群争，欣荣骏骨。簌簌清风，澍泽下注；融融熙光，辉耀万物。值此绥福之岁，外校立世五十载耳。五十载星汉动摇，五十载山河飘絮，唯知达之心不改，秉总理志，学贯中西。谨开放以开智，多元以多是，自强之以自命于浩世，纵远之宏志以应悉瞬变之时。傅之者，深思明辨，厚德博学；师之者，乐学善思，勤奋卓越，则大观百骅腾飞之际，亦取百业为先之机。

然其之辛苦遭逢，开国三五，天地反复，外事幻改，亟望大才。外校自我作古，筚路蓝缕，假他所之室以为堂；暴霜斩棘，宿旧军之营以为舍，则山林始启焉。浩劫霹雳，板荡风河，危之若朝露，亦生亦艰，既两年，勠力志发，踵事增华，风霜潇凄，同舟共济，铢积寸累，则誉盛名立。

自戊午建新，诚科教之大兴，华夏摘锦，唯执诏执竞。继往开来者，领异标新；孜孜汲汲者，卓尔不群。外校则兼而不乏，厚积薄发，四海汇流，博学广修，纵横国际，存良弃莠，诚发展之契，执进跃之机。

翔翔鹰隼，骄骄骅骝。驰骋天下，幸外校之载拔；广闻博察，凭故园之物华。诚持大国纵横捭阖，值政事之多极，执经济之一体，欣文化之繁集，外校精司业，致寰宇，列茅腾达，远见卓识，不倨不恃，开兴育人，赫其本心，鸣其灵智，大辞大教，从德中来，育才如不尽湍渠，献才于国之大需。

五十载峥嵘岁月，三九集莘莘学子，学而不厌，诲而不倦，博雅宽容，和谐共生，外校三风，离离厚增。至于形胜意远，则立总理石雕，衷志不易；建报国之亭，宏志难移；芳草青地，淡雅为心。樱花盛开处，学子赤心济济。

夫观来者之遐斓，空前而焕蔚然。会当广厦庇青衫，万木昭书山。丝竹绕梁犹三日，骏奔遄飞与矢肩。流水自榭人流憩，风乎舞雩载风纪。盈耳以琅琅，睇眄以直康，金华寓寒夏，寄傲于南窗。嘶啸休戚，自然与一，盘桓庭辉，各展鸿翼。旌旗旖旎，德习并砺，讲信修睦，大道在期。业精而愈勤，行成而愈思，大浪滔洗，乃英才之能济；万里穷徙，则叹业之可器！

嗟呼！大块造曦轮，阳春假人寰，奚碌作寡为哉！昭昭葱葱，知来者之大无穷，湄川荟萃，会风云之九河雄。

山雨滂，河涛沛，世纷岁扰衷无毁，积年从勖功苦归，俯仰看寤寐。风摧楫，浪卷沙，春明一夜冀天涯，一蹴而散化红蜡，铮骨犹挺拔！

**指导教师：侯晓宇**

# 归　人　歌

◎李泽宛

时复槐序，春和盈水。蓮莆湜湜皆从其朔，泾渭初暖而其景殷殷，是以朝瞓昏谂，其思瀸瀸，伫远怀人，其意弥张。更自去年先重慈逝后，虽常有片语，未能成章。㘝圄其中，戚戚犹怀，愁愁每盈。另尝自语曰：“逝者如斯，当忘则忘，当记则记。”今周年愈近，当晓终怀，方得展裹。欲明其音容，使不致恟恟终日，遂属文志之。鄙薄顽嚚，不足抒怀相告，止以略记其事耳。而归人者，大类远避尘俗，乘化归尽云尔。

余幼时与重慈居于深巷，至始龀方迁。此间种种多不复记，唯回护之意历历如昨日。余少性犒，辄戾于人，重慈亦有詈之，皆孅言也。当时瞢霿，沕穆不觉，至此始以为憾也。母每告余以前事，不过重慈之躬服相罜。小儿体肤不满，大暑易沴生痱疱，水粉效微，教以干沙覆之，即愈，其后加信其知，一并哺养，皆倚一身。家存旧影，多与重慈并外祖出，娗娟盈然，分无老态。

重慈素康强，然及其岁剞于时，惛然不过月余耳，后余闻之亦然。至此一年之中，尽常萦怀而不置信。重慈殁于丙申。

是年除夕，余从内祖而憬，遂离之。当夜繁灯竞辉，万户辉煌，余身处其中而无端戄然，十数年未之有也。又遇邻丧，依旧俗夜出送。乐声相薄，殊为不豫。尝作《浪淘沙》一阕并自序曰：

丙申元月，烟火达旦，然歌舞索然，无不极言盛世，空乏附会。亲戚亦止相陪坐耳。有熯而雨，雨落则生凄寒，又闻哀声起于其中，切切真真，竟致强于所生之仓皇，大恸，作此篇藉以抒怀，无附声韵，未成篇目。

凄声凋谁路。红窗樵鼓，星烬燃竹各相负。铁马透雨见隋池，繁华无数。

连影锁孤户。行转余悲，风棹且行歌且住。拼得夜台平声色，银缸吹覆。

当时诐薄盛气，素未识世恓。是以逾厚其情，轻言生死。分毫万绉，亦冲涛而上濑。间稚无意，不知不辰。自此休祲实已分。后往吊一姑祖，数辈合族分明戚戚。既还，欲记其景，转意以余当其孙，摹想作文，更有散聚伤神，何为苦留之意。及竟发事，此二者始以为谶。每惊嗟茫然，久不愿亦不敢妄下笔论矣。

如此寂寂数月，自无人语余其事。然而一室卷帙杯盏皆晓眉目，往往对坐失神，无一日不相思谂。间或潸潸，自云盖学试愈紧，繁绪所扰，忆其初病亦不曾震悚失态，几无所感察。

恍然至今，久而怪之，少小相承，讵非悲邪？后常入梦，皆如平生欢。既寤，惊疑怀乱，不知孰梦孰真。往复多时，遂择而述之曰寒筝九调捧夜光，纵有闻，便相扬，浩爁无着，落木又经霜。欲告今夕风堁眇，凭谁寄，纸灰凉。向来惊梦未断肠，还旧乡，似跄跄。燕衎有疑，溘而尚如常。尽泪痍何当自冷，不致意，回秋章。

本拟以梦命之，后观词牌本意淋漓，因仅题作悼亡。是作此后，方觉含悲未解，另季秋风露高远，嗟重慈之不得见，亦有所入诗。比及明年，二月中见桃花云，妩媚垂天，如幕如染，复作此想。当是时，已感终生之延恨，兼叹彼世之易覆，因更有《定风波》遥寄之，曰：鳞带相映漆昊深，天衣色薄天河沉。道是一夜卷地后，纷纷，烟火新桃醉重雯。 人间颜色应相问。当时秋里怀此意，犹有清风感余身。故人，两处同安祝江春。

**指导教师：李清芳**

# 生 者 言

◎许明顺

景泰中，有方士云游。一日，至一地界。望其山绵亘数郡之长，巍峨半天之高，其间高峰陡崖，悬泉飞瀑，云霞蒸蔚，青云倚叠，石峰隐于青天之外而不知其高几何也，欣然而往。遂排云乘雾，驭气驾云，登临其巅。直下而远视，数郡风光收于目中，林谷了了，村墟历历，白虹千束，野马万匹。感天地几番变换，悲沧桑几经更迭，慨然而长叹曰："呜呼，天气无常，人生无定!"

"何出此言?"方士大惊，举目而视之，乃一樵夫负薪抱柴至此。

"日，匪天火，天气之放光之类也；土，匪积块，地气之沉浊之族也。星汉轮转，非其自知岁月之流逝；梧桐落木，非其自知春秋之代谢，感天地之气也，盖万物假天地之气而作。夫天地之气，聚成精魂而为生，散作黄埃以为死。楚人语云，南方有虫名蜉蝣，非夏日不生。逢夏月之望，草木沾露感阳气化之，既朝生而暮死。北地有虫唤冰蚕，非冬日不出。逢冬月之晦，感阴气而醒。是则天地运气之数，聚散有时。万物生死有常，兴衰有定也。”

樵夫微颔，叹曰：“嗟乎！人为万类之首，千兽之长，何能避趋聚散生死之变邪？人之降于世也，感阴阳之气，气盛则人旺，气败则人衰。一荣俱荣，一损俱损，安可谓人之生死不由天哉！人之存于世也，但如野马之聚散，白驹之去来，鲲鹏之变换，兴衰之内，生死之间，亦忽然而已。何人得苟活长存于世耶？”

方士大笑，以为知音。

樵夫复言：“而须臾百年之内，三十六万子亥之间，万灵之类唯人得竟自身之志也。人之立志，犹蚍蜉撼树，知其不可动，亦撼之不已；犹身登须弥，知其不可及，亦登之不止。得此一生，得此一死，不亦快哉！而何羡天地之长久，沧海之无穷乎？”

语毕，方士乃瞠目，无以对。

樵夫乃大笑，拊掌而去，须臾隐于山雾之中。方士欲引之，寻其踪十数里，终不可得。

**指导教师：隋江月**

# 你为什么会选择文学（代后记）

◎天外文学社成员

在你眼中，文学是什么样的存在？是语文卷子上总也达不到得分点的阅读，是动辄三五百页的大部头小说，还是风花雪月和金戈铁马，笔下星河与绮丽世界？而你又为何选择文字，选择文学？

## 有人把文学看作一种寄托

· 高二 5 班　吴琪然：

“我不是学文学的，文学对我是很遥远的事情，我也有创作欲，但会害怕，觉得忍一忍就过去了。曾经压抑不去写，但自我实践的欲望强，显然没有成功，延迟地跑出来，反而更为凶恶猛烈。”这是一段采访中的文字，感同身受。文学对我来说算是一种寄托，文字是某种情感的表现形式，作为一个人的情感。每当我想写的时候，我就去找自己。我会把自己关在密闭的房间，感受这里的灵感迸发，我享受这种感觉。写作欲望高涨的时候，喷射出来的都是字符，一个个充盈饱满却连不成话……可能我的文字在我死后才会被看见，当你翻看我的备忘录的时候。

· 高二 3 班　李卓然：

当我迫切地需要一个寄托的时候，我奔你而来。在梦里，在笔下，总可以有春天，有新叶，有花丛。果真会有一天，绿叶衰败，鲜花不再盛开，期许的是坐在绿茵里，玫瑰停止生长的地方，芳香继续前行。

## 有人是为将自己的自由与热情赋予纸笔

· 七年 3 班　王宣庭：

文学于我，是一门艺术。文学是创作，也是自我内心世界的缩影。我热爱描绘自己心中的世界，更热爱自由如风的下笔。创作是一团火，而我想做那堆砌起将要燃烧的柴火。与其说是“写文章”更不如说是“写心”。像我，唯有一颗热爱自由的心，与文学的牵连便开始了。

· 高二 3 班　李珂：

我仅仅能够窥视到文学中的冰山一角，每每眺望其内容之庞杂，都不由得心悸。但我所崇尚之自由创作，热情之火不曾灭绝。思及此，我便做个初吃螃蟹的孩子，胆战心惊而又蠢蠢欲动，得一点点便宜，就不甚满足了。

· 八年 8 班　张涵仪：

文学是众多艺术形式中我非常喜欢的一种，它向来是用统一的文字来组合出不同的故事，它看似最简单的形式，却能挖掘出极为深邃的含义——有时候它就像一面镜子，让千里之外的陌生人能用感性的双眼，在镜子映射下看见自己心中最隐蔽的情感。

## 也有人感激文学，视它为自己不可分割的一部分

· 七年 1 班　张连饷：

才咿呀学语的时候，我就每天趴在爸爸的背上听他教我读“床前明月光，疑是地上霜”；再大些，我就开始读儿童版的《红楼梦》；直到现在，我可以写一些文章小说，并加入了著名的文学社。写到这里，我似乎想出了问题的答案：是的，文学是我生活的一部分，并且是我不可割舍的一部分，它不仅是我的过去、现在，也更是我的未来。

· 高二 1 班　张心怡：

因为共情。我似乎感情过于丰富，看到路边佝偻着身子独行的老人会感到酸涩，看到动物园里独自被关在笼子里的猛兽会感到难过……不管这些情景的背景是什么。这时常让我在人群中格格不入。而文学是一群人的共情，是对世间万物的共情。在文学的世界里，共情是狂欢，孤独是艺术。

## 有很多人都认为文学可以寄托自己的情感，构筑充满自我的热情的世界

· 高二 2 班　吴清扬：

文学可以给人提供一个自主思考的空间，一个发挥创意的空间，而在文学社，有更多与你志同道合的人一起交流经验，互诉心声。

· 高二 2 班　栾霏筱：

对于我来说文字是比口述更为确切的表达方式。平日里感知到复杂情绪的场景、遇到某事时脑内一闪而过的熟悉感、不成型的郁结等用不连贯的语言无法表达的东西都可以在有水平的文章中体现。为了摆脱词不达意的现状而去阅读，为了某天能准确表述自己的情感而写作。

· 高二 1 班　刘宸旭：

选择文学，最初是因为自己喜欢的某一本书某一个作者，让你想去对他有更多的了解。读了更多他的作品，自己也会愿意模仿他的文体去写一段话，去表达自己的情感。

· 高二 4 班　李宛叙：

偶闻得一句话，说在语言的构造中文学起源于巫术，是巫术思维的抽离。对此我不敢苟同，思维之类的东西太过抽象，巫术又不是我所能触及的，只有文字在当今仍在使用——被大

众称之为文学的东西像火种一样在陆地上蔓延。文学生根于有人类的土壤，记录历史，囊括万物。读过文学，灵魂好像才能冲破海陆的隔阂，把现实撕开来咀嚼。

我咽进肚子里的除了沙土和咸水，还有一种飘浮于时间之上的、源自思维又超越思维的食粮。文学不死，文学永生。我渴望我的灵魂和这世上所有人的灵魂不破，那就只有去投奔文学了。

**指导教师：靳宇喆**